梦里燃灯人

燕燕燕 著

江苏凤凰文艺出版社
JIANGSU PHOENIX LITERATURE AND ART PUBLISHING, LTD

图书在版编目（CIP）数据

梦里燃灯人 / 燕燕燕著. — 南京：江苏凤凰文艺出版社，2016

ISBN 978-7-5399-9555-7

Ⅰ. ①梦… Ⅱ. ①燕… Ⅲ. ①散文集－中国－当代 Ⅳ. ①I267

中国版本图书馆 CIP 数据核字(2016)第 178279 号

书　　名	梦里燃灯人
著　　者	燕燕燕
责任编辑	黄孝阳　汪　旭
出版发行	凤凰出版传媒股份有限公司 江苏凤凰文艺出版社
出版社地址	南京市中央路 165 号，邮编：210009
出版社网址	http://www.jswenyi.com
经　　销	凤凰出版传媒股份有限公司
印　　刷	保定市铭泰达印刷有限公司
开　　本	880×1230 毫米 1/32
印　　张	8.625
字　　数	220 千字
版　　次	2020 年 9 月第 2 次印刷
标准书号	ISBN 978–7–5399–9555–7
定　　价	59.80 元

所有的文字,都献给父亲燕云峰先生,愿他微笑,愿他安息。

言下忘言一时了，
梦中说梦两重虚。

——白居易

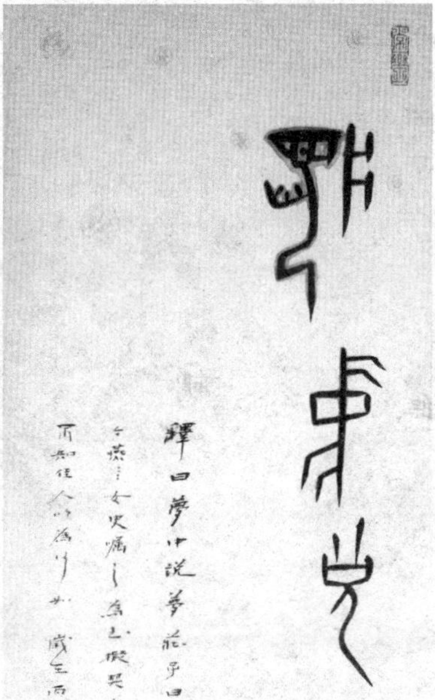

目　录

爱恨深处，婆娑生琉璃：燕燕燕《梦里燃灯人》序

二〇〇四年夏天，我在南京大学文学院活水轩接待前来报考作家班的考生。上午将尽时，一个瘦削、穿花裙子的女孩子来报名，跟着一位同样瘦削又因为瘦削而显得高得有些突兀的（高可能只是我的印象，未必可靠）白发老先生。不知道是出于师道尊严，还是因为羞怯，一种在美好事物面前本能的羞怯，我没有细看她长的什么样子。不过，围绕着她，还是有一些地方给我留下了深刻的印象。首先，她竟然叫燕燕燕，怎么可以，怎么可能？要知道，我手里拿着她的报名表和身份证，这可不是笔名、艺名，而是真名。其次，她是那么静，静到让活水轩里的喧嚣止了，溽热消了，静到她必须穿上一件花裙子才不算死寂，这时候的花裙子也不再花团锦簇得招摇，而是天边虹一样的静美。最后，都这个岁数了，还要爸爸陪考，爸爸竟然也是同样的静，没有跟任何人寒暄，包括我，就静静地站，或者坐，一眼不错地看着他的女儿完成各种手续，他的任务好像也

仅止于看着他的女儿，看着。直至写作此文的当下，我才知道这位业已往生的安静的老先生的名讳：燕云峰。

后来，她入学了，我们并无多少交集。记得有次冬天，很冷，一群人聚会，结束后我和她一起回学校，她穿一件棉袄，像是缁衣，一如这惨淡的冬日。我们就走着，没说什么，因不知从何说起。忽然，她叹息了一声，那时我心想，她是不是要跟我说什么？她的过去？她的心事？我有些期待，又有些害怕，仿佛那是一片太幽深的湖，不应该涉足、打扰。但然后又静了，她仍然没说什么，也许本来就没打算说什么，我有些失望，同时释然。她在《白蛇在红尘中》一文里引述到亡命中的胡兰成与友人的对话。胡试探：白娘娘为什么不对许仙说出自己的真身，是怕得不到谅解？友人说，当然谅解，但这么贵重的情感，连万一亦不可以有。我当然不是她的许仙，她也未必有着像白娘娘原来是蛇身一样令人震悚的秘密，但我珍惜与她的友情，这友情是贵重的，不可以有万一，所以我宁愿她对我、对世界永远地缄默下去。

毕业后，她安静地生活在一个安静的小城，一下子这么多年过去了，都快"十八春"了。知道她一直在写散文，偶尔也会从微信上看到一鳞半爪，没太当回事，直至《梦里燃灯人》的书稿打开在我的电脑屏幕上。鼠标滚动，书稿一页页翻过，安静得连静电声都没有，但我分明听到了她内心里的山呼海啸，我开始相信，她真的有着蛇身一样的过去，如此，她的文字才会一翻滚就是水漫金山，一歌哭就是杜鹃啼血。她的文字与她的安静形象之间的反差真是大啊，在她的文学世界里，如果是绽放，就必须最绚烂，如果是枯萎，就必须最决绝，她要的只能是最黑的黑、最红的红。反过来说，正因为她已经在文字中活过多少辈子，每一辈子都活得豪奢时烈火烹油、破落时白茫茫一片，现实生活怎么可能有这样的际遇，即便曾经有过，又哪能再奢求，于是，她便能安安稳稳地在一个博物馆里打发她的日子，就像一个老人（对，是老人，耗尽了所有爱恨的老人）把一篮子陈米一颗颗拣进另一只篮子，还有大半篮子，够她拣的呢。

在散文集的扉页上，她引述白居易的禅诗："言下忘言一时了，梦中说梦两重虚。"我想到废名太过钟爱"我是梦中传彩笔，欲书花叶寄朝云"，径直略过李商隐的原意，做出自己也许更动人的"曲解"："他大约想象这些好看的花朵，虽然是黑夜之中，而颜色自在，好比就是诗人画就的寄给明天的朝阳。"她就跟废名一样，哪里顾得上白居易的禅意，她所看到、所心心念念的只是"两重虚"几个字——是啊，生而为人，不正如梦中说梦，说到底只是虚上加虚？但是，千万不要被她迷惑，以为她的世界观的底子只是一个"虚"字。虚毋宁只是她的追求的起点，一个被压得太低所以一定会反弹得极高、极劲道、极恣肆的起点，虚甚至只是一个发语词，类似于戏台上青衣抛着水袖，幽幽一句"苦啊"，后面才是长长一段灼烫的爱恨，抑或控诉。于是，我们可以看到，正因为世界已经被她事先指认为无非就是"两重虚"的，她才有理由用一段段加粗、加黑、加着重号的爱恨来填补怎么也填不满的巨大的空洞，她本人也在精卫填海一样无望的填补行动中一次次体验着苦情戏女主角的悲欣。那么，到哪里才能找到利刃割人般的爱恨呢？当然是戏台和银幕，所以，《梦里燃灯人》的第一辑就是"梦中之影"，专门讲述戏曲、电影中的爱恨传奇。有意思的是，她坚决不碰冷门的故事，所说大抵只是《锁麟囊》《白蛇传》和《梅龙镇》之类众所周知的篇目。这不是因为她视野窄、储备薄，而是有着更深沉的潜心：冷门的之所以冷门，是因为它们如此涣散、不经心，它们无法把观众同样涣散的心弦绞紧；众所周知的之所以众所周知，则是因为它们如此剧烈、刻骨，一啸就能裂帛，一鞭就见血痕，它们仿佛可以代代传唱下去，直至"末世"和"末人"出现——只有这样的经过万口唱、万耳听，烂熟到极致每次看和听时却又觉得陌生到极致的篇目才是她的盐中之盐。就在那些剧烈到悲欣交集的时分，每一句爱的言语都栖居在时间之外，柔软着每一位时间之内的渴望爱的人们，就连恨都是让人流连的，因为隔着一座戏台、一道银幕，我们知道我们是在为古人担忧，更因为恨毕竟证明曾经爱过，一种肌肤贴着肌肤的不思量、自难忘的爱。所以，爱恨深处，娑婆生琉璃，“梦中之影”才是她的东方净土。

我猜，当她每次从戏曲、电影穿越回现实的时候，应该会有强烈的恍惚感、隔离感吧，就像王佳芝走出珠宝店时奇怪天怎么还没有黑，因为刹那已是永恒，日复一日其实不过是一刹那而已。于是，她必须把现实升华为传奇，把实打实的世界抽干成海市蜃楼，把坐卧行走中的常人点化成瑶池边上的金童玉女，就连菜煎饼这样的寻常食物也要在一则类似于“雪夜访戴”的动人的因为太动人又不免让人觉得不真实、不诚恳的故事中“令人销魂”起来，才有资格走进她的文字。所以，她要的只是童话，童话里什么东西不是最剧烈、最纯粹的？最令她怃然的莫过于童话怎么可以有蛇足，有时竟然还是“蛇足中的蛇足”。对于蛇足的恐惧，带来一些后果：其一，“梦中之影”如此饱满、酣畅，现实生活中到哪里去找这样的巅峰体验？于是，第二辑“梦中之人”注定是捉襟见肘的，我仿佛看到她的巧妇难为无米之炊的尴尬。其二，昆德拉说，堂吉诃德一下子摔断好几颗牙齿，说故事和看故事的人都不会关心他的疼，可是，要是让你牙疼几天呢，试试看？从他的意思推衍开去，我可以说：摔断几颗牙齿照样生龙活虎的堂吉诃德先生毕竟是神话里的人物，现实中的我们会疼的，锥心的疼，我们疼不起，所以，不要让我们太彻底，蛇足就蛇足吧，蛇足才是我们活着的证明。

南京大学文学院　翟业军

自序：旧时天气旧时衣，只有情怀不似旧家时

整理完这部书稿时，春花正谢，春天渐老。

长年生活在四季分明的地方，一年中所见到的景象，无非是杨花柳絮，急雨新荷，秋风凉露，枯枝白雪。而每当回忆起某件事或某个人时，那回忆也总是带着往日的气候特征一同迎面扑来，就像摆在我眼前的这些文字，有一半是几年前动笔写就的。如今，隔着时空，犹能想到旧时的天气和自己旧日的样子。

翻看旧文，心里有时会有惋惜感，因为觉得自己再也写不出那种轻松的文章了。曾经我不厌其烦地去铺陈文字，费尽心力想要构筑一篇明艳的作品，为了写作每天大量地看电影看戏剧。这些，以现在的心境，都很难再做到。

正如李清照的词：旧时天气旧时衣，只有情怀不似旧家时。

写作的人通常都有一颗敏感的心。人生最初的苍凉感，我是在书本中先触摸到的。小时候，父亲的书橱里有

一套《红楼梦》，人民文学出版社的，绿色封皮，四册。有一天我拿下来，翻开就放不下了。脂浓粉香的前八十回，读得余香满口，沁人心脾。我太喜欢宝玉和黛玉，如同后来对真实人生的误解一样，初读“红楼”的我，满心以为一切都会顺理成章，镇定地等着看一个好结局，并且也不懂后面四十回是续书。直至看到宝玉娶了宝钗，黛玉含恨焚稿，魂归离恨天，我又失望又悲伤，丢下书，扑在床上大哭了一场。

又读《西游记》，自然偏爱孙悟空，却见他一生都在被别人歪曲。尤其是唐僧，那么糊涂，不识好人，孙悟空打杀了妖精，他便要将他逐走。他不走，他就念咒，咒得他痛苦难忍，不得不走。可怜的猴子，临走时还想着要向师父拜上一拜，然而师父如此憎恶他，连他的拜都不肯受。

还有《水浒》里的张顺，最后在涌金门外的水池里被乱箭射、乱石打，这位人称“浪里白条”，水性那么好的汉子，像刺猬一样死在了水里。

这都是令年少时的我不忍卒读的情节。

后来接触诗词，每读到“日暮乡关何处是？烟波江上使人愁”，或“将军百战声名裂。向河梁、回头万里，故人长绝”，又或“落日楼头，断鸿声里，江南游子。把吴钩看了，阑干拍遍，无人会、登临意”这样摄人心魄的句子，都让我想放歌，想长叹，想流泪。只觉得天远地阔，人心浩荡，而我该如何是好呢。

一个人过于敏感，人生一定不太容易快乐，但也正因为如此，我成了一个时常想要写点什么的人。当我真的开始写了，却又无法抗拒对自己写作的怀疑。往往，我心里想要的是一块锦缎，眼前也真切浮现出了那块锦缎精巧的式样和光鲜的色泽，待辛苦织出来看时，却只不过是一块粗布而已，这是非常令人沮丧的。

由此，多年来我写写停停，难以突破。

其实也知道，一个写作的人当然不能对自己的作品扬扬得意，但是，无论多么伟大的作家，在写作过程中都难免会产生可怕的幻灭感。这时应当做的，就是不要苛责自己，而是要接受内心最真实自然的表达，接受笔下那些泥沙俱下的文字，让思想慢慢前行，一点点越过阻滞，在某个机缘到来的时刻，它会自觉地变成磁石，把你无意中积累的人生轨迹、阅读后留下的痕迹以及许多瞬间的观察和体悟，其中所隐藏着的金块、珍珠、宝石一一吸收，再回馈给你的手指。或许，一块锦缎就这样织出来了。

于我来说，写作如人生，都不可能在一刻中顿悟，只能在漫长的时日里，在各种的痛苦中渐悟。尽管这渐悟也是进一退十，但“青山遮不住，毕竟东流去”。如同蜗牛在爬一棵葡萄树，一不小心就会掉下来，如果它不放弃，能再从头开始往上爬，那就是福气。

这本书的内容分为两部分，“梦中之影”是以电影和戏剧为载体的文章，说的都是别人的故事；“梦中之人”是散文随笔，大多是自己的心绪。另有一篇《代后记》，可看作是一张个人的长名片。缘梦成书，来自白居易的诗：言下忘言一时了，梦中说梦两重虚。白居易有他自己的意思，我初读到这两句时就将其嵌到了心里，便不顾他是什么意思，只管借来，用以形容我对写作在某一角度的感觉。

如果人生是一场大梦，那么文学、电影、戏剧，一切艺术形式，就是人在梦中又另外造出的绮梦。

我在梦中，说着我的梦中之梦，笨拙、微小、细碎。别人看完，也就忘了；我自己说完，自己也就忘了。

促使我写作的另一个最重要的原因，是我的父亲。他对我的期望就是：成为一个作家。以前，每逢我在报上发表文章，报纸送到家中时，他先翻到有我的那一版，看一眼，放下心来，不细看，而是先把其他内容浏览一遍，最后才把我的文章逐字逐句细读。他就像吃一餐饭，最爱的食物要留到后面慢慢吃。等我下班回到家，他会热烈地与我讨论，对我的文章，他从来不吝赞美，时常赞美到我都觉得过分了，这时我会及时制止他。

我心里明白，他是在鼓励我，他希望我能写得更多一点，更好一点。

他是我的父，我的师，我的友。

或许还是几世的情人，几世的仇家，所以这辈子才会有那么深那么痛的父女之缘。

他是我今生唯一的“最知己”。

他离开后，我对人生几乎丧失了所有的兴致，这其中首先是写作，因为一个最忠实的读者不在了。

可是关于这个问题，他对我又是有过叮嘱的，所以无论是人生还是写作，我都不能放任自己去厌弃。他病危时，一直昏沉，神志不清，在临终前的十天，有了一次所谓的回光返照。那天的他，思维清晰，讲话如从前一般，对我详细交代了许多事情，其中说到让我以后要继续写作。彼时，我在病床前，万般不能承受这样凄惨的人间告别，我泣不成声，胸口似有一堆火炭在烧，又像是一盆热辣辣的熔浆，猛烈地泼在心上，要把我整个人都痛昏过去。

我哭着说：不不不，我什么也不想写了，写了你也看不到了，那还有什么意义。他似乎早就预料到我会这样说，他的脸上露出奇异的微笑，他的眼睛闪闪发亮，从来没有那么亮，那么黑白分明，不像一个即将死去的老人，更像是刚刚降生的婴孩。

他对我说：怎么会没有意义呢？那才更有意义，何况，我是能看到的。

停了停，他又说了一句：这就是，心有灵犀一点通。

为了他这句话，我愿意相信，纵然阴阳两界，相隔茫茫，我和他，也能够心灵相通。

这本书，理所应当献给他，父亲。

燕燕燕

二〇一六年五月一日

釋曰夢中出影
夢中之氣
歲在丙申立秋

京剧里的程派唱腔幽深沉郁，一段听下来只觉曲折回肠，如呜咽，若游丝。《锁麟囊》是其中的经典大戏，唱词典雅，人物扮相清新美丽，声音摄人魂魄。这戏我前后看过数遍，最初知道程派也是因它。

故事很温情，又有寓意。一开场，富家小姐薛湘灵要出嫁，阖家人都忙着置办嫁妆，而她只是百般地挑剔。绣花鞋图样换了再换，鸳鸯一个要飞一个要游。老管家拿来了锁麟囊，那麒麟绣得不合她意，便讥讽为耕牛与野骡。

正觉得这位小姐不甚可爱，她却幽幽道出一段心事：怕流水年华春去渺，一样的心情别样娇。不是我无故寻烦恼，如意的珠儿手未操。

这才恍然明白，原来，一个深闺小姐，面对未知的新生活，心中满怀忐忑，又不好与旁人诉说，所以才会表现得不可理喻。她的老母亲为了让女儿欢喜，在锁麟囊内装满了珠宝，但是薛湘灵的婚前抑郁症是连夜明珠也不能使她展颜的。

同一天出嫁的还有贫女赵守贞。千挑万选的好日子，却天降暴雨，两顶花轿在春秋亭内相遇。或许赵守贞的寒酸更映衬了薛湘灵的娇贵，让她突然明白世上原来也有饥寒伤悲，也有失意痛哭。如果说薛湘灵之前还有些自恃骄矜，此刻这种感觉已全然雪消，只有旁边轿内女子的哭声令她心乱如麻。

她在轿中赤手空拳，身边只有一个锁麟囊可赠。那囊中究竟有何宝贝，戏里有分晓：有金珠和珍宝光华灿烂，红珊瑚碧翡翠样样俱全，还有那夜明珠粒粒成串，还有那赤金链紫瓔簪，白玉环双凤錾八宝钗钏，一个个宝蕴光含。

她主意已定，唱道：分我一支珊瑚宝，安她半世凤凰巢。这真是我听到关于救贫济困最美最感人的句子，让人眼泪喷涌。于她的身家来说，这囊儿不过如头上插着手里拿着的一支珊瑚宝，却足以换取另一女子的半世安稳。既是如此，何不慷慨解囊。

切莫以为这是容易做到的，富者多不仁，人情有冷暖，哪怕是举手之劳，袖手旁观者一样大有人在。

锁麟囊原是早生麟儿的吉祥物，丫鬟劝她不要送人，她朗声道：这都是神话凭空造，自把珠玉夸富豪。麟儿哪有神送到，积德才得玉树苗。薛湘灵自小娇生惯养，被人捧着哄着，不想今日竟能怜惜别人的处境，做出这般义举。又有胸襟有见识，胜过多少男子，并且不让丫鬟说出姓名，根本不指望别人日后相报。

台上演的总是浓缩的人生，幕布一合再一拉，有个人出场道一句“光阴荏苒”，几年的时光就带过了。薛湘灵婚后生活安稳静好，琴瑟和谐，生了麟儿。最可夸耀的，是依旧未老的玉貌朱颜。

后来的事，如她自己所说：只道铁富贵一生注定，又谁知人生数顷刻分明。与儿子乘马车走过长街，一场洪水袭来时，她的生活就毁灭了。

家人离散，流落异乡，不得不在当地一个员外家做了保姆。

人生何处不相逢，她的东家，正是当年的贫女赵守贞。

这个有志气的女子，出嫁前老父为不能置办嫁妆而烦恼，她没有使性埋怨，反而转过头来安慰父亲。但当日在春秋亭内躲雨，只有一顶陈旧残损的破花轿，受尽侮辱。又与薛湘灵贫富相遇，触景生情。再思量着到婆家后必定还要遭人耻笑，便顾不得出嫁的吉日，在轿内大放悲声。不料那边轿内女子竟解囊相助，她心中如何能不感恩。待到发迹后，将那囊儿供在朱楼之上，见物如见恩人，日日像神明一样对待。

当她知道眼前的薛妈即是恩人时，也并未立刻说破，怕的是贫富颠倒，当年富贵小姐如今成了自家的下人，面子上会难堪。她心思暗转，眉眼含笑，笃笃定定，让人把上好的衣裳给不知所以的薛湘灵换上。恰逢薛湘灵的母亲、相公、儿子寻到此间，这时，她才向大家道出缘由。然后，端端正正地，请薛湘灵受自己大礼参拜，真是一个有情有义、知恩图报的女子。戏尾二人结拜姐妹时最好看，两位旦角身段灵动，水袖翻转，整个台上一片花团锦簇，直看得人眼眶发热，无语凝噎。多么好，这锦绣圆满的人生。

然而，细想时，还是觉得这戏有些粉饰了。在最痛苦的时候，薛湘灵有过一段憬悟：这也是老天爷一番教训，他教我，收余恨，免娇嗔，且自新，改性情，休恋逝水，苦海回身，早悟兰因。我喜欢“休恋逝水”四个字，旧时光如逝去流水，让人看到富贵者难长久，强健者必衰老，相爱者终分手。在这出戏中，老天爷一番教训后，仍让薛湘灵与家人重逢，富贵也半点未少。虽然善有善报是每一个好心人都希望发生的事情，但真实的生活往往并不如此恩怨分明。

只是观众也着实不易，看戏等同于在戏中人的人生里又活了一遭，任谁也不愿看到结局是悲剧。现实凉薄，戏里总要给人留一点温暖和念想。何况这故事也提醒了世人，人生繁华如梦渺，富足时，莫忘记分出一支珊瑚宝，这样的善举总是没有错处的。

古代民间传说，能流传至今的，大多因其有惊心动魄之处。比如，眼泪能令长城倒塌，殉情的人化成了蝴蝶，各地的喜鹊每年飞到一起，身体搭成桥，让天上人间的夫妻见上一面。这桩桩件件，皆包含着极出色的想象力。而其中最美妙的，莫过于两条修炼千年的蛇，某一天蜕皮换骨，刹那间转成女身。这情景着实妖艳。是妖，且艳。

更有趣的是，这一白一青两条蛇，有了人的身子，还要像人一样有名有姓。白蛇就姓了自己原先皮肤的颜色，又知道为自己取"素贞"二字，听上去就是个好人家的女孩儿。青蛇年纪小些，做了丫鬟，姓名上没那么讲究，也因了肤色，随口就叫了小青。

她们的故事已被各种版本演得烂熟，我最初得知是幼时跟着大人去看过的京剧电影《白蛇传》。片子开头时，两条蛇在深山中，蜿蜿蜒蜒，忽而一飞冲天，待云雾散开，现出两个美丽女子。看不懂情节的年纪，这一幕却是难以磨

灭的记忆。片子是上世纪八十年代初大陆所拍，虽然是京剧电影，但因为不是在舞台上平面的演出，所以用了布景与实景的结合，又加了些腾云驾雾和水底打斗之类的特技。尽管如此，并不显得恶俗，放到现在看，一样具有传统的素朴之美。

说道是青白二蛇化为女子后，离了峨眉山，降临到花红柳绿的杭州城，一路走，一路称赞，不想人世间竟有这样的好湖川。此时她们于这世界是新生儿，看什么都是好的，并且有一种想立即融入到其中的热情。一个异类，如何才能与人间社会发生真切的关系，唯一的方法，就是与一个人间男子在一起。

胡兰成说:白蛇娘娘,她爱许仙,宁是爱的那人世红尘。

“红尘”,这个词具有迷人的气息,说出来眼前就是一片繁华光景,令人想到热气腾腾的俗世烟火。众生在红尘中来回奔走,熙攘喧哗,谋生谋利,爱恨无休无止。红尘是苦的累的,人却不愿看破它,只要能寻到一点乐,便能支撑着活过这一世。正如爱,都知它只存在于一时一地,但为了那片刻的美与暖,连仙女也会思凡,连一条蛇也千方百计想要做人。

何况红尘中还有这样的美少年,神情缱绻,风度翩翩。在电影中,一见许仙,白蛇唱道:这颗心千百载微波不泛,却为何今日里陡起狂澜。自那之后,她爱红尘,便是因为红尘里有许仙这个人。湖上撑船的老艄公唱着歌:最爱西湖三月天,斜风细雨送游船。十世修来同船渡,百世修来共枕眠,但这十世百世修来的,焉知不是一段孽缘?

白蛇水袖一挥,钱塘平地里起了一座红楼;小青水袖再一挥,楼内灯笼亮起,满堂一片红彤彤。白蛇与许仙入了洞房,小青心内欢喜,正是:西湖今夜春如海,愿做鸳鸯不羡仙。

开药堂,为人治病,夫妻恩爱,不久又怀了珠胎。白蛇在红尘中像模像样地过起了人的日子。

她无比满足,做得了人比修炼成仙更有成就感,但她心里仍有惶恐,因为自己终究是个异类。

也是胡兰成,在自传里曾写道:他在逃亡时结交了一个朋友,两人意气相投,胡欲对他说出自己的身世,便试探问他:白蛇娘娘就是说出自己的真身,亦有何不好,她却终究不对许仙说出,是怕不谅解?那朋友道:当然谅解,但因两人的情好是这样的贵重,连万一亦不可以有。胡遂默然,从此绝了此念。

两人的情好是这样的贵重,连万一亦不可有。所以白蛇小心翼翼,曲意奉承,时时担忧被许仙识破真身。一条蛇,化成女子,也变得软弱起来，顾及自己的终身。直到端午节那一劫，他执意劝酒，她不能说她是蛇，也不愿饮那酒，却只为他说了一句祝酒词：双双偕老，白头相守。她不由心花怒放，昏了头脑，索性饮下两杯雄黄酒。

许仙终是被她的原形吓得死了过去。此后便是漫长的打斗，盗灵芝时与鹤童鹿童打，到寺庙找许仙又与法海打。天上打到地下，地下打到水里，两个旦角功夫了得，一团花枪踢得眼花缭乱，煞是好看。

在断桥边，许仙赶来，白蛇这时方与他细说从头：你妻不是凡间女，本是峨眉一蛇仙。接下来有大段的唱段，到最后唱道：纵然是异类我待你的恩情非浅，腹内还有你许门的儿男。这一句我听起来是极悲的，情意一物，总是这样的让人肝肠寸断。

许仙懦弱，小青气盛，白蛇却是勇敢智慧又大度的，她以一番情理，安抚好二人，然后一手执他，一手执她，天下就安定了。最爱的男人和最好的女友，是她渴望的稳妥世界。

若是在紫竹林安心修行，不久便可成仙得道，她偏要来做人。人间并没有她名录，她偏要来沾染情，沾染红尘。人做人已难，蛇想做人，更要经过几难几劫。殊不知，在法海眼里，她只是一只孽畜，兽与人怎能生情，怎能成婚，那是伦理纲常不许的。因此，得而便可诛之。

在某些版本中，人间过了生生世世，只有白蛇被压在塔下，永世不能超生。在另一些版本中，十八年后，她的儿子中了状元，来到塔前祭母，感天动地，塔倒，母子团圆。

这部戏的编剧田汉先生更善良些。白蛇被镇后，没几年，小青练就了三昧神火，拿了一只宝葫芦，去找法海寻仇。法海敌不过，被击倒在地，蟹将他一口吞了。神火又把塔烧毁，白蛇安然复出，官人娇儿迎上前来，俱是泪眼婆娑。许仙问她：娘子，你我哪里安身？她信心满满，往远处一指：归去，重建家园。

红尘，她又来了。

凤冠梦

在越剧《碧玉簪》里，书生玉林曾误会妻子秀英不贞，对她百般羞辱，真相大白后，悔恨不已。后来他考中状元，捧了一顶凤冠来向她请罪，爹娘婆婆也轮番相劝，但秀英执意不肯接下。如此僵持了许久，玉林在一旁为难，直叹凤冠捧得两手酸。最后当然还是接了，夫妻团圆收场，这一出戏就叫《送凤冠》。

我看戏最爱看戏里的行头，七彩戏衣颜色鲜亮，再配上晶莹的头面首饰，那一身的光彩就足以在台上造一个锦绣的梦了。尤其是凤冠，嵌有数只口衔珠宝串饰的点翠凤凰，又镶上满满的雪白珍珠，光灿灿，沉甸甸。不论是刚出阁的羞怯小姐，或是为人妻已多年的贤惠妇人，戴上它都立现庄严，神情面容顿时矜贵起来，因为此后就是威风赫赫的诰命夫人了。

光灿灿，沉甸甸，凤冠像是一个女人的梦。青春梦，富贵梦，妻以夫荣的梦，平步青云的梦。戏里的女子，少有刚好就嫁给状元郎的，大多是许配了布衣书生，要陪他受穷，伴他苦读，有朝一日，天遂人愿，男人出了头，凤冠是他颁给妻子最贵重的荣耀。

但凤冠岂是那么容易得的？王宝钏要在寒窑守十八年，秦香莲吃尽苦头也没得到，最没福气的是朱买臣的妻子，熬了那么多年都看不到希望，改嫁后他却当了会稽太守。

昆剧《烂柯山》是拿“朱买臣休妻”的故事改编的，名家张继青与丈夫合演过剧中的朱买臣夫妇。关于朱买臣，《汉书》中这样写他：家贫，好读书，不治产业，常刈薪樵，卖以给食，担束薪，行且诵书。其妻亦负戴相随，数止买臣：“毋歌呕道中。”买臣愈益疾歌，妻羞之，求去。

家徒四壁，他丝毫不忧心，担着柴还要大声唱歌，妻子制止他，他唱得更高声，全不顾路人嘲笑，不顾妻子脸红羞耻。这出戏开场时，崔氏已备好休书，打算离了他另嫁别人。

诀别的那个夜晚，烂柯山下，彤云密布，朔风顿起，朱买臣无法上山打柴，两手空空回到家中。家里余下的米，是一眼看过去能数清楚有几粒的，他要崔氏多对点水，熬一锅米汤充饥。崔氏吵闹哭泣，他不急不恼，只是赔笑劝慰。这个看上去又穷又酸的男人，对前途一直怀有奇异的乐观，认定自己总有一天是要做官的。

但他千不该万不该，不该在她心情如此恶劣的时候，还使出一计来逗她。他说家中有个宝贝，若是她戴上能压得住，便是做一品夫人的命。然后让她端正坐在椅子上，自己拿出一个米筐，盖上一块红布，站在她身后给她戴了，问她：可压得住么？她迷迷怔怔，有片刻竟真的以为头上是一顶凤冠，头左右摇了一摇，娇声细语地说：压得住的。他大笑：如此，这一品夫人你做定了。听此言，她不禁将手掩口，柔柔地笑了两声。倏忽间又醒悟过来，取下看时，不禁勃然大怒，将那筐子狠狠朝他掷了过去，满腹的悲愤瞬间全都涌出，指着他破口大骂起来。

二十年的夫妻，青春年华全交付了这个穷儒书呆子。有爱，也磨去

了；有情，也伤尽了。古时女子没有谋生的能力，嫁个男人，指望跟着度日，但他连妻子的身衣口食都不能保。到如今，他还要她再守一守，她是真的守不住了。

取出休书，上写道：会稽朱买臣，卖柴作生涯，赡养妻难活，休后任再嫁。她逼他按了手印，又丢下响铮铮的绝情话：从今后我与你，犹如高山劈竹，势在两开；大海捞针，离难再见。

她改了嫁，"指望换个奢华年少"，却又嫁了个泼皮无赖，对她稍不如意就打骂。她受不了，又离开了，借住在别人家。这时还说什么追悔，说什么羞恼，造化惯常戏弄人，更没料想的是朱买臣竟真的发了迹。

得知朱买臣做官的那日，崔氏做了一个梦。张继青曾被誉为"张三梦"，因她在"惊梦""寻梦""痴梦"中都有出色表演。这出戏中崔氏的"痴梦"，她演得着实精彩。传统舞台，不用任何现代手段，道具只一张椅一张桌一根烛，伴着檀板轻敲，细细的管弦，她已化为戏中的妇人，唱着她的绝境与企盼，凄怨和痴迷，呈现出一番虚幻迷离的梦中之境。

台上的她，着一身緇衣，坐在桌前，渐显困倦之态。此时走来一队人，有院公、皂吏，和手捧凤冠霞帔的衙婆。众人轻轻叩门，说是奉了新官人的命，来接旧夫人，她不禁手舞足蹈，欢喜无尽。衙婆给她戴上凤冠，珍珠在头上颤颤摇摇，每一颗都像此后璨然的人生，她叫道：哎呀，妙呀。那霞帔金铺翠贴，她一把扯过披在身上，拍手笑道：哎呀呀，有趣啊。众人向她下拜，齐呼夫人，门外有绣幕香车等着接她上任。在梦里，她若喜若狂，若痴若癫。

梦太美，梦里凤冠似白雪，但最伤心时，莫过于醒来后只见破壁残灯零碎月。这一夜，崔氏流干了千行泪。

她最后一次见到朱买臣时，他身着大红袍，腰间扣玉带，足蹬朝靴，头戴乌纱。会稽街头，遇到拦路的旧妻，她衰老、寒酸，黑衣上系一条白布裙，但她想着要配得上新官人的喜气，于是在头上插了一朵大红花，对着他声声呼唤“丈夫老爷”。在他眼里，她已与疯婆子无异。

到底是聪明的读书人，会想得出马前泼水这样称得上刻毒的计策来。崔氏跪下，用手拼命去掬地上的水时，是一个女人最卑微与绝望的一幕。他就是要让她知难而退，再也无话可说。

其实他不该怪她当初势利薄情，因她求的只是一个温饱，要的是只是一个顾家的丈夫。尘世中人，今日难知明日事，唯一确定的是眼下这一刻会不会挨饿。况且，当初就算她守得下去，正如戏中所说：我闻田舍翁，多收十斛麦，尚且易一妇。那么，买臣发迹之日，焉知不是崔氏下堂之时？

而她更不能怪他不念旧情，她狠心离开的那夜，他跌坐在椅子上，整个人像是寒冬天又被泼了一身冰冷的水，一句也不能言。那一夜，他不知是如何度过的，此后的日日夜夜，念及此事，又不知是如何度过的。破镜纵然能圆，心碎如何缝补？

爱已到尽头，覆水难再收。崔氏这样的女人，也有着亮烈的羞耻之心，转而投水自尽。

她从凤冠梦中醒来，也从一切的梦中醒来。

五可姑娘

评剧电影《花为媒》里有一位惹人喜爱的姑娘，名唤“五可”。这个名字好听，叫起来清亮，朗朗上口，带着几分聪明和俏皮。她姓张，家中排行第五，父母叫她五可，想是希望她能可心可意，恰巧她生得又十分可人，人品容貌样样都担得起这样的好名字。

前面四个姐姐都已出阁，五可也到了待嫁的年纪，父母不敢为她做主，一切只听凭她的意愿。因为她并不是羞羞怯怯的娇弱小姐，她是有主意有胆识的五可姑娘。

同许多戏里的小姐家一样，五可家中也有个花园。春天，园内总是光景万千，花开似锦，小姐在此刻最容易伤悲。花最盛时，凋落之期也近了，她们由此观照自身，今日虽是青春华年，但都知韶光易逝，红颜会老，不由得人不思量起终身大事来。女子思春的情绪，就如不知何处是归途的旅人，渴慕一程，怅惘一程，一路只见长亭更短亭。

却也巧，五可才在花园里叹那粉皮墙锁住了深深院，辜负了日暖风和四月天，那边就有媒婆阮妈来提亲。提的是一表人才的公子王俊卿，五可喜不自胜，以为成就了一桩好姻缘，但又不巧，那王公子早与表姐李月娥私订终身，一口回绝了五可，还对阮妈说了负气的恶言，他说五可心不灵手不巧，貌丑无才，身段也不苗条。

五可本是心气极高之人，听了这话，在绣楼上一阵跺脚气恼。遭到这样的笑嘲还是生平头一遭，她不由迟疑，莫非真的是自己难辨拙巧？命丫鬟备好菱花，她要对镜细细推敲。只见她一边揽镜顾盼，一边唱道：

慢闪秋波仔细观瞧，见自己生来的俊，好似鲜花一样娇，头上的青丝发乌光闪耀，插一枝红玫瑰紧压着鬓梢，面似芙蓉，眉如新月，耳如元宝，鼻如悬胆，齿如编贝，我这口似樱桃，水灵灵一双杏眼似笑非笑，翠耳环戴两边临风就摆摇。上身穿苏州绣靠身小袄，紧裹着这一掐杨柳细腰，八幅裙腰间系珠围翠绕，轻移步慢转身裙带飘飘，对菱花仔细照我样样都好，真好似九天仙女下云霄。

我爱这位五可姑娘，就是由听到这段唱开始的。她的自恋虽令人惊诧，却丝毫不生反感，反而显出一派珍贵的纯洁天真。这几句唱词写得着实美妙，听起来如珠玉落地，念起来能唇齿生香。那样的貌，那样的妆扮，那样的翠耳环，那样的苏州绣靠身小袄，那样的裙带飘飘八幅裙，那样花瓣一般柔腻的姑娘。得了生命已难得，更难得的是又得了美，一个天生地造的美人儿，理应有这样骄傲。

饰演张五可的新凤霞，天生一张温柔俏丽的鹅蛋脸，平时就带着三分笑意，笑起来更有百媚千娇。她把五可的神韵举止演得异常出彩，最爱看她才刚噘嘴生气，听到句好听的话，立时就绽开笑颜，这时再用帕子一掩口，露一双弯弯的凤眼，是那般娇憨明艳。

评剧不似昆曲那样古雅，也不似京剧华丽堂皇，它是民间的，调子欢乐明快，有市井生活的气息，但绝不低俗。如这部戏中《报花名》的经典唱段，阮妈唱得诙谐有趣：春季里开花十四五六，六月六，看谷秀，春打六九头，头上擦的本是桂花油，油了裤，油了袄，油了我的花枕头。五可则有“爱它一阵黄昏雨，出水的荷花亭亭玉立在那晚风前”和“大风吹倒了梧桐树，自有旁人论短长”的好句子。直白鲜亮的戏词，唱起来活泼泼，脆生生，一听就有喜乐之感。

花园里撞见替表哥来相亲的美少年贾俊英，五可误以为是王俊卿，暗叫一声来得正好，她要趁机一雪前耻，那就是使出浑身解数，来向他证明自己有多么美。

她借花喻己，让他看兰花指，看芙蓉面，看完容貌再看身段，只见她脚步盈盈，似蝴蝶忽东忽西，“走一步凤展翅，走两步彩云飘”，最后走了一圈袅袅娜娜的莲花碎步，朗声唱道：五可我走了一个连呐连环步，钗环响亮我的声啊声音高……

看到这里，不止是贾俊英已神魂颠倒，观众也只会连连夸好。五可心满意足，最美的一面已展示给喜欢的人了，一个女子还有什么遗憾，鬓上取下又香又艳红玫瑰，“赠君玫瑰君莫笑，拿回去日烧香夜祷告，殷勤护，把水浇，一日三朝你要不住地瞧。”说完含羞带笑，飘然而去。终身就这样许下了，一朵花，就是那郑重其事三媒六证的人。

王家张家要结亲，急坏了李月娥，与母亲生出一计，成亲当日，抢先一步蒙着盖头与王公子拜了堂。闻声而来的五可气势汹汹闯到洞房，要找李月娥好好理论。情敌相见，原以为会有一场争吵厮杀，但这位可爱的五姑娘，一见李月娥，顿时怒气消了一大半，把抢亲的事也丢到了脑后，说了一句：“好一个俊俏的女子啊。”见她生得那么美，五可不单没有嫉妒，反而把她从头夸到脚，结结实实唱赞了一番。那边李月娥更不是器量小的，打量着张五可也直道打心眼儿里爱得慌。

原来嫉妒是极丑在极美面前才会有的邪恶念头，是英雄就会怜英雄，美人见了美人也是惺惺相惜，同类相亲。

两个姑娘将前事细细说来，断定是王公子招蜂引蝶，一起要去找他问个清楚。这时贾俊英出现，才大白天下。于是，大红的喜字下，锣鼓喧天，两对新人双双拜了花堂。

贾俊英曾赞五可是热心肠、玲珑性。这样的姑娘，放在戏里戏外，都会可心可意，合该幸福。

传统戏剧里常常会制造一些误会，或假凤虚凰，或阴差阳错，曲折过后，各得其所，人人欢喜。我爱看戏，爱的就是那戏里面的清平盛世，善良的人心思澄明，言行磊落，偶有小奸小恶之辈从中作梗，到头来总也抵不过天理昭彰，让人暖心。

在一九六二年版的越剧电影《红楼梦》中，宝玉大婚之日，以为自己娶的是黛玉，真是说不尽的满心欢喜。他唱道：林妹妹，今天真是从古到今，天上人间，第一件称心满意的事啊！林妹妹，妹妹啊，我合不拢笑口将喜讯接，数遍了指头把佳期待。总算是，东园桃树西园柳，今日移向一处栽。此生得娶林妹妹，心如灯花并蕊开。往日病愁一笔勾，今后乐事无限美。从今后，与你春日早起摘花戴，寒夜挑灯把谜猜。添香并立观书画，步月随影踏苍苔。从今后，俏语娇音满室闻，如刀断水分不开……

每次看到这里，我心中都会有难以言说的悲恸。因为知道接下来宝玉要揭开盖头，那一刻他会慌乱失措，如遭五雷轰顶，会捶胸顿足，发疯发狂，但任他喊天怨地，以死相抗，一切都不能改变了。他在富贵地温柔乡做了一场大梦，至此时才彻底醒悟。

我第一次读“红楼”时，年纪尚小，只是贪恋故事好看。

看着宝玉和黛玉一时恼了一时好了，中间又有多少猜疑多少欲说还休，我亦跟着又着急又高兴，心里盼望他们能遂了这份心愿。带着求全求美的念想读到最后，却看到黛玉亡去，宝钗做了二奶奶，宝玉出家，大观园一败涂地，众人风流云散。不由我失魂落魄，痛断肝肠，将书抛开，扑倒在床上蒙头大哭起来。

那可能正是我生命中最初的一段憬悟，虽然还很蒙昧，但确实从那书中看到了人生残酷的本相。之后无论身处何时何地，遇到何种人何种情，那始终缠绕我身，永远挥之不去的幻灭感，想来皆是由那时而起。

同许多人一样，《红楼梦》是我至爱之书。“红楼”未完，岂止张爱玲一个人恨，乃是所有爱“红楼”人共同的恨事。此恨如吴刚伐桂，如精卫填海，一生偿不尽，一生意难平。

多年来，但凡与《红楼梦》有关的影视戏剧，我总是要去看去听。各种版本里演过宝黛的人太多，说不上哪个最好最像。徐玉兰和王文娟，虽然也不完全是心中的那两个人，但她们在这部戏中的演绎，却让人看得最是销魂入骨。越剧的发声妩媚黏糯，听在耳中有浓郁的韵致，这剧种是最能配得上“红楼”的。

从书内芜杂的头绪中，单拣出宝黛的爱情来演了一部戏，若说与原著有何不同，那就是戏里的情比书里要更烈更浓。编剧是用了心血的，戏中经典唱段俯拾皆是。黛玉初入贾府，宝玉一见这位妹妹，便面露笑意，待到黛玉上前与他施礼，他开口唱道：天上掉下个林妹妹，似一朵轻云刚出岫。真是神来之句，唱出了他的惊喜，也把黛玉的盈弱和仙气都比喻了出来。而世人都说宝玉是混世魔王，在黛玉眼中，却“骨格清奇非俗流”。“眼前分明是外来客，心底却似旧时友。”虽是初相见，犹如故人归，又暗合了他们本就具有的宿世之缘。

之后的情节，读《西厢》、赠手帕、葬落花、焚诗稿、哭灵堂，戏中两个主角，意韵相合，气息相通，举手投足如行云流水，一颦一笑，亦嗔亦喜，或悲愤交加，或撕心裂肺，种种情怀都似羚羊挂角，让看戏的人忘了是戏，演戏的人也似乎忘了自己在演戏，那般入情入骨，令人入戏入迷。仿佛就是真正的宝玉与黛玉从书中翩然跳出，在你面前读着《西厢》、赠着手帕、葬着落花、焚着诗稿、哭着灵堂。

我从读“红楼”开始，就是爱黛玉憎宝钗的。王文娟扮的黛玉古典、娴雅，与宝玉在一起时也会露出活泼的神态。虽然孤高敏感，都是身世使然。且看戏中，孤女蒙外祖母收养，寄人篱下，心里先记住了不可多说一句话，不可多走一步路。外祖母虽慈祥，但身边有孙子孙女，与她到底隔了一层。府中其他人，谁又会真关心她的冷暖。可怜她心中有万千丘壑，却只落了一身病骨。唯有宝玉，对她掏心掏肺，怜她懂她。她爱宝玉，不为他的富贵俊美，而是因为两人同声相应，同气相求。

当她听到宝玉说“林姑娘从来没有说过这些混账的话”时，又悲又喜，喜的是这人果然是个知己，悲的是孤苦伶仃，无人为自己做主。在那样一群精明的人中间过活，她不会圆滑，也不愿谄媚，自然会惹人不喜。她内心长年患得患失，纵然大观园四季如春，于她也只是一座愁城。“金玉良缘”的说法，令她对宝钗存有防备，所以对宝玉会试探，会讥嘲。但她又是正直清明的，当宝玉说“亲不隔疏，后不僭先”时，她说：“我难道叫你去疏远她？那我成了甚么人呢，我为的是我的心。”

而在另一场误会雪消后，宝玉对她说了三个字——“你放心。”

可黛玉如何能放得下心：他是帕上情丝千万缕，我是笔间心事一行行。我和他若是今生无奇缘，又怎会一副心肝合一副肠；若是今生有奇缘，为什么隔一座高山隔一座墙。

奇缘是有的，只是这奇缘注定是一场枉凝眉。黛玉忘了自己的前世，本是灵河岸上的绛珠草，受过赤瑕宫神瑛侍者的甘露灌溉。神瑛侍者凡心偶炽，她为报灌溉之恩，也要跟着到人间，发愿今世要用眼泪来还债。神瑛侍者转世为宝玉，而他那块通灵宝玉，也是无材补天的顽石，因为偶尔听到一僧一道讲了红尘中的荣华富贵，心中艳羡，欲往世上走一遭。两位真人知道这都是定数，于是趁着一干风流情鬼下界，将它偷偷夹带其间，便成了宝玉出生时口里衔着的美玉。

因果原来是这样环环相扣的。佛家有云：爱不重不生娑婆，情不深不堕轮回。人、仙、草木、顽石，都是有了贪爱，有了执着心，才会一同聚集在娑婆世界，上演一出“红楼”大戏。戏散了，梦醒了，各自须寻各自门。

黛玉还了泪，泪尽人亡。灵堂内，宝玉诉尽衷肠后，再用出家来解脱这份痴情。通灵宝玉被丢弃，也自会重回青埂峰下。当日一僧一道曾对它说过：“那红尘中有却有些乐事，但不能永远依恃；况又有‘美中不足，好事多磨’八个字紧相连属，瞬息间则又乐极悲生，人非物换，究竟是到头一梦，万境归空，倒不如不去的好。”但不亲自经历这一番，宝玉、黛玉，还有石头，哪一个都不会甘心。

戏的结局，宝玉大步走出家门，走出轮回。他身后的娑婆世界却不会消失。痴情司的簿册上写满了你我他，警幻仙子案下也照常有人去挂上名号。白茫茫大地只是暂时干净，看那些风流冤家依旧纷纷下世投胎。

情不知所起，一往而深。电影《游园惊梦》的片头打出《牡丹亭》题记中的这句话，说的却是两个女人的情。故事原本很清淡，但因有了一段段绮丽的昆曲嵌在其中，清淡里就处处流动着令人惊艳的姹紫嫣红。更何况，两个人着实是美，小翠温柔娇媚，是女人中的女人；荣兰风流端然，爱着男装，行动举止也有一股男儿的英气。她们爱唱昆曲，爱在家中大园子里演杜丽娘与柳梦梅那段亦梦亦幻的情事。她们的日子，也过得像一个颓靡的梦，梦里尽是雨丝风片，烟波醉软，韶光潋滟。

在那园子里，小翠有着迷乱的情感。本是得月楼的歌妓，老爷花三千两银子将她买了来，像买那只叫“白白”的白鹦鹉，其实在他眼里，她也只不过是一只叫小翠的绿鹦鹉。而她不幸却有着活生生的肉身与扑腾腾的春心。她会凝视搬东西的男仆赤裸着的上身，会与忠实的二管家暗生情愫，有兴致时，也会调戏俊俏的男戏子，但即使如此，也丝毫不会让人觉得她是轻浮的，因其身上天生带有高贵的闺秀气质。剧中，她站在夜晚的院里，黄溶溶的灯光下，为众人细声唱一支昆曲，“袅晴丝吹过闲庭院，摇漾春如线。”笙管奏出呜咽的调子，她低眉垂目，神色庄重沉静，不佻侻，不妖冶，只把手上一把纸扇反复打开又合上，雪白的腕上戴着一只碧绿的镯子。

最懂她的，始终只有老爷的表妹荣兰。有一幕场景：窗外漫天飞着白雪，屋内两个人侧着身子，脸对脸躺在床上。小翠穿白底绣花小袄，纤细的手指握着一支烟杆，迷醉在鸦片的香气里，眼波流转，娇弱动人。荣兰托着腮，看着她说：早就想劝你别吸烟，可是烟雾里的你又是那么美，叫我怎么劝得下口。这话听起来，有爱，更有怜。她爱她的美，更知道她的愁。她们的爱没有一丝戾气和自私，甚至，荣兰会故意安排小翠与男戏子在一起，而小翠在得知荣兰与男老师有了肌肤之亲后，亦对她毫无怨尤。

抛开人伦道理不谈，或许，只有一个女人才真正懂得另一个女人，才知道应该如何去爱她。因为她与她构造相同，是一样的肉身和一样的女心。而男人爱女人，是大而化之的，爱她的容貌，爱她的才华，但永远不会真正与她有共鸣。女人那些繁复的心思和不安的性子，他不耐烦去探究和体贴。男人和女人之间，固然会有本能的相互吸引，却究竟是两种差异极大的生物，所以男女之爱也是有害的，凡相爱必然伴随着伤害。

是否同样，只有男人才懂另一个男人。由此，我又想起另外一部电影中两个男人的爱。他们的故事发生在断背山上，那儿的天空是晶莹的，似一块透明的蓝色水果糖，里面嵌着大朵白色流云，云朵像白色的羊群，云的下面有缓缓游走的羊群，它们就像是地上的云。流云和羊群见证了两个男人的爱情。他们都不是同性恋，但却爱上了对方。这情真正不知从何而起，此后一往而深。只是命运没有眷顾这份感情，他们得到的快乐极少，不得不各自过着隐忍悲苦的生活。两个脾气暴烈的男人，又爱得那么炽热绵长，他们的故事，一开始就带着不祥之兆。

而两个女人的爱，想来总是温软的，荡漾着妖娆的香气，就像荣兰为小翠涂香水的那一刻，小翠微微闭着眼睛，荣兰拿着香水管子在她脸前轻轻撩挠，又握起她的手，在那手腕内侧轻轻来回涂拭，再低下头，将头伏在她手心里，嗅那香气。如果这爱是不该，是有罪，那罪也是美的，并且只要她们不审判自己，任何人或神都没有权利宣判，因为两人的情意没有淫逸，只有相怜相惜。

清代戏曲家李渔的《笠翁十种曲》里，有一出《怜香伴》，写的也是女人之间的爱慕。新婚女子崔笺云与丈夫一同去庙里烧香时，遇到另一女子曹语花，曹女天生带有体香，令笺云爱怜不已。两人又都有才情，一番谈诗论词后，不由生出情来，于是在佛前结拜，祈求来世能为夫妻。但来世太远，今生就能遂了此愿才好，为此笺云费尽苦心，终于使丈夫将语花纳为小妾。那男人当然乐享其成，但他不知女人只是用他掩人耳目，其实真正相爱的是她们。从此后，笺云与语花“宵同梦，晓同妆，镜里花容并蒂芳，深闺步步相随唱”，真正实现了人间大团圆。

这个故事香气四溢，题材又新鲜大胆，在得知京剧张派里有这出戏时，我十分惊讶那时人们能如此开放，竟敢在台上演这出戏，赶忙去找了看，才知原来剧情全都改动过了。笺云变成了男主角的妹妹，当她见到语花时也是非常喜欢，但这喜欢只是想让她当自己的嫂子，最后的结局是语花嫁给了笺云的哥哥。一出惊世骇俗的戏完全改成了规矩的老实套路，让我略感失望。后来又听说，有位香港导演用昆曲的形式重新执导了这出戏，剧情完全遵循李渔的原著，想来应该很好，但我还无缘看到。

同性相爱，一直为世人所不容，然而世间一切事都不能简单论断，尤其是“情”之一字，无法可依，无理可循。就是有那样一种情，它与性别无关，它不知所起，又一往而深，这我原本也是不相信的，不过一直不相信的事情也许有一天忽然就信了，也并不奇怪，只要你经历过足够长的人生，或是看过足够多的电影。

走失的夫

评剧《桃花庵》里有个苏州书生张才，在一个春日的早晨，他走出家门，去虎丘大会游玩。他的妻子窦氏没有想到，丈夫再也不会回来了。张才在路上遇见了一位女尼，被她的美艳和青春迷住，竟身随她去，藏在庵中，从此乐不思归。

不止是窦氏，古戏里，有那么多女人都走失了丈夫。王宝钏走失了薛平贵，苏三走失了王公子，秦香莲走失了陈世美，孟氏走失了杨四郎，柳迎春走失了薛仁贵。戏里面的时间都是天地不仁的，动辄便是十五载、十八年，男人一去无音讯，女人只好在家中无望地等待。

而那些男人，他们大多是没心没肺的，遇到什么就做什么，遇到另一个女人就可以和她正正经经过起日子来。面对人生的遭际，他们既来之则安之，心里有一份可恨的坦然。

张才追随那位尼姑到庵中，好似忘记了自己的前身是

谁的夫，连信也不给妻子报一个。可怜窦氏，每日哭泣忧心，十五年后才知晓丈夫走失的真相，那时他早已病死在庵中。

流落在异邦的薛平贵和杨四郎，一个娶了代战公主，一个配了铁镜公主，虽然也想家乡念骨肉，却并不妨碍他们与新妇的恩爱生活。十八年后，薛平贵偶然射下一只大雁，戏里说是那宾鸿大雁口吐人言，他才想起家中还有个王宝钏，便回去接了她去做皇后。王宝钏在大殿上扬眉吐气，赦了老父，斩了魏虎，然而，了却旧日仇怨之后，那位代战公主才是她心中一根拔不掉的刺。她缠住了她的丈夫一十八年，以后还要与她共享夫爱，这是天大的委屈，却没法说，也只能虚情假意地与她见礼。

杨四郎是个孝子，也是个无情的丈夫。他冒险回宋营，只为见老母一面，对妻子孟氏连半个字都不曾提到。当母亲问起他在异邦的生活，他喜悦地唱道：铁镜公主真可爱，与我生下小婴孩。由于惦记着可爱的公主和小婴孩，他需连夜快马加鞭回去，谁也留他不住。这时孟氏出来，狠狠打了他一耳光，打得好！但夫妻就此缘尽，这将是见他的最后一面了。她的后半生可以想见，不过是潦草又难熬，而他，还有大把大把花腾日喧的日子等着去过。

等夫是煎熬，寻夫却是心碎。如秦香莲，寻着了，奈何他不认她。敫桂英救了王魁，又助他上京赶考，之后他托人送来一纸绝情书，她唯有一死。死了也终是不甘心的，生前难寻，化成鬼魂后反倒容易了，一缕魂魄，从莱州转瞬就飘到了京城，找到了那个中了状元的男人，他已娶了丞相的女儿。戏里的负心人哪会有好报，桂英生虽为弱女，死却化厉鬼，鬼魂为自己的真身报了仇。

戏剧就是有如此的美与悲，戏台只有三尺，但处处都是山高水远，天长地阔。在那没有通讯工具的古代，一个人想走脱简直太容易，一个人丢失一个人也只在转身之后的瞬息间，常令我这个看戏的人心中不忍。长亭寂寂，云雾茫茫，问晓来谁染得霜林绛，总是离人泪千行。今日手一放，来日你就无凭无证。难怪戏里的女子，一旦见着了一个好人儿就要紧抓住不放，就连有男子气概的铁镜公主也不能不担忧，放杨四郎走之前，也要他对着苍天表一番才罢。

其实何止在古代、在戏里，直到近代，现实中，亦有许多走失丈夫的故事。曾听亲戚讲过一段家族里两位老人的经历，男人是一名海员，有一回出海去外国，还没等到回程，未料到忽然之间身外的世界就变了，自己的国，自己的家，竟然都回不去了。他滞留在了异乡，后来又娶了老婆，生儿育女，过成了一户人家。然而在海的另一端，他的妻子，带着六个孩子吃尽苦头，男人可以再娶，她却无法再嫁。她在工厂做女工，把孩子养大了，再送孩子去工厂做工。那位走失的夫，留给她和孩子们的，是履历表上不光彩的海外关系，是历次运动中逃不过的批斗，是生之艰难活之惨淡。她时常恨透了丈夫，但又觉得不应该恨他，因为这一切也不是他情愿的。他们本是大时代里的小人物，是一对平常的烟火夫妻，她在家，盼他出海归来，带着家用，或是异域的一点衣食，大人欢喜，孩子雀跃，至于换了怎样的天地又与他们何干？他们并不想管，可是一个人的命运偏又与时代血肉相牵。这样的故事，于历史是微小到不值一提，于个人却是摧折一生的悲剧。至死，两个人都没再见面。

想起程派的《春闺梦》，那“可怜无定河边骨，犹是春闺梦里人”的一段悲情大戏。丈夫王恢去充军，妻子张氏在家中不知他已战死，夜晚做梦，与丈夫相会，这里有一段唱词：

> 可怜负弩充前阵，历尽风霜万苦辛。饥寒饱暖无人问，独自眠餐独自行。可曾身体蒙伤损，是否烽烟屡受惊。细思往事心忧恨，生把鸳鸯两下分。终朝如醉还如病，苦倚熏笼坐到明。去时陌上花如锦，今日楼头柳又青。可怜奴在深闺等，海棠开日我想到如今。门环偶响疑投信，市语微哗虑变生。因何一去无音信，不管我家中肠断人。毕竟男儿真薄幸，误人两字是功名。甜言蜜语真好听，谁知都是那假恩情。

梦中之人不知相聚是梦，只管对着好不容易见到的人儿倾尽心中的恼与嗔。那幽怨的唱腔，呜咽着，诉说着，走失的夫啊，我们分别时，庭前的海棠初开，庭前的海棠如今不知开过多少遍了，但那一次的花我记得最真。白天黑夜，日子再长，究竟还可以计算，一颗心在岁月中的起落磨折又怎么说得清，我的眼泪又流成了多少条珍珠河。对你的惦念和担忧，使我的每一天都变成了劫难，这些啊，没有人知，只有海棠能知。

京剧里把调情演得最好看的是《游龙戏凤》，这出戏又名《梅龙镇》，故事就发生在明朝正德年间一个叫梅龙镇的地方。

男主角不是别人，正是当时的正德皇帝。戏开场，他上台，先吟一首定场诗：大明一统锦山河，龙凤车辇多快乐。孤王离了燕京地，梅龙镇上景致多。又自言登基以来，风调雨顺，国泰民安，在宫中闲来无事，外出微服私访，体察民情。

此时，他身在离山西大同不远的梅龙镇上，寻了一个小酒馆独坐。

对于自幼儿生长在梅龙镇上的姑娘李凤姐来说，人生在今夜将会有一个分水岭。之前，她的生活平淡低微，名虽曰凤，不过是一只小麻雀；今后，却是锦绣壮阔，真正飞上枝头变了凤凰。小门小户的女孩儿，打小跟着哥哥卖酒过活，谁能想到她的命簿上竟写着“娘娘”二字。

前一天她刚做了一个梦，梦中有条金龙落在自己房中。她未料到这梦是个极好的征兆，因为龙预示着贵人。只是贵人有时并不会让人一眼认出，正如菩萨也会以各种凡人相显现一样。面对眼前这位行军打扮的客人，她只觉得他相貌十分俊雅，言语举止间虽有些佻㑩，却也不让人生厌。

是夜晚寂静的小镇，是并无其他客人的酒馆，一位风流的军爷遇到了一位俏丽的卖酒姑娘。外面的万里江山在今夜显得稳妥而模糊，所有宏大的东西都应该被遗忘，这一夜的故事只关乎风月。

听到客人将桌上的木马儿敲得声声响，李凤姐急忙上前奉了茶，转身欲走时，将一条长巾往后一搭，肩膀却没接住，落到了地下。他咳了一声，她回头，他向地下示意，待她捡了起来再往前走时，他用脚悄悄踩住了长巾的另一端。挑逗从这时开始。

李凤姐一定是生得非常好看的，戏词里虽没有仔细描述她的容貌，但听正德帝赞叹便知：好花儿出在深山里，美女生在小地名。

又唱道：这佳人气性真清爽，好似嫦娥下天堂。

他一旦起了意，她注定是囊中之物。结局早就了然于胸，得手是一定的，要做的只是如何把这过程摆弄得有趣，才不负面前的佳人，不负梅龙镇的一番景致。

他将那木马儿敲了又敲，一次次唤她出来，要酒要饭，戏谑打趣。两个人，你有来言，我有去语，一个攻，一个守。攻的步步逼迫，守的滴水不漏，待到瞅准了空子也能趁其不备，赢他一个回合。男女之间的调情嬉戏，也如一场战事般热闹纷纷。

他要她亲手斟酒，她怕他使诈，便用计哄骗，趁他转头时飞快地斟上了一杯。

正德帝：这酒是哪一个斟的？

李凤姐:是我斟的,可好哇?

正德帝:哎,这样的斟法,慢说是这一杯,就是十杯百杯也算不得什么!

李凤姐:哦,要怎样的斟法呢?

正德帝:要你斟上酒,你的手递在我的手,我的手付于我的口,那才算得呢。

李凤姐:如此说来,我手上有糖?

正德帝:无糖。

李凤姐:有蜜?

正德帝:无蜜。

李凤姐:无糖,无蜜,为何要我来斟酒?

正德帝:为军的我喜爱这个调调儿。

李凤姐:我恼的就是这个调调儿。

他想试她知不知情,她又怎会不知,娇羞薄怒有一半儿是真,却还有一半儿是假。只是女儿家的名节最重,岂可与不知来路的男人胡来。

李凤姐:月儿弯弯照天下,问声军爷你哪里有家?

正德帝:大姐不必盘问咱,为军的住在这天底下。

李凤姐:住了!一个人不住在天底下,难道说还住在天上不成?

正德帝:我那个住处与旁人大不相同。

李凤姐:怎么不同?

正德帝:在紫禁城内那个黄圈圈里面。

李凤姐:如此说来,我倒认识你了。

正德帝:啊,你认得我是谁?

李凤姐:你是我哥哥的……

正德帝:什么?

李凤姐:大舅子呀。

这样俏皮的村野粗话,在千金之体的皇上听起来大概也是新鲜动听的。因此他不急不恼,耐着性子与她周旋,如老猫戏一只幼鼠。她渐渐难以招架,落了下风。

李凤姐:军爷做事理太差,
不该调戏我们好人家。
正德帝:好人家,歹人家,
不该斜插这海棠花。
扭扭捏,捏捏扭,十分俊雅,
风流就在这朵海棠花。
李凤姐:海棠花来海棠花,
倒被军爷取笑咱。
我这里将花丢地下,
从今后不戴这朵海棠花。
正德帝:李凤姐做事差,
不该将花丢在地下。
为军的将花这忙拾起,
李凤姐,来来来,我与你插啊……插啊,插上这朵海棠花。
李凤姐:呀…… 凤姐一见事有差,
跑到后面我就躲避他。
正德帝:哈哈哈……
任你逃到东海上,

为军的赶到这水晶宫。

这一回从前堂追到了她的卧房,她有些心醉神迷,但还是不肯就范。无可奈何之际,他只好挑明身份。

正德帝:啊,酒大姐,你可认得我?

李凤姐:我认得你呀。

正德帝:认得我是哪一个?

李凤姐:你是大户张的兄弟、三户张的哥哥,你是那二混账。

正德帝:胡说!我乃当今正德皇帝啊。

李凤姐:走开,走开,走开,你可认识我哇?

正德帝:你是卖酒的丫头啊。

李凤姐:哎!我乃当今天子正德皇帝,他的……娘喔……

看到这里总是忍不住要笑,想起前面的一个情节:他连哄带吓,终于迫使她斟了一杯酒递在他的手,接酒杯时他又有意摸了她的手,然后得意扬扬地举起酒杯说了声"干",仰头一饮而尽。李凤姐被他调戏,十分着恼,接口骂道:干你娘的心肝!

这出戏许多流派都演过,我最喜欢的是刘长瑜的表演。荀派唱腔清脆细腻,声音好似要滴出水来,动作指法也足够优美到位,引人百看不厌。骂这句"干你娘的心肝"时,刘长瑜的发声就如小女童刚学会说话,有一种奶声奶气,尤其好听。

她扮演的李凤姐娇憨可爱、活泼顽皮,甚至还有一点傻,有一点愣,看似没心没肺,但又自有小计谋和小心思。这样的功力已臻化境,我看过之后便觉得李凤姐不可能再是别的样子。若是把她扮成端庄又高雅,那一定很失败,也不符合人物本应有的气质。皇上喜欢这个女子,正是喜欢她身上未经驯化过的那种野生质地，他在后宫遍赏春色，此番要的就是山间杂花，另有一股韵致。

终于，在正德帝现出头上的避尘珠，露出蓝衫下面金黄的龙袍时，李凤姐猛然想到了昨夜的那个梦，眼前这人竟真的是真龙天子啊，刹那间不由又慌又喜。她真是聪明，立即跪了下来，要向皇上求一个封。

他被她拿捏了一晚上，这会儿也要为难她一下。

正德帝：下跪何人？

李凤姐：李凤姐。

正德帝：跪在我的面前，做甚？

李凤姐：前来讨封啊。

正德帝：哦，我封不得你呀。

李凤姐：为何不封？

正德帝：你方才在前面说我是你哥哥的大舅子，我怎么封你呀？

李凤姐：哎，你若是封了我，我哥哥岂不是你的大舅子了呀？

这女子就是这样，脸皮又厚，心眼儿又灵活，让人气不得恼不得。他大笑，封了她一个闲游戏耍宫，实至名归。

讨了封的李凤姐，热烈邀请皇上在她的卧房休息。皇上说：你哥哥回来怎么办呢？她已陶醉在自己的新角色里，昂首挺胸道：我哥哥回来有娘娘我护驾呢。

《游龙戏凤》，好看就在于一个“戏”字，在于侵略和闪躲，在于欲得尚未得。花未全开月未圆时，让人有涌动的喜悦与想象。待到身份明确后，两个有情有趣的男女马上变成君臣分明，戏已经无味，到此处也就结束了。

不知今后做了娘娘的李凤姐，凤冠霞帔锦衣玉食之际，再回想起小镇当垆卖酒的日子,可会觉得恍若隔世。至于她能否适应皇宫中的生活,皇上对她的兴趣又能持续多久,都是后话不提。观众看了六十分钟的好戏,眼见着游龙落在了凤巢中,已心满意足,谁愿意再去想那些扫兴的问题。

然而你不想,总有人会替你想,而且要彻底扫了大家的兴。香港导演李翰祥在上世纪五十年代拍了一部《江山美人》,说的也是正德帝与李凤姐的故事,但在这部电影里,影星林黛饰演的李凤姐却并没有如愿当上娘娘。她与微服出游的皇上一见钟情,共度一宵后皇上就回京了,走时许诺很快来接她进宫,事实是他回宫后整日花天酒地,全然忘记了这个小镇上的姑娘。凤姐生下孩子,每日苦苦等待,天高地远,那个叫皇上的人迟迟不见音讯,她受尽煎熬,终于香消玉殒。

电影是适合一个人静静观赏的东西,完全可以安排这样悲伤的结局。当灯光暗下来,隔着屏幕,我们注视着剧中人的命运,虽然也为他们忧伤悲泣,却终究还是他讲他的故事,我们流我们的泪。隔着屏幕,互不相干。在光影变幻中,观者不过是做了一个梦。

戏剧不同,传统演出方式的魅力,在于观众和演员是互动的。名角一亮相,便安心等待台下的叫好声,唱到激昂动听的地方,如果观众没有喝彩,台上的人恐怕会绝望得唱不下去。这种形式的演出,需要内容雅俗共赏,甚至更偏俗一些最好。舞台上下距离之近,使观众更容易有代入感,所以一出好戏里需要有一种热闹,这种热闹必定要满足观众的想象,要让大家开怀。

如著名的《西厢记》,它的前身是《莺莺传》,原著中张生始乱终弃,莺莺另嫁他人。王实甫把如此凄凉的结局改为有情人终成眷属,迎合了观众求圆求满的心理,才使得这出戏能久唱不衰。

除了《江山美人》,与正德帝和李凤姐有关的电影还有一部《龙凤店》。《江山美人》里有因为没当上娘娘郁郁而终的李凤姐,到了《龙凤店》里，却有一个并不稀罕当娘娘的李凤姐。

正德帝来到民间，化名小龙，在一家饭店里当店小二。美丽善良的店主李凤姐，爱上了这个穷小子。同样是先不知情，最后才揭晓身份，不同的是，当京剧里的李凤姐听说眼前的军人是皇上时，简直开心极了，急忙讨封。而电影里的李凤姐得知真相时，那一瞬间，镜头停在她的脸上，她的表情是惊诧和悲伤，眼泪缓缓流下，转身绝望地离去。在她的价值观里，似乎根本不会存在这样的想法：我太幸运了，他竟然是皇上。

也许这部电影在此处想要表达一种高贵的爱情，想表明真正的爱情与金钱地位毫无关系，但是放在真实的世间人眼中，她的悲伤显得那么可疑。

如此看来，京剧里那个李凤姐才是活泼泼的正常人，她丝毫没有掩饰自己对权势的崇拜，刚才还指着这人骂娘，一旦知道他是皇上，马上跪下求封，大大方方，不羞不怯。说是势利也好，庸俗也罢，却是可信的，真实的。

哪个女孩子不希望能有这样的好运？哪个人心里不是藏着一个求封的李凤姐？这原是生命的本相，尽管看上去不那么清新脱俗。

而这一出京剧《游龙戏凤》，就用它那极美又极俗的唱词，把生命的本相唱了出来。

凡心

曾听人讲，佛教中规定，僧人一生有七次还俗和出家的机会，但女尼只有一次，若是还俗后就不许再出家。不明白个中缘由，以为是对女性的不公和歧视。后来拿这个问题请教过寺庙的一位师父，师父没有细讲，只说这其实是出于对女尼的保护。

想了一想，觉得也许是因为男子皮糙肉厚，心思较为刚强，多折腾几次也不过是皮外伤，而女子天性软弱，一伤就伤及心肺，只给她一次机会，是要她慎重再慎重，不可出了家凡心不断，还俗后又念着佛门的清静。有时候知道没有退路，反而能把一条路走得顺畅些。

大凡出家又想还俗者，多半是情缘未了。尤其是女子，钱财可以舍得，吃斋茹素不是难事，世界也都可以看作是身外之物，唯一的，一个“情”字难放，皆因那颗凡心实在难以调伏。记得评剧里有一出剧目叫《桃花庵》，讲的是明朝苏州桃花庵内的女尼与一位书生偶遇后发生了爱恋，书生扮成女子藏在庵内过了一年多。后来书生病死，女尼产下一子，偷偷送了出去。这孩子长大中了状元，又跑来庵堂内认了母亲。

把庵名取为桃花，隐隐就透着些不妥，果然庵里就发生了这些不妥的事情。南宋时的临江县也有个凡心未断的女尼陈妙常，京剧和川剧里都有根据她的故事改编的戏。她所居的庵叫女贞庵，听起来很妥当，但这庵名却又被这位妙常师父辜负了。

陈妙常生得明艳动人，蕙质兰心，精通诗书音律。每日里在庵内守着青灯黄卷，拜佛参禅，消磨时光。一切本该安好无事的——如果前世的冤家不找上门来。庵主有个侄儿名叫潘必正，去赶考的路上来此投宿，一见到陈妙常即刻神魂颠倒，不能自持。先是伺机找她对坐品茗，谈诗论禅，而后以琴问讯，言语间渐渐挑逗起来。想那陈妙常并非是勘破红尘后才出家，而是因自幼多病，父母才把她舍入了空门。从未经过尘缘，又怎能了悟色空，在她的素衣玄衫下，藏着的还是一颗少女的凡心，实难经得起这位俊俏书生的拨弄。她也曾板下脸来呵斥他的放肆，也曾惶恐念佛称罪，但心神早晃动，情思已飘荡。夜深难眠时，她写下了一首《西江月》：

松院青灯闪闪，芸窗钟鼓沉沉，黄昏独自展孤衾，欲睡先愁不稳。

一念静中思动，万般情意难禁。强将经卷压凡心，怎奈凡心转甚。

这首将她心事暴露无遗的词被潘必正偷看到后，潘不禁欢天喜地，原来陈妙常那看似百万精兵守护的城池，其实已经不堪一击。再见面时，他便问她为何凡心转甚。事情既已说破，她放下了最后一点矜持。心门一开，贪念滔滔，爱欲绵绵，一齐涌了进来。陈妙常忘记了佛门净

囍

地，抛开了种种戒律，只要能跟有情人做快乐事，管他是劫是缘。哪怕会万劫不复，也要定了此时的心甜意甜。

想起韩国导演金基德的电影《春夏秋冬又一春》里的小和尚，也是自幼在寺庙里长大，迷恋上了来庙里养病的少女，少女走后，他经不起情欲的折磨，执意下山去寻她。十年后，他逃回寺庙，这时他已经历了生活的折磨和妻子的背叛，自己又犯下了滔天大罪。他的下半生，将在忏悔与救赎中度过。他的师父，一位通晓世事的老和尚，自始至终平静地看着这一切，因为他明白，这世间之人，各有各的因果，各有各的宿命。如果是必经的劫难，那么只能走完这个过程，不能强求，也改变不了。

所以对于陈妙常这样一位美艳的女尼，谁又能责怪她的凡心呢？在戏剧中，最后一幕是著名的折子戏《秋江》，川剧里的这一段演绎得活泼可爱。二人的私情泄露后，潘必正被姑母逼迫着坐船离开，陈妙常得知后一路赶到江边。这时他的船已走了多时，她要寻一只船追上他。江边的老艄公见她是个小尼姑，又这样焦急，故意与她讨价还价地调侃了多时。最后她终于乘舟一路前行，眼看着她的潘郎的船就在前面，近了，近了。她的心情那般畅快，如同逃出樊笼的鸟儿。如果说苦海无边，回头是岸，陈妙常早已一头扎进了那情天孽海里，岸在她身后渐渐远了，再想回时，却也难。

夜奔

有一次，旅途中遇到一场暴雪。那雪来得铺天盖地，很快，眼前只有无穷尽的白，令人担心会患上雪盲症。我在深至小腿的雪中蹒跚独行，目光所及之处看不见一个人影。忽然之间，就想到了一个叫林冲的人。

那一夜，他遭遇的想必也是这样大的雪。

那一夜，彤云密布，朔风紧起。发配到沧州后的林冲，奉命看守军营草料厂。仇未报，家已远，前途未卜，现实堪忧。为解心中烦闷，出门沽酒。在戏中，他头戴毡笠，披一领披风，肩扛花枪，上挑着一只酒葫芦。这时，雪已经开始紧了。

文艺作品中，有冤情处常有大雪。窦娥临刑前起了三桩誓，果然，六月的节气，降下雪来。天地不仁，天地又不忍。

风雪之夜是京剧《野猪林》中非常关键的一场戏，因为林冲即将完成人生中最令人料想不到的转变。此处有一段销魂蚀骨的唱词：

大雪飘，扑人面，朔风阵阵透骨寒。彤云低锁山河暗，疏林冷落尽凋残。往事萦怀难排遣，荒村沽酒慰愁烦。

望家乡，去路远，别妻千里音书断，关山阻隔两心悬。讲什么雄心欲把星河挽，空怀雪刃未锄奸。叹英雄生死离别遭危难，满怀激愤问苍天：

问苍天万里关山何日返？问苍天缺月儿何时再团圆？问苍天何日里重挥三尺剑？诛尽奸贼庙堂宽！壮怀得舒展，贼头祭龙泉，却为何天颜遍堆愁和怨。天啊，天！莫非你也怕权奸有口难言……

这个命运多舛的人啊，唱到这里，忽又发现营房已被风雪压倒，不由愈加悲愤："风雪破屋瓦断，苍天弄险，你何苦林冲头上逞威严。埋乾坤难埋英雄怨，忍孤愤山神庙暂避风寒。"

扮演林冲的是京剧名家李少春，先生身长玉立，两道剑眉深锁，一股英气逼人，完全符合我心中对林冲的想象。而此情此景，这一段雄浑悲壮的声音，哪里是唱出来的，分明是他把自己当作戏中人，用心血喷涌而出的。

梁山众好汉出身不同，有身无挂碍的无产者，如阮氏兄弟，如李逵；也有享受着朝廷俸禄，本想博个封妻荫子，不辱祖先名声的小官员，如宋江，如林冲。

林冲是东京八十万禁军教头，对国对上俱是忠心耿耿。妻子貌美贤良，二人感情深厚。他不是一个不想好生过日子的人，但自遇到高衙内后，他的命运便如脱了缰的野马，止不住地向歧路狂奔。

初时，高衙内调戏林娘子，林冲与他发生争执后，鲁智深劝他辞去职务，免受这等闲气，他只说难以舍去八十万弟兄。他以为忍过这一回，以后就会风平浪静。只是，磊落君子敌不过暗算无常。接下来，中计买刀，误入白虎堂，罪名从天而降，最后发配沧州，每一步都落在了别人圈套之中。

去往沧州的一路，枷锁缠身，脚上磨了血泡，差人棍棒相加，他一一咬牙忍了。野猪林中两位差人欲害他性命，鲁智深现身相救后，又劝他索性杀了高俅大闹一场，他仍觉得不妥。只因，尚存一念回故乡。

直至风雪夜在山神庙听到陆谦等人的谈话，得知他们已火烧草料场，林冲心底的幻想彻底破灭。苍天之大，而他连苟且偷生都不能了。

林冲的故事，除了京剧，昆曲中也有改编的折子戏《夜奔》。演的是林冲雪夜上梁山时，疾走在崎岖弯道间，心情纷乱复杂的一段戏。行内有"男怕《夜奔》，女怕《思凡》"的说法，是因这两出戏都是一个人表演到底，其中有大量的唱词与身段，一字需要一个身段。那种载歌载舞的美感，观众看起来满目精彩，应接不暇，对演员来说则需要极深的功力。

昆曲唱词辗转古雅，不似京剧铿锵直白。戏中有一句"红尘中误了俺五陵年少"，有一种此生已黯然的痛楚。让我想起原著中林冲在酒馆题的诗，也是表达了这般心境。那是他在投奔梁山的路上，乘着酒兴，向白粉壁上写下的感伤生平：仗义是林冲，为人最朴忠。江湖驰誉望，京国颢英雄。身世悲浮梗，功名类转蓬。他年若得志，威震泰山东。

诗人聂绀弩由此写过一首《林冲题壁》，诗中后四句堪称奇绝，让我一读惊心：男儿脸刻黄金印，一笑身轻白虎堂。天寒岁暮归何处，涌血成诗喷土墙。

天寒岁暮，大宋朝的八十万禁军教头，神色忧戚，一路向梁山奔去。此生何尝甘心落草为寇，但脸上两行金印已写定一生的罪。再往后，火并王伦，梁山泊上屡立战功，林冲到底没有辜负"英雄"二字。

三月，桃花盛放，山峦如黛。陌上，有女在采青桑。

惊蛰刚过了，蚁蚕已从蚕卵中孵化出来。每天天一亮，乡间的桑园里随处可见提篮采桑的养蚕女。她们三三两两，笑语欢歌。贫苦人家的女子，却个个心灵手巧，脸庞比桃花还要娇媚。头上虽没有珠钗翠环，但她们能挽出各种新样式的发髻，身着或绿或紫的罗裙，亭亭立于桑树下。素手寻繁枝，落叶不盈筐。

她们的名字都叫罗敷。自打那首《陌上桑》流传开来后，罗敷便成了每一位采桑女的芳名。诗中那个罗敷，是她们同命的女伴，别处的姐妹。她为采桑女们扬了眉吐了气。她们是多么敬佩她啊。于是不约而同地，她们都开始自称“罗敷女”。罗敷女明艳动人，罗敷女冰清玉洁，罗敷女不畏权势，不贪富贵，心里只有她的夫君一人。

我们故事的女主角也是众多罗敷中的一个。她的容颜和性情与这个名字完全匹配。

这一天，同往日一样，这位罗敷早早起床来，梳洗完毕，侍奉好了婆婆的饭食，又去看了一眼她养的那些蚕儿们。它们褐色的小小的身子正蠕动在大片嫩绿的桑叶上，发出沙沙的嚼食声。蚕儿正是食量惊人的时候，丝毫不能饿着，她必须尽快再去采些桑叶回来喂养它们。

她的夫君在他们新婚燕尔之时就外出游宦了，一直以来只靠她养蚕剥丝来换取家里的口粮，日子非常艰难。曾经有一年大灾，桑叶不生，蚕儿们被生生饿死。一家人无法维持生计，几乎也生生饿死。

那么难的日子竟也咬牙熬了过来。支撑她的，除了骨子里天生的坚韧和隐忍以外，那就是对夫君的信任与情意，她一定要等着他归家的那日。只是，春天年年不期而至，桑园的桑叶采了一季又一季，蚕一次次结成茧，蛹又破茧化成蝶。远行的他，却依然没有半点讯息。

想到这里，外面再好的丽日佳景在她眼中也是虚设了。叹息一声，收起伤怀，提了竹篮，和婆婆道了声别，往桑园走去。

而这一天，对于在楚国做了光禄大夫的鲁国人秋胡来说，可谓是意气风发。当年为求取功名告别了高堂和刚刚新婚的妻子，在外面辗转流离，遍尝辛酸，用尽心机，小心奉承，四处寻找安身立命之所。承上天眷顾，他蟾宫折桂，在外谋得了重任。前人早说过，“富贵不归故乡，如衣锦夜行。”今日他也终能锦衣荣归了。

想到可以告慰高堂，想到家中等待的妻子，想到乡人们艳羡的目光，他的心情真比这春光更烂漫，比那春风更得意。阡陌上野花缠绵，芳草碧碧。一路缓缓前行，过了前面那片桑园，家就近了。

一切都看似平静美好。他理应顺顺当当回到家中，与家人欢聚诉情，然而正如某位剧作家所说，在日常生活中，平静里常常蕴含着惊涛骇浪。悲剧发生在平常凡人身上时，总是从不经意间开始。

秋胡就是在不经意间，看到了那位桑树下的罗敷女。只见她容仪清婉，乌发如云，面容如玉，正在用柔美纤细的手指，挽下头顶长长的桑条。

她的美让他心动，但不知为何，这位美貌女子眉头轻蹙，眼含忧伤，看了又令他生怜。他今天真的非常愉快，心儿如同天上白云一般的轻飘飘，无限放松，只觉人世间处处洋溢着喜悦。所以，他忽然很想同眼前这位女子调笑几句。

此时，他并不知道那就是他分别数年的妻子。

“秋胡戏妻”这个故事，最早出自汉代刘向的《列女传》中，说的是在外做官的秋胡归家路上偶遇采桑女，见其貌美，出言相戏，并以金相诱。不曾料到的是这女子竟然就是自己分别多年的妻子。真相大白后，妻子备感羞辱，不愿与这种夫君苟且度日，于是引身赴长流。

除此之外，在古诗中也有数首以《秋胡行》为题的诗歌，后来成为乐府清调曲的一个名称。元代的石君宝又把这个故事改编成杂剧，引入戏曲舞台。此后其他多个剧种都上演过这个戏。

我曾看过京剧的《桑园会》和粤剧的《秋胡戏妻》。两个剧目的剧情不太一样，结局更是大不相同。在《桑园会》中，秋胡与罗敷新婚三日，离家二十载，桑园相遇时通过打探，知道眼前这位就是自己的妻子，但他并没有急于与她相认，而是想先试试她这二十年可曾守得贞洁，便谎称自己是秋胡的八拜之交,有秋胡的书信要捎给她。接着又骗她说秋胡在楚国已另娶了妻房,劝罗敷不必再苦守他,并掏出一锭马蹄金相赠,要与她行片刻之欢。面对这等放荡无耻之徒,罗敷放声大骂,又使了一计,从地上抓一把沙土迷了他的眼睛,借机逃回家中。

无独有偶,京剧《红鬃烈马》中有一出《武家坡》的情节与之极为相似。女主角王宝钏是丞相家娇贵的小女儿,却偏偏看中了要饭的穷小子薛平贵,抛一个绣球砸中了他的脑袋。此后宝钏不惜与亲生父亲三击掌,情愿断绝父女之情,也要嫁给平贵为妻。也是新婚不久,平贵从军征战,一走便是十八载。宝钏住在一贫如洗的寒窑中,缺衣少食,方圆几里的野菜都被她吃光了。那薛平贵此时却在异邦娶了代战公主,做了皇帝,安享起荣华富贵来。某天突然想起家中还有个妻子王宝钏,这才思量着回乡探亲。到家后并不直接进寒窑找她,反倒托别人把她请至武家坡下相见,正要与她相认之际,心思又一转,暗道:哎呀且住,想我平贵离家一十八载,不知她的贞节如何,看看四下无人,我不免假意戏耍她一番,便对她说自己是薛平贵的军中莫逆,有书信带来。这之后剧情的发展与《桑园会》几乎是出自同一个模式。

明明是她于他微时屈身下嫁,他丢下她那么久,又负了心,在外面娶了别的女人。回来后

不但不急于安抚她这些年所受的诸般苦处，反要先测试一番，看看她有没有做过有辱他脸面的事情。直到看到她果然在为他受熬煎，果然还是老老实实在寒窑中吃野菜，这才心满意足。全然不顾念她的锦锈青春都交付给了困窘的岁月，她的一腔柔情白白浪费在了夜夜空梦。最后她只得到他调戏未成后的一句至高赞赏：我妻真是一位贞节女娘行啊。这就是古时这些男人的做法。

与薛平贵相比，京剧《桑园会》中的秋胡，我认为还是有可原谅之处的，至少他并无在外另娶她人。再者，和薛平贵一样，他的确事先早知这是妻子，哪怕玩笑开得有些不讲德行，比起《列女传》中的以为她只是偶遇的女子，想立即成其好事的恶行要可恕。再加上剧中还有一高大粗壮的男子来饰演婆婆这一角色，语言诙谐，插科打诨，给剧情无端添了许多喜剧色彩。所以后来秋胡回到家后，罗敷一看刚才调戏自己的狂徒正是自己的夫君，顿时明白他是在疑心自己未能守节。因着他的不信任，她恼怒至极，欲要自缢。这时婆婆从中斡旋，责令秋胡双膝下跪向媳妇赔罪，几次三番后，冰释前嫌。这位秋胡也颇具幽默，跪倒在妻子面前求她谅解，回过头来又对着台下自我解嘲道：列位休得取笑，这是我们做外官的回来，在娘子跟前俱是这样的规矩呀。下面观众报以大笑与掌声。最后台上皆大欢喜，以骨肉团圆永绵绵收场。台下看戏的人儿也笑逐颜开，心满意足。因为这样的结局是符合中国观众心理的。

粤剧的《秋胡戏妻》则是另外一番周折。罗敷出场时有一段独白，陈情自己与夫君新婚只一天，离别却已十年，感叹“甘霖有日润桑田，何日春风到帏帐”。可怜她不知他归来之日，却成了她断肠之时。这时秋胡出场，夫妻二人相遇，互不相识。看到孤单一人的采桑女，他生了歹意，露出各种浪荡俗态，被严辞拒绝后，竟欲辣手摧花，强行得手。她无路可逃，便从头上拨下一支荆钗对准自己的咽喉，准备以死保住清白之身。就在这时二人才认出彼此，秋胡大为羞惭，只得说是为了故意试探她才会如此，然而她并不是个糊涂的人儿，指着他唱了这样一段：贞心一片比冰霜，黄金未改志如常。倘使当时陪笑语，十年谁信守空房。若然你不知情，相戏村妇是为可恶。若然你已知情，相戏发妻是为可鄙。唱到此处已是痛断肝肠，又念白道：我我我十年守节，为的却是可恶可鄙之徒啊。

她知道，若是她刚才一时经不住引诱答了话，这么多年的贞节便白守了，谁还会相信她的一贯清白，到那时他就更有理由肆意侮辱她了。如今虽然她证得了自己的品格，但接下来，面对眼前这位鄙陋的夫君让她该如何是好？这无良的人啊，使她陷入到进退不得的境地。她恨自己有眼如盲，嫁了他，守着他，如今才看清这人是“锦衣华服，盖着邪恶肝肠”。转回身，她举起手中的钗，“荆钗刺得肉眼伤”。这位亮烈的女子，以这种方式与他做了一个了断。刺伤双眼后，掩面离去。留下他一人在台上，失魂落魄，追悔难当。这时方知她的可敬可爱。

晋代傅玄曾作叙事诗《秋胡行》，诗中最后两句以旁观者的眼光评论道：彼夫既不淑，此妇亦太刚。言下颇有不以为然之意。认为秋胡固然失了德行，但秋胡妻的决绝亦不可取，未免太刚烈了些。我最初看这个故事时，也有过这种感觉。无论是投河还是鄙夫毁目，罗敷都是不值得的。他最多会为她懊恼伤怀一阵子，然后不愁没人取而代之，很快便会娶来新妇，但后来再细细想来，猛然洞悉了她的心迹。如果她不是这样性格的女子，在秋胡离家那么久，音信全无的日子，怎能守住冷冷空房，怎能隐忍着黑夜一样无边无际的寂寞。如果她不是这样性格的女子，在秋胡出言相戏以金诱之时，说不定一时软弱动了情，又怎会那样凛然相拒。她的心气儿那么高，胸中自有她的一片丘壑。她心目中外出游宦的夫君，必定会成为人中龙凤，必定是光明磊落的大丈夫，否则没有什么能支撑着她安然面对这“一宵缱绻，十载空房”的命运。但是，最后，她等来的却是这样一位败德之人。她珠玉一般的人，皓月一般的心，就这样被污泥似的他玷污了，践踏了。这让她情何以堪。她意识到自己内心有一种类似信仰的东西已经碎裂了，而那是她的全部。她的世界只有这么小，一旦崩塌，再无有幸福可言。

其实在翻看汉诗时，会发现汉朝多有这样的女子。她们是这样爱恨鲜明，爱上了便全心全意，不犹疑，不退缩，会向上天发下誓愿：上邪！我欲与君相知，长命无绝衰。山无陵，江水为竭，冬雷震震夏雨雪，天地合，乃敢与君绝。而一旦发现对方有了他心，也会毫不留恋地对着浩浩大河立定决心：锦水汤汤，与君长决！连把准备送给他的定情之物也砸得粉碎，再烧成灰，还要当风把那灰也扬掉：有所思，乃在大海南。何用问遗君，双珠玳瑁簪，用玉绍缭之。闻君有他心，拉杂摧烧之，摧烧之，当风扬其灰。从今以往，勿复相思。相思与君绝！她们心底清明，学不会假装糊涂，也不能容忍暧昧不明的感情，她们要的是真诚与温暖，是彼此敞开心意，坦诚相见。她们宁为玉碎，不愿瓦全。罗敷也正是如此。

在男女关系中，女人要崇拜才快乐，男人要被崇拜才快乐。这是一条真理。假若这类女子遇到的是一位才华学问和道德人品都卓绝不凡的男子，她们会心甘情愿在他面前做低伏小，一生当他的箕帚之妾也甘之若饴。而那些三心二意遮遮闪闪的男人则一定会被她们鄙夷和唾弃。

不无悲哀的是，她们注定会失望。人性之无常，人的爱意之无常，人自身的矛盾和局限性，以及古代男女地位的差异，都使得并无有多少优秀的男子可供她们拣择。其实放到现代也是一样。一个幻想拥有完美爱情的女子要经过多少歧路弯道，百转千回，过尽千帆，流过多少无根泪，心碎多少次，才能悟到，从来就没有完美，所有的感情都是千疮百孔的。但如果能安忍随顺，持有一颗平常心，自动忽视华丽袍子里面的虱子，或许，在腐土之上也能开出莲花来。只是，那需要很大的忍耐功力，眼睛里不仅能容得沙子，连梁木也要能装下。罗敷们想必不能为之。

在济宁嘉祥的武梁祠，我见到过一块刻有秋胡戏妻的汉画像石，那块画像石共有四层图像，秋胡戏妻图在第一层。刻石的良匠把画面定格在他们初见面时，左侧是肩挑行囊高冠华服的秋胡，他正在向她问话，对面是手挽桑条转身回望的罗敷。画像带有榜题：鲁秋胡，秋胡妻。这是一幅非常美丽的画面，桑园里，归家的游子偶遇貌美的采桑女，好似一位正好途经此地的摄影师随手拍下了这个瞬间。谁会料想后来他们的故事会那样悲伤。

李少红执导的《大明宫词》中有贺兰氏与李治在皇宫中演皮影戏的情节，剧情演绎的也是秋胡戏妻的故事，其中的对白极其华丽凄美。我在看武梁祠这块画像石时，总觉得配上他们的台词再合适不过。听，那位远行回来的浪子正在说：这位女子，你可知自己犯下什么样的错误？你的错误就是美若天仙。而她，回身看着这位最熟悉的陌生人，一时错愕。

知音

世人都叹高山流水，知音难觅。一旦真是觅到了，却也并非如牡丹遇春风一般轻快甜美。且看古往今来，互为知音者，哪个不是剖心剖肝，情义和着血泪。比如，子期一死，伯牙便破琴绝弦。再如荆轲，本是自在游侠，遇到太子丹，将他奉为上宾，把兴国大业一并托付，这一生没有别人如此待过他，即使一早就知日后会为此人葬身于乱剑之下，也亦无悔。有一种恩义，叫知遇之恩。虞姬自刎，绿珠跳楼，皆是如此。你既是懂我，我何以为报？便是为你死了也情愿。

如此看来，得遇知音难说是一件幸事。只不过，若没有一番不寻常的遭际，此身又何足以道？尘世中从不缺少浑浑噩噩的生命，难得的是奇遇。甚至，一个人是需要一场惨烈的苦难来避免一生平淡无奇的。

假若小凤仙没有遇到蔡锷，她无非是八大胡同里被湮没的青楼女子，他也只是一个没有佳话的英雄。上世纪八十年代有一部电影《知音》，说的就是这二人的故事。比起电影，我更喜欢片中那首同名的主题歌，含蓄优雅，词曲俱佳。它在片中出现过两次，第一次唱起是在蔡锷与小凤仙互相表明心迹的那一夜。之前，袁世凯欲称帝，将云南都督蔡锷软禁北京。为使袁放松防范，蔡锷假作轻狂，时常流连青楼。遇到小凤仙后，每日与她出双入对，意在拿她当个障眼的道具。小凤仙非寻常妓女，堪比红拂，识得蔡锷是英雄，且又年轻英武，她欲将身心全部交付，但始终得不到他的信任。两人一直试探猜度，朝夕相处，却如隔万重山。

这一晚，蔡锷心中苦闷，来到小凤仙的居处，她正在抚琴唱歌。彼时，桌上点着红烛，炉内燃着熏香，烛泪点点，细烟袅袅。只听她唱道：

山青青，水碧碧，高山流水韵依依。一声声，如泣如诉如悲啼，叹的是，人生难得一知己，千古知音最难觅。

山青青，水碧碧，高山流水韵依依。一声声，如颂如歌如赞礼。赞的是，将军拔剑南天起，我愿做长风绕战旗。

听至此时，蔡锷一惊，才明白眼前这个女子，竟是自己风尘中的知音：凤仙，风云莫测，我不能向你吐露真情，委屈你了。这一句话，于她来说早已胜却人间无数。一个是名动四方的英雄，一个是风尘中侠义美人，在乱世之中，能有这样的肝胆相照，一生一回，已是铭心刻骨。

“将军拔剑南天起，我愿做长风绕战旗。”喜欢这首歌的人无不特别赞颂这动人的两句，它令人内心生发出神圣高洁的情怀。但凡一个女子，爱上一个男子后，想的无不是占着他的心他的人，尤其是为妓的，更愿早早得个好归宿。而小凤仙却能将自己的私意置于一旁，先去帮至爱的人实现理想。她也深知，蔡锷不是平常男子，留是留不住的，所以甘心以一己之力，成其心中的共和大业。她的爱是大爱，因为她亦懂得爱国，懂得爱同胞。英雄尚有气短时，这女子却有大见识大豪情。

当你跨上高蹄战马，集结众军，剿贼的战鼓擂响，我将化为天边的长风，盘旋在你猎猎旌旗之间，愿你出征大捷，祷你奏凯还师。

知音的最高境界，莫过于此。

“此地之凤毛麟角，其人如仙露名珠。”她配得上他送的这一联。

往后，先是助他将家人送至安稳之地，再于成亲之日掩护他脱逃，她冒的是九死一生的险，非侠肝义胆者不能为。

当那首歌在片中再一次唱起时，她在去往他老家的船上，还在盼能与他再度相见，携手呼吸自由的空气。而他正躺在异国的医院里，生命已到最后一刻。犹记当日离别，他明知自己一去，留下她必是凶多吉少，不由垂泪，拥着她说：要是我不属于四万万人，就只属于你了。正是，七尺之躯，已许国，再难许卿。如今眼看着重逢有期，无奈天不假年。原来一个人不属于任何的另一个人，他只能属于自己的命运。当他闭上眼睛，她手中琴弦突断。谁料想，一别之后，便是永别。此时，再细听歌中字字句句，任谁都要动容。

她的挽联中写道：不幸周郎竟薄命，早知李靖是英雄。

另有一副：万里南天鹏翼，直上扶摇，那堪忧患余生，萍水姻缘成一梦；几年北地胭脂，自悲沦落，赢得英雄知己，桃花颜色亦千秋。

以后的时日，无论她以怎样的方式捱过，也都像某部名著的续书，不提也罢。也许，有些人来世间走一遭，就是为了成全另一个人，或成全一个后世里辗转的传奇，做完这一件事后，余下的岁月都可忽略不计。桃花绚烂又易凋，因有一个良人看过，便可异于别株。

和《红玫瑰与白玫瑰》里的振保一样，《纯真年代》中男主人公纽伦的生命里也有两个女人，一个是他的白玫瑰，一个是他的红玫瑰。纽伦与梅订婚时，深爱着她，至死不渝这样的誓言，说出来自己也信以为真。梅是圣洁的白玫瑰，眉目如画，举止娴静，代表着上流社会所有的美丽和善良。艾兰是梅的表姐，与丈夫分居后从巴黎回到美国。与梅完全不同，她的美是冶艳的，像热烈的红玫瑰。在习惯伪装的上流人士眼中，艾兰的率真与自我都意味着行为不当和有失体面。纽伦是年轻有为的律师，艾兰的出现，呼唤出他内心不可遏制的激情，她是他欲放弃一切去追求的自由。

他每天给两个女人送花，送梅百合，送艾兰玫瑰。他心里有勇气打破原有的旧世界，但时机似乎总是不对。恋爱中的人负心本是寻常事，爱情的不可靠在纽伦身上显露无遗——未遇到艾兰之前，他急切地想与梅完婚，遇到艾兰，他对梅瞬间冷淡下来。心里疯狂渴望着得到一个人，却不得不和另一个人结了婚，被欲望的火炙烤着，消解不掉，谁都知道那是难耐的折磨。人性在幽微的关口，往往呈现出可怕的真相，纽伦这样高贵温和的男子，在微笑凝视自己的妻子时，心里也会闪出恶毒的念头：她可以死的……许多人也是在年轻时就死去。

这样的诅咒，我似乎听到《红玫瑰与白玫瑰》里的振保也发出过。娇蕊对振保说她已写信给她的丈夫，要他给她自由。然后，她看到面前这个刚与她缠绵欢爱过的男人，被她的话惊得转身钻进电梯。她顺着楼梯跌跌撞撞地追下去，走得太急，高跟鞋掉了一只，她把另一只脱下来拿在手里，急切地呼喊着他的名字——这个在恋爱中从未输过的女人，是第一次这样狼狈。振保被她吓坏了，他想的是他的前程会毁在这个女人手上，恨不得她永远从他生活中消失。这刺激太强大，他晕倒在了路上。

犹记初见面时，振保还曾在浴室里捡拾娇蕊的落发。人们对于还未得到的爱人，总是会做出种种痴心的举动来，彼时名声道义都是身外物，都可以丢弃，去换爱。只是到了后来，身外物往往又变得更重要起来。对于男人来说，一个完全臣服了的女人已少了许多趣味，何况她还不知分寸地缠上了他。

纽伦也曾伏在地上，去吻艾兰穿着软缎鞋子的脚。幸运的是，他们的故事没有后续，所以在心里，他将永远对她怀有那般朝圣者的虔诚。在艾兰离开美国后，纽伦对生活濒临绝望，他决定远行，其实是想去找她，就在此时，梅宣布了怀孕的消息。

这部电影，之前一直缓慢，拖沓，每个人都在隐忍，旁敲侧击。之后，节奏忽然迅疾起来。如旁白所说，纽伦生命中最真实的事情发生了。镜头依次闪现着，长子出生，然后是次子和女儿，儿女很快长大成人，梅也染病去世。很快，他的半生就过去了。看到这里，我才觉出这电影的好，它让我看到，原来一个人的一生，并没有那么多值得细细道来的事件，能遇到一两个爱人，掀起一些波澜，那已是全部的传奇。在五十七岁那年，纽伦回忆起他生命中那朵红玫瑰时，片中旁白响起："每当忆及她，他总感到虚幻宁静，宛如画中的仕女。她象征他所错失的一切。"

同样，娶了白玫瑰的振保，坐在家中一张椅子上，手里举着一份《大公报》在看，报上的日期从一九三六年瞬间变换到了一九四三年。他的婚姻一直像冰窖，有一种可怖的冷。他的妻子烟鹂总是说些不妥当的话，做起事情来畏缩笨拙，整个人就像一根毫无风情的木头。他厌恶她的乏味，厌恶她把洗过的手绢一块一块贴在浴室的瓷墙上。而她也知道得不到丈夫的欢心，越发不爱惜自己，后来又得了奇怪的病症，每天要待在卫生间里很久。她坐在马桶上吃东西，嗑瓜子，掀开衣服看自己白白的肚皮。她已经不是玫瑰，身上散发着不洁的动物气息。

纽伦再也没见过艾兰，振保却邂逅了娇蕊。昔日的红玫瑰又嫁了人，生了孩子，变成沉稳的中年妇人。从前她是一个很好的爱匠，仗着一点对男人的手段，总也玩不够。直到与振保的一场恋

爱，才让她成熟安静下来。她告诉振保，是从他那里，她才学会了怎样爱。我想她其实是学会了自爱，比起爱男人，这是更重要的。因此再见面时，她极平静，流泪的却是振保。

拿玫瑰去象征女人，红的通常被看作是有故事的，狐媚的，让男人欲罢不能，渴望得到她的灵魂和身体；白的则是身世清白的，端庄柔顺的，男人都想娶她为妻。但红玫瑰不会无边无际一味纵情下去，岁月会慢慢洗褪它热烈的颜色，只在它身上留一点往日的印记，那残剩的风姿，就变成了花瓣上一层不肯褪去的淡粉；白玫瑰也并非真的情愿一直扮演纯洁善良，也许它本性是那样的，后来见了太多的污秽，灰了心，不知不觉把自己的颜色也染浊了，成了不清不楚的灰紫。烟鹂这朵白玫瑰，长期生活在振保的忽视和鄙夷中，忧愤之余，也会另辟蹊径，在做衣服的小裁缝身上寻得一点慰藉。而纽伦最后才明白，原来梅知晓他一切的秘密，她只是用无辜的面孔掩藏了极深的心机，不动声色占有了他的一生。

《红玫瑰与白玫瑰》里的主题曲名叫《玫瑰香》，但在这两部电影里，爱情不美，玫瑰亦无香。或许起初是美的香的，后来就不美也不香了；一个人的爱情在她那里是美的，在另一个她那里就是自私的。人们总是喜欢假设自己的人生，也喜欢去假设电影里人物的人生，喜欢假设当时他娶的是彼玫瑰，而不是此玫瑰，不知又会如何？可是人生不可假设，而看电影的其中一种境界，就是把它当成真实的人生来看，所以对电影也不可随意假设，何况真理早已被张爱玲道出：选了朱砂痣，久了会变成蚊子血；选了明月光，早晚都会是饭粘子。既是如此，只有顺从命运的安排。人生如棋，谁要是说落子无悔，都知道那不过是在自欺欺人。

摇晃的粉红钻戒

王佳芝一生中最重要的事，是演了一出波云诡谲的大戏。剧本由别人安排，题旨非常明确：以色诱敌，借机杀之。只要保证这个走向，她在舞台上也能有自己的发挥，笑也可，歌也可，哭也可，恨也可。唯一不可的，是爱。

间谍是古老的工种，女性从业者难免要奉献身体。她们的使命是要去取他人的命，倾他人的城，亡他人的国。一旦选择这条路，便是站在了一个香艳又危险的舞台上，没有彩排，每一天都是正式演出，戏演得如何，全凭机智和运气。即使错了，幕后的导演也是无法喊停的。

《色，戒》中的王佳芝，起初看起来，像是一个好演员。在香港，戏刚开始，她就表现出优良的演技，在对手面前游刃有余，身边的配角拙劣，她也能不动声色地去解围。但这场戏很快随着易先生的离开而被迫终止，犹如一个上妆后艳光四射的名伶，才站到聚光灯辉映的舞台上，被万人瞩目着，这时却突然停了电，她怔在那里，不知何去何从，心头怅惘不已。

三年后的上海，寄住在亲戚家的王佳芝，粗布旧衣，面色黯淡，走在饿殍满地的街头，和难民一起排队等着领几把大米。当他们又找到她时，她没有犹豫，也许她心里还有另一层想法：与其在现实中过穷陋的日子，不如到戏里去丰盈地活一回。脂粉首饰，美衣华服，换上行头，拿起道具，她又成了漂亮时髦的麦太太。

这一出戏，她演得十分卖力，却不完全是爱国戏。于王佳芝来说，政治是一个宏大又虚妄的远景，吃着救济粮也要去影院看一场好莱坞电影的她，擅长和喜爱的应是情爱戏。在日本酒馆里为他唱《天涯歌女》，正是她一段令人惊艳的即兴表演，漫转秋波，指跷兰花，她的人就像身上那件绿底碎花旗袍，端庄里暗藏撩人的风情。歌里唱着的家国情爱，实在是字字句句都要去攫取那个男人的心。在这两人关系中最动人的一刻，看到冷酷凉薄的易先生竟不禁流了泪，她嘴角浮出轻浅笑意，那是演出成功的喜悦。这是在做戏，她是知道的，却不知道自己已在向真情处去演。在这之前，那一次次对望时眼角眉梢间的意念流转，一次次毁灭性的床上厮缠，都是对他们情感的层层推进，这一宵之后，才真正是你中有了我，我中有了你。

珠宝店里一枚粉红的钻戒，是他给她的舞台呈上了一个极美艳的道具。单是钻石并不会完全让她陷落，击溃她最后一点理性的应该是这样的台词：

"我对钻石不感兴趣，我只想看它戴在你手上。"

"我不想戴这么贵重的戒指在街上走。"

"你和我在一起。"

一直以来，她像乱世中的一朵漂萍，被父亲遗弃，被亲戚嫌弃，被同学利用，并没有人这样对过她。

这一出美人计，以演员抛开导演，自作主张改写剧本告终。

最后的散场是在南郊刑场，面对眼前令人惊悸的漆黑深渊，她脸上没有任何表情，既不恐惧，也不后悔。灯灭了，台暗了，幕合了。她的这场人生大戏，演完了。

电影中没有铺垫太多的国仇家恨，暗杀计划也是一群大学生在学校放假时偶然冲动定下的。王佳芝因为长得美，被他们推到前台演了主角，为了剧情需要，背着她，他们安排好要她把初夜献给一个猥琐的男同学。片中还有一个凉心的镜头，是王佳芝在执行任务之前交给老吴一封信，请他看完后帮着寄给她父亲，然而老吴回到屋里就把信烧了。这一切似乎都在暗示王佳芝的某种悲剧命运，在设的这个局里，她只是一粒可以毫不可惜拿去牺牲的棋子。所以，有一次和几个朋友一起聊这部电影时，一个女友问大家，如果你是王佳芝，你会怎样做？众人的答案几乎一样，那就是极有可能会与她做同样选择。

并不是不爱国而爱汉奸，只是以人性的角度来考量一个女人的境地。自久远的朝代以来，常有打着高尚的名头，让一个女人以色身去与敌人肉搏的故事，这本来就很不人道。比如越国亡了，国君无能，便让西施去承担复国大业，那吴王是荒淫无度的昏王，中了别人的计倒也罢了。但如果女间谍与所谓的敌手之间发生了真正的爱情，又该如何是好？若舍义取爱，会背上叛徒的罪名，若舍爱取义，对于个人又未免残忍，哪怕任务完成了，那胜利也是缺少点光彩的吧。

以一场革命来看，王佳芝的角色失败了，以一场情爱来看，她的收场更是悲惨。如果要找一点令她安慰的东西，那就是易先生尽管狠心，再怎么说，他也是落入了她的戏中。这场两人间的较量，终究是她的灵魂占了上风。他的命运曾经有一瞬是握在她手里的，如果她要他死，他便难活，只不过在那一刻，她对他说了“快走”。

张爱玲笔触冷淡凌厉，她的小说，从不会为了让读者看得舒服而写，因为她是连自己舒不舒服都不在乎的。我们希望的圆满与温暖，我们荒芜的心灵孜孜以求的一个答案，在她眼里统统都是低幼的情感。在原著中，她写易先生脱险回家后，从马太太眼里看过去，他的脸上有憋不住的喜气洋洋，带着三分春色。因为他觉得与她是虎与伥的关系，亲手了结那具鲜活美丽的肉体后，她这才生是他的人，死是他的鬼，他对她，已完成了最终极的占有。牌桌上太太们的那句“不吃辣的怎么胡得出辣子来”，正是他当时心情的注脚。

李安在谈到《色，戒》时曾说：创作中我变得很大胆，这是因为张爱玲的关系，为了表达对她的一种忠诚，我借了她的力，因此不再温和。

但他分明还是温和的。电影中易先生签过了枪决令后，有一个我印象极深的镜头，他的视线落在了桌上那只六克拉的粉红钻戒上，几个小时前，它还戴在她涂了玫瑰红蔻丹的手指上。现在，它在桌上轻轻地摇晃着，很像小小的王佳芝在向他央求：不要杀，不要杀。

他看着它，脸上全是不忍。

而后他又在她房间的床边坐了片刻，用手轻轻抚摸了床单，起身离开时，黑暗中也能看见他眼里有泪光。此情此景，让人无端想起两句诗：从此无心爱良夜，任他明月下西楼。

这样的一点点慈悲，正是观众需要的。摇晃的粉红钻戒又像颤动的心，易先生的，李安的，我们的。

一生是几个长镜头

有些节奏很慢情节很淡的电影，对观者要求较高，必须在具备与作品相匹配的心境和欣赏能力后，才能看得入味。《海上花》就是一部我静下来才敢去看的电影，前后大约看了五六遍，仍是想再看。

原著是张爱玲翻译的晚清小说《海上花列传》，朱天文做编剧，导演是侯孝贤。他在片中运用了一贯热爱的长镜头，一百分钟的片长，只有三十七个镜头，场景全放在室内，人物如在框中，行动极其有限。开场后的第一幕是几个客人围成一桌边划拳喝酒，边谈论一些身边朋友的风流韵事，陪酒的女子们坐在男人身后，时而替喝一杯酒，插上几句话。说的都是吴语，听上去温软又妖娆。这一个场景的铺陈非常漫长，镜头长达九分钟。

正是因为融进了这样的镜头美学，《海上花》拍出来就像一个绮丽的梦。片子色调始终是昏黄的，偶尔亮一下，也是蜡炉的火苗和煤油灯里跳跃的灯火，或是在点水烟筒

时手里晃动的烟火纸。微弱的光晕为暗沉的屋子增加了一些珠光色泽，再反射到衣服和人的脸上，淡极，也极艳。

这种调子下展开的情节，一如弥漫在电影中的江南丝竹之声，即使心撕裂了，面子上也还是轻柔的，清缓的。故事讲的是十九世纪末的上海租界内，几个妓女与客人之间的爱怨之事。世人一提到妓院，便会想到放纵和淫靡，但电影里表现的其实非常素朴。旧上海的高级妓院称为“长三书寓”，是家庭经营式的格局，妓女在这儿被称为“倌人”或“先生”，她们身上并无妖冶之态，反倒有着一股端庄和傲气。生活也是寻常人家的生计，每日在意的是生意好坏，以及不可避免的小圈子内的争斗。正如张爱玲在谈到原著小说时所说：暗写、白描，又都轻描淡写不落痕迹，织成了一般人的生活质地，粗疏、灰扑扑的，许多事“当时浑不觉”。所以题材虽然是八十年前的上海妓家，却并无艳异之感，在我所有看过的书里最有日常生活的况味。

于是，胶片在导演手里就好似一幅幅画卷，把几个妓家的日常生活况味一一铺开在观者面前。

住在荟芳里的沈小红，看似聪明，其实一败涂地。王莲生对她十分喜爱，打算娶为妾，但她为人处世不知进退，暗地里与戏子来往，又爱使性子，他纵使花了许多钱，也难得享受片刻温存。在抓到她与戏子厮混之后，王莲生决绝地娶了张蕙贞。沈小红这个人物在片中话语不多，一直心事重重的样子。电影最后一个镜头，是她在专心摆弄一只水烟筒，脸上看不出表情。身边坐着的，已是另一个陌生男人。

尚仁里的黄翠凤，美艳精明，性子很烈，说出话来句句铿锵。在教训不好好做生意的小姐妹时的一席话，说明她深谙规则，哪怕是妓女也要做好自己的本分。她手段高明，早就在筹划后路，虽然还是离不开可靠男人的帮扶。

公阳里的周双珠是让人喜欢的角色，人情练达，成熟世故，擅长调停矛盾，周旋在各种关系之中。她既不会像沈小红陷入泥沼不能自拔，也不像黄翠凤那么锋芒毕露。她的聪明是不写在脸上的，但在整个堂子里，却是最具大智慧，最淡定的一个。镜头里的她无论是拢头发，整衣衫，抽水烟，都有一股大户人家夫人的风范。烟火纸在她手中忽明忽暗，照见的神情，俱是不急不慢，气定神闲。

最不出众的是东合兴里的张蕙贞，她姿色平平，但性格柔媚温顺，王莲生常到她这儿来疗沈小红给的情伤。她也有自己的承算，一心想抓牢王莲生。沈小红与戏子姘居，犯了低等错误，倒使她平白得了个好终身。

除了这四人，另外还有一些女子，她们每日出局，陪酒，陪打牌，与老鸨斗智斗勇，与客人逢场作戏。每一个人都在自己的笼子里喘息，知道挪动不得，也就不再向外张望，索性把心机都用在了男人身上，那就是她们的整个世界。

一个场景一个镜头，在几个家庭间切换，一个场景结束后银幕一黑，再开场依旧是暗沉的屋子和昏黄的珠光色。摄像机始终在不远不近处冷静观望，记录众人间的黏稠胶着。片中唯一一个特写，是对着沈小红放在桌上的一根翡翠发簪，镜头在这儿停顿了近二十秒，那种感觉美到极致，也寂寞到极致。

侯孝贤谈到自己的这部电影时曾说：我故意不拍外景，因为她们困顿在这一个“环境”里面，永远跑不掉。其实每个人他们一出生，都困在这个社会，跑不掉。

我在看的时候能真切感受到导演想要表达的那种困境，以及无计可施的生命状态。人在少年时，气都极盛，笃信海阔凭鱼跃，天高任鸟飞。年岁长了，方才恍悟，哪怕你真是一条鱼一只鸟，你能游会飞，终究不过是游在网中，飞在笼里。不论此身到了何处，仍是一样地被时间和空间困住。宇宙辽阔，一个人能占有的也只是方寸之地，身边的几个人，可能就是你这一生的全部世界。外头纵然有无限天地，但你无法涉足。

每个人的一生都像一部电影，要让自己看自己的这部电影，恐怕是会绝望的。那些最好的时光，通常转瞬即逝，长久占据在我们生命中的是起居、工作和日常生活。而这些，如果在身边架起摄像机，摆上固定的镜位，一生也不过只是几个长镜头。

卜算者

天生我材必有用，此言不虚。生在这世上的每个人，总会有一项谋生的技能，各行的祖师爷总要拣选出自己的传人。于是有人写得一手好文章，有人擅长以物换钱，有人长一双巧手，能修能补，能制造能雕琢。还有人，他们是卜算者，能够通灵，生了一对天眼，看得见别人的命运。

一九二四年，十五岁的巴黎女孩吉尔达和朋友们去了一个卜算女人的家，在那里，她摊开了自己的掌心。女人看了看那些纹路，再抬起头看着她的脸，沉默了一会，然后说：对不起，我看不了。女孩们离去后，吉尔达又转了回来，问她：你看到了什么？那女人说：我看到你只能活三十四岁。

不知吉尔达内心有过怎样的起伏，但她一定是相信了这次卜算，因为从此她再也不为自己庆祝生日。到了读大学时，她的美丽和放荡已使她在学校声名狼藉。此后的一年又一年，吉尔达与不同的男人恋爱，尝试各种职业，她的人生充满惶恐，总觉得时不我待，稍纵即逝。在这种生命状态下，无法抓住任何真切的感情，只好把每天都当作末日来纵情享乐。

时代也正是混乱的，个体生命如浮萍似浪花，总难逃脱历史巨流的吞噬。二战爆发后，德国人占领巴黎，吉尔达加入了地下组织，此时她最好的女友和最爱的男人都已离她而去。表面上，吉尔达开始与一个德国军官同居，暗地里负责窃取情报。德国军官对她爱慕不已，虽然她从不说自己的年龄，他还是偷偷查到了她的生日，并在那一天带她到餐厅，告诉她是要为她庆贺，她的脸色顿时变了。那一天，吉尔达三十三岁。

之后，战争结束，德军撤离。不明真相的邻居把吉尔达揪了出来，他们早就对这个荡妇恨之入骨。如同西西里的玛莲娜一样，她也被剪了头发，但玛莲娜活了下来，吉尔达最终被一个家人曾遭纳粹谋害的年轻人杀死。在死之前，她没有一句辩解，脸上甚至带着一抹微笑。她知道冥冥之中万事早就注定，而自己的命数已尽。来生未卜此生休，她的一生仿佛都在为这一天做准备。

这部《巴黎烟云》，是我最喜欢的电影之一。

关于吉尔达的命运令我想起另一个法国女人，不是电影中的角色，而是历史上的真实人物，她生活在十八世纪，人们称她蓬巴杜夫人。一位名叫弗朗索瓦·布歇的画家为她画过许多肖像，在其中一幅画中，她穿一件绿色绸缎长裙，那种绿是又鲜艳又柔和的绿，裙子垂下的褶皱质感生动，观者似乎触手可摸。领口和裙裾上缀满粉红色花朵，层叠蕾丝的广袖，低低的束胸前打着粉缎蝴蝶结，脚上是一双小巧玲珑的浅粉鞋子。画上的蓬巴杜夫人有着精致的五官，脸若桃花，肤白如脂，是真正的红粉佳人。她手拿一本书，眼睛望向远处，身体斜倚在软枕上，气质华贵，如一颗绿宝石闪闪发光。

蓬巴杜夫人是一位奇女子。与电影中的吉尔达同样，在她的少女时期，也遇到过一个卜算的女人，不同的是，她被预言将会成为国王的女人。成年后，先是与一平庸男子结婚，但这并不是她一生的定局。据说，她在得知国王路易十五打猎会经过她家附近的树林时，便天天去那里等候。为求得国王惊鸿一瞥，深谙色彩美学的她有时会穿一套粉红裙，坐在深蓝色的马车上，改天又着一件蓝色长袍，再换上一辆粉红色的马车。

这样一番过后，她走入了上流社会的交际圈，接着凭借不凡的美貌与智慧，住进了凡尔赛宫。此后，路易十五宠她长达二十年。蓬巴杜夫人不仅引领着宫中的时尚风潮，甚至一度成为影响法国政坛的人物。伏尔泰对她有这样的评价：如此名姬，旷世罕见。

假若吉尔达与蓬巴杜夫人没有遇到各自的卜算者，她们的命运是否还会是这样的轨迹？当我疑心卜算者的预言对人所产生的暗示时，却又读到了这样一个小故事：古代有一个人，当他在军队里做小卒的时候，一位相士说他以后会成为诸侯，而他在自己身上丝毫未看到这种潜质，认为是在嘲讽他，对相士大打出手。但他最终还是成为了一个王。

到底，是先有你的命，再有卜算者，还是先有卜算者，再有你的命？

距今两千年前，在我的老

家沛县，我那位著名的乡人刘邦，他也曾受过卜算者的激赞。先是一位老妪看他在田间睡觉时身体呈现龙形，便四处为他宣扬。又有一个卜算者见了他便作揖，说他日后必定大贵。最最重要的，他有一位非常了不起的母亲，一直在说，生他之前曾梦见与龙交配。谁能说，不是这些人这些话给了他念想，增了他的勇气，不然，一个区区的亭长，如何就有那般天大的胆识？如何能在目睹秦始皇出巡的威风时，脱口而出那句豪气干云的“大丈夫当如是也”？自古世人都信皇帝是天之骄子，平民出身的英雄欲成就霸业，也需要给天下人一个说法，才能令其信服，而这些，往往离不开卜算者的造势。

所以，卜算者既能助人又能误人。即使他们所言真的是他们占卜出的结果，然而一切从业者都难免有失误，卜算者泄漏的也并非全是天机，却由此为你安排下了一条路。如果你以认命的方式接受了他的预言，你的命运便一步步去迎合那个说法，直至走到他给你指向的去处，不管是只有三十四年的人生，还是成为国王的女人。

有一些地方，虽从未涉足，却因为与之有关的电影，早已跟着剧中人走过一场场甘苦交加的旅行。少女杜拉斯的越南，伍迪·艾伦片中的巴黎，萨姆与安妮的西雅图，弗兰西斯的托斯卡尼。至于布达佩斯，毫无疑问，它是属于伊莲娜的。一部以二战为背景的《布达佩斯之恋》，让我对那个多瑙河流过的古老城市满怀神往，而伊莲娜的名字，也被镌刻在我观影史的美人纪念碑上，深深铭记。

《忧郁的星期天》是这部电影的另一译名，也是片中一首钢琴曲名。这首曲子是安德斯送给伊莲娜的生日礼物。那是伊莲娜终生难忘的一个生日，彼时，在她工作的沙保餐厅里，老板拉西路送她一支蓝宝石发簪，钢琴师安德斯为她弹了一首动人的旋律。当晚还有一位客人，德国人汉斯，他用手中的德国相机为伊莲娜拍了一张照片。那天也是他的生日。

镜头中的伊莲娜，斜倚在琴边，穿一件宝蓝色的连衣裙，冰肌玉骨。浓密的头发低低挽起，正配上那支发簪。她有一双幽深的眼睛，像一个神秘的梦，任谁看了，都会被摄去魂魄。

她是真正的世间尤物，连声音都那么动听。当她开口，你会相信匈牙利语的确是世界上最美妙的语言之一。

那一晚，三个男人都在爱着她。

汉斯只是一个无关紧要的过客，她漫不经心地拒绝了他的求婚。拉西路是在一起四年的恋人，她对他有情深意长的眷恋。和安德斯，虽然初相识，却被他强烈吸引。在那晚的十字路口，她选择了安德斯的方向。

面对这种局面，拉西路说：我宁愿分享也不愿失去她。这个精明却不失温厚的犹太人，深爱着伊莲娜，只有深爱才情愿这样求全。他对人性洞若观火，明白每个人其实都想一箭双雕，身体和性灵都需要满足。对伊莲娜这样的女人，既然不能独自占有，不如尊重她的意愿，这样才能永远得到她的爱。

于伊莲娜而言，拉西路宽容体贴，宠爱她如女王，与他在一起能享受世俗红尘的快乐；才志清明的钢琴师安德斯，带给她的则是灵魂上的大欢喜。世人选择伴侣，从来难以两全，伊莲娜何其有幸，却能同时拥有这样的两个人。

看似违背常理的爱情，但当事人甘于担承，无怨无尤，他人便没有立场去诘难。人性是幽微的复杂的，命运又常常诡异莫测，不是所有事情都能以道理来一言蔽之，而对于感情，本不该以好或坏来分类。

伊莲娜绝非放荡的女人，她勇敢，真诚，在拉西路和安德斯的生死关头，她都做出了艰难的牺牲。拥有过这两人的爱，此生她再不会对其他人动情。影片在表现三人的情意时，自然、优美、如歌如诗，是完全能令人接受的审美手法，丝毫没有不洁之感。更重要的是，这三个人都是美好的。无法想象这样的感情会发生在自私狭隘者身上，它也不会存在于浮华的时代，或许只有在那时，在布达佩斯那样的地方，在多瑙河边，在链子桥上，在有美酒有钢琴的沙保餐厅里，才会有如此纯净的爱情童话。

一曲《忧郁的星期天》，给安德斯带来声誉和财富。沙保餐厅每天迎接着各种身份的客人，他们都为听这首曲子而来。汉斯来信，问候伊莲娜和老朋友拉西路，并寄来那晚为伊莲娜拍的照片。伊莲娜看了很高兴，后来他们将照片镶入相框。日子平静，偶有小小争执，很快便相安无事。某天，三人在河边野餐，躺在柔软的草地上，伊莲娜心满意足地说：我们要维持这种关系。

今日相乐，皆当喜欢，因为大难就要临头。

汉斯再次出现在餐厅时，身份已是上校。布达佩斯被德军占领，这个城市面临着一场残酷的践踏。同时，像受了诅咒一般，许多人在听完《忧郁的星期天》后纷纷自杀。安德斯不明白，自己写的曲子里到底传递着什么讯息，为什么人们听了会断绝生念。直到安德斯用汉斯的手枪结束了生命，拉西路才帮他找到了曲中真正的讯息，那就是当羞辱不断降临时，人们会选择有尊严地离开这世界。

拉西路却没来得及也这样做，当年他曾救过汉斯一命，内心存有幻想，但汉斯并没有施以援手，他平静地看着拉西路被送上去往奥斯维辛的火车。

二战时，匈牙利是仆从国，一直把德国当作可依赖的靠山，但最终却有五十多万匈牙利犹太人被纳粹屠杀，其中一部分被枪决后扔进多瑙河。电影中的汉斯与拉西路，一个是进化论的信奉者，一个却认为动物有兽性，人有人性，两者的行为应恰如其分。他们之间，从某种角度看，与两个国家的关系有几分相似。

时光也只是寻常事。五十年后，德国最大的贸易公司总裁汉斯先生和夫人来到布达佩斯。这天是他八十岁生日。旧地重游，难免有无限感慨。故人早已不在，而今日的自己却依然风光显赫。坐在沙保餐厅熟悉的位子上，他一边品尝着最爱的牛肉卷，一边让钢琴师演奏那首名曲。

钢琴上摆放的还是他当年为伊莲娜拍的照片。

影片有一个意外的结局。一场看似来得晚的复仇，其实来得正是时候。镜头转到厨房里，有人正哼唱着一首熟悉的旋律。从背影看过去，这人鬓发飞雪，插着一支蓝宝石发簪。

夜色中，骊歌荡漾在多瑙河上空。一代代的人生是短暂的，唯有河水绵绵长长。它不怒不惊，看惯了世间的恩空怨幻，缘生又灭。

如果拿一样东西来形容侯麦的电影，应当不是醇厚的葡萄酒，而是极淡的白茶，或是带着新鲜清凉之气的蔬菜。若以文体来比，又像简静意悠的元小令。再一想，这些比喻似乎全不贴切，因为侯麦的电影就是侯麦的电影。

风格洗练，剧情简单，没有繁杂的线索，剧中人不停地走路或交谈，话语里包含着微妙的哲理。看这种电影，容易恍惚，稍一转念，再回过神时就不知所云了。比如《绿光》，讲的无非是巴黎女子黛尔芬一次度假的故事，我却连看了几遍才渐渐渗透进去。片中的长对白太多，有时索性放弃字幕，只看人的表情和丰富的手势，或者单是欣赏某一帧画面，也是愉悦的享受，因为导演有极其别致的手法。有个场景是一个戴鸭舌帽的老人与身边的人说话，镜头慢慢推近后，定格在他和他身后一枝火红冶艳的月季花上，那花旁枝逸出，几乎伸到了他脸上，而他的头也微微侧过去，那些绵绵不休的话语，都像是在对花说。

夏天是巴黎人外出旅游的季节，黛尔芬与男友分手了，约好的朋友有事不能陪她，她找不到伴，也不知什么地方适合独自一人前往。去过几个亲友家，自己也到了外省，又因为厌倦和孤独很快再回巴黎，然后仍要面对漫长的假期。有朋友邀请她，她会动心，但又觉得那并不是自己真正想要的。也希望旅途中遇到意中人，可是真有男子与她攀谈时，她又充满戒备和敌意，疑心他们心存不良。总之，这样也不是，那样也不好，她陷入无法摆脱的胶着之中。

这个女子在人群中，总是带着一脸疏离，身处何地都与环境格格不入。朋友告诉她大家都是忠实听众，只要她愿意说出自己的真实想法，于是她说了很多，她们听了却不能理解。法语是快速急促的，长句子说出来的语调像个絮叨的老人，旁边的人再把话接过去时，听起来有一种互相竭力要表达什么，却怎么也无法让对方明白的无力感。

所以有时她就不说，自己跑到一边去哭。她坐在楼梯上，身边是摆放着的粉色海棠花，楼梯栏杆是蓝色的，她穿的则是一件红衣服。夏天的风轻轻凉凉，生活看起来如诗如画，而她就那样托着腮，气呼呼地哭着，朋友不得不过来安慰她。她们无不觉得她有些神经质。

这样敏感脆弱纠结的女子，原来是摩羯座。她的朋友说，摩羯是一只山羊，你就像一只山羊正在爬山，一路都是上坡路，而且总是孤零零的。

同为摩羯座，我懂她如同懂自己。对于摩羯女子，研究星座的人早就说过，她们的可恨来自于地久天长的执迷不悟，以及无论如何都快乐不起来的悲观天性。

我知道黛尔芬这样的女子，因为还年轻，尚不能控制自己的情绪，待到成熟一些，她就不会再让别人看到自己的眼泪，甚至不会再有什么事情能让她流泪。到那时，也不会再害怕孤独，反而将其视为一种快乐的宁静。黛尔芬身上有摩羯座的典型特质，对自己和他人充满怀疑和审判。她需要朋友，又不想建立过于亲密的关系，彼此之间一定要留有安全距离。在途中她遇到过一个与她性格完全相反的瑞典女子，她也羡慕那女子的开朗与放松，与陌生的男人谈论无聊的话题，也能快乐得开怀大笑，她却做不到。她骨子里十分清高，还有过分的精神洁癖，活得固执而沉重，无法抱有及时行乐的心态。一个人的性格是天生命定，强求自己去改变也是不能的。

这部电影的主题，是从海边几个老人的谈话中体现出来的。他们在一起讨论着凡尔纳的小说《绿光》。绿光是罕见的自然现象，是当太阳隐没在海平面的一刹那折射在天空的最后一道光。当你看到绿光的时候，你就能读懂你自己，也能读懂其他人，因为它的出现摧毁了谎言与幻想，这也意味着，你能寻找到一份正确的感情。

黛尔芬将绿光的传说听进了心里，有人曾告诉过她绿色是她的颜色。

在困顿了许久之后，转机终于在她身上出现。车站等车时她又遇到一个男子，他谈吐文雅，没有令她不舒服的举止。这是第一次，她愿意主动去靠近，但这样做是否正确，她不能确定。世界越来越让她丧失安全感，既然命运不可把握，不如将一切交托给某种神秘的形式，以此来让自己相信这一次缘分的殊胜。

因此，当男子问她是否愿意一起度过余下的假期时，她不能作答，只是和他静静坐在海边，等待着大自然的启示。远处那颗太阳，慢慢在往下沉，往下沉，直到它淹入水中的最后一瞬间，海上骤然闪现出一抹弧形的绿光，颜色无比微妙，像天上仙女不小心从手上滑落下的碧绿手镯。此刻，我听到黛尔芬的欢呼声。

从来没有哪部电影的女主角像黛尔芬那样，令我如此希望她幸福，希望她看到渴盼的绿光。她并不太美丽，更不可爱，但她是个好女子。她荡秋千会晕，玩帆板也会晕，她从不吃肉，因为动物有跳动的心脏，会流血，于是朋友给她端来一盘花瓣，她说她不能吃花，不仅不吃花，她也不会去摘花，因为这是本能。我忽然想起在郊游时，野花分外端丽，常见有女子伸出手，毫不爱惜，一把摘下，每当此时，来不及去阻止，心里便会一颤。肆意摘花的人，身上有一种令人害怕的贪婪和狠意。我觉得，不摘花的是好女子。

永恒

泰国电影《永恒》，讲了一个爱比死更冷的故事。

叔叔帕博，一个富有的木材商，威严英武，但已不再年轻。侄子尚孟是个孤儿，与叔叔情同父子。他们住在森林深处的寨子里，宫殿一样的居所，古老华丽。在这里发生的故事也有着同样古老华丽的气息，几乎看不出时代的印记。

来自曼谷的女子玉帕蒂做了帕博的新妻子。她容颜美艳，长而黑的眼线勾勒出充满诱惑的眼睛，唇膏与蔻丹总是最浓烈的红色。有时穿西式的白色骑马装，有时穿纯美传统的白纱斜襟上衣和绛红色的裙子。夜晚，披一袭丝绸长袍，浓密的黑色卷发散在肩上，发间簪两朵粉红月季，花瓣层层叠叠，半开未开。这样的女子，行走在山林间，如狐如妖。

她与尚孟年龄相仿，相貌般配。他们有帕博所缺少的活力，以及向往自由的心灵。帕博是错的，竟会让尚孟陪着她四处散心。除此之外，还错在他们太年轻太美丽，错在山林风景太怡情，错在瀑布从高处坠落下来的瞬间太动人心魄，错在芭蕉热雨，错在各色花朵。玉帕蒂和尚孟将这些美景纳入怀中，同时，也将欲望不知不觉纳入了怀中。

透过美好的表象，他们的爱，本质上是一段无法示人的不伦之恋。他们一起读书，翻译纪伯伦的诗句："爱除自身外无施与，除自身外无接受。爱不占有，也不被占有。因为爱在爱中满足了。"两人念诵着，感动着，但并不真正懂那是什么意思。

于常人而言，喜欢上一个人一件物，马上想要占有，这是最自然的欲望。然而，一个有修为的人会洞悉事情的根本与后患，并有能力去超越潮水般的欲望。这种时候，克制是最大的美德。

他们没有克制，或者，克制失败。终于两情相悦，痴迷不已，爱令山河失色，日月都黯淡。恋爱中的人愚蠢、热烈，低估别人的智慧，误以为所有的人都是目盲。他们约定出逃，要换一个新天新地，要每天每个小时，每个呼吸间，都不分开。要永恒。

那位叔叔和丈夫，是最痛苦的人。强烈的爱与恨灼伤了他的心。他没有处死他们，也没有将其生生拆散，而是去打造了一副锁链，将玉帕蒂与尚孟各锁住一只手，让两人如连体婴儿般无法分割。他告诉他们，他们将永不分离，哪怕一秒。

最初，玉帕蒂与尚孟对这种惩罚报以开怀大笑。这正是想要得到的啊，永远、每一天、每一个呼吸，都在一起。他们未曾想到的是，爱情或许可以战胜坚不可摧的道德伦理，可以掀动每一块阻碍的巨石，却经不起平淡与束缚。在此后的日日夜夜分分秒秒相处间，两人终于把最后一点激情与爱恋也消磨殆尽。之后留下的，是琐碎和庸俗，荒谬与折磨。对于玉帕蒂，尚孟曾是她可以拿生命去换的人，现在，她却会因他弄洒了一瓶指甲油而大发雷霆。于尚孟，玉帕蒂曾是他心中洁白如玉的兰花，如今，他也会在失去理智时用最难听的话辱骂她。这些人性的脆弱与丑恶，都在帕博的意料之中。面对背叛，他报复的方法最聪明也最狠毒。

电影中一再提起纪伯伦的《先知》，其中有一段《论婚姻》，或许可以作为电影的一种注解：彼此斟满了杯，却不要在同一杯中啜饮。彼此递赠面包，却不要在同一块上取食……要站在一起，却不要太密迩，因为殿里的柱子，也是分立在两旁。橡树和松柏，也不在彼此的荫中生长。

爱的魅力与长久在于双方保留自由，持有私人空间，甚至最好永远不要得到。锁链象征着某一种牢狱般的婚姻或承诺，两人必须在密不透风的空间中当爱的囚徒。假若没有深沉的感情根基，没有强大的宽容能力，加上无法释怀的良知拷问，再与对方多待一秒，精神都会崩溃。

他们开始四处寻找解开锁链的方法。最终，尚孟决定自杀，但被玉帕蒂抢先一步。她解脱了。当初有多么渴望在一起，如今就有多么渴望分开，为此情愿去死。原来，爱有时真的比死更冷酷。

当某天清晨，他醒来，发现身边的人已腐烂。那一刻，早已忘记这曾是他日夜渴慕的身体，恐惧与恶心令他发出疯狂的嘶吼，闻声赶来的人为他砍断了锁链。他奔逃出房间，他已经彻底疯了。

爱情的幻觉已被全部戳破，永恒不过是一个荒唐的说辞。既是爱，为何会嫌弃至此，她还是她，只是皮囊坏了。爱一个人，究竟爱的是什么？大概爱的都是肉身，可惜那并不是金刚不坏之躯。凡人之爱，怕是不配说“永恒”。

佛法中有“观想法”，其中有不净观和白骨观。观想肉身的不净，观想美色不过是一具白骨。以此来破除对情爱的迷惑，熄灭欲望之火。所谓“看破”，即是如此。

片中有一位忠实的管家，目睹了整个故事。他说，人生充满了罪孽、丑恶和因果。

关于作品与命运，有两句话是颠扑不破的真理：文章憎命达，诗穷而后工。细数古今中外，写作的人，尤其是诗人，哪一个能将日常生活打点得妥妥帖帖，哪一个是一边在世俗中享乐，一边又能写出闪闪发光的文字？生为诗人，痛感比常人灵敏百倍，对人类苦难的觉知更是异常深切。所以，他绝不可能是快乐的，他在生活中必定是失败的。若非如此，反而是一种羞耻。

自然，这里说的是真正的诗人，而不是借诗歌之名邀宠渔利之辈。

单是女诗人，命运多舛者，立时就能数出来几个。阿赫玛托娃，热爱自己的祖国，却遭到严酷的政治压迫，政府禁她的诗，又把她唯一的儿子关进监牢二十年；艾米莉·狄金森，将自己幽闭房中，三十年足不出户，忍受着身体与精神的双重疾病；写过"死，是一门艺术，和其他万事一样"的西尔维亚·普拉斯，患有精神分裂症，几度寻死，终于在三十一岁时开煤气自杀；长期流亡，回国后连求一份洗碗的工作都被拒的茨维塔耶娃，陷入绝境后自缢而死。

还有她，英格丽·琼蔻，南非女诗人。生于一九三三年，逝于一九六五年。《黑蝶漫舞》是根据她的经历拍成的传记电影。英格丽是白人，一直在为非洲黑人呐喊，与种族隔离制度对抗。父亲是政府的高官，憎恨这个与自己背道而驰的女儿，更厌恶她的诗。或许是父爱的缺失，以至于英格丽对爱有一种极度的需索。为了逃离父亲，她结婚，然后又不得不逃离不爱的丈夫。她性格直率，热烈，从不矫饰自己的想法，但内心安全感匮乏，像有巨大的黑洞，需要爱与温暖来填满。男人无不爱她的美丽与才华，却害怕她那无穷无尽的激情，他们为她着迷，最终又都离她而去。

英格丽毕生想要得到父亲认同，当她的诗获奖时，曾恳求他陪她去领奖，但因此听到的辱骂，让人不能相信是出自一个父亲之口。她曾歌颂爱情，在最绝望的时候却并没有一个情人施以援手。她希望生活在人人平等的世界，却处处看到种族隔离的暴行。幻灭之余，她写下这样的句子：死亡证明了，活着有多么虚假。劝君忘了正义，世上没有这种东西。忘了手足，都是云烟一场。忘却爱情，它全然没道理。

酗酒，自虐，贫困潦倒，几次进精神病院治疗。无论是逃到阿姆斯特丹还是巴黎，都寻不到自己的精神家园。再回到开普敦，她说，我已经不能爱了。一个雨夜，她用惠特曼的诗与最爱的男人告别，然后投入那片她自小就熟悉的大海。曾经的诗句为她作了证：所有的水，沿着森林，洗净我身。

不能懂她的看这部电影，会认为这种性格缺少理性，无法认同。正如许多人赞美艺术，同时又去谴责艺术家的生活，把不负责任、放纵、狷狂、疯子等词语悉数赠予。这些人不知道，一个灵魂与另一个灵魂的差异之大是他们所无法想象的。当大多数人忙于讨好这个世界的规则，眼睛盯着地面上的六便士时，还有少数人，在抬头仰望天上的月亮。

悲哀的是，即便如此，那又如何？失败已是宿命，痛苦将如影随形。

所以，里尔克会说：有何胜利可言？挺住意味着一切。只是，挺住是否真的具有意义？英格丽似乎并不如此认为，她说：物有本末，事有始终，就像人生始于子宫，成就莫过于：以墓为终。对于诗人来说，苦难既是成就诗歌的缪斯，也在摧毁着他们的生命。有一天，当他们明白心灵永远缺少麻木的功能，而自己终不能与这个世界和解，那么，该是告别的时刻了。

那位高官，站在英格丽生前住过的房间里，看着四面墙壁上她写下的零碎诗句，终于流下了一个父亲的眼泪。

电影中有一个极美的片段，是她坐在海边阳台上写一首诗。此时的她，与酗酒时不同，与歇斯底里地和情人争吵时不同。此时的她，面容沉静，眼神迷离，似已完全融入至另一虚构的词语世界中。大海辽阔，近在眼前，海风拂乱头发。沙滩上有她走过的一串串脚印，打字机的白纸上不断跳出一行行黑色诗句。她的独白，在念着自己的诗：掬一把海沙细磨，碎石于掌心上滚动，三两坠入口袋中，汇成了一坠在胸口。小宝宝在子宫里哀号，墓穴里的世界大不了，现在或笑或语音量小，总归在静悄悄的巷子，绕着小小世界地球跑，我为你腾出了一块宝。一幢房有两个信箱槽，一座院子种满花和草，箭矢如飞，鸟冲天高，爱从原地缓缓退潮。木匠自己花钱封棺木，我已准备好归向虚无。一粒砂是言语、是鼻息，一片虚无则是我的归期……

一九九四年，南非总统曼德拉就职演说时朗诵了英格丽的《尼昂加死去的孩子》，那是她在目睹一个黑人孩子死在警察枪口下后，写下的一首长诗。此时距离她去世已近三十年。身后的盛名，抵不消命运对她生前的辜负。

《黑蝶漫舞》也是她诗集的名字。片中提到过她关于蝶的一句诗：本以为自己会在心坎上一跌，当我扑到，从你眼波舞出的蝶。

蝶是情人曾经的爱意，是被枪杀的黑人小孩，是每一个诗人自己的一生。

在我看过的日本电影中，有一些曾给我带来不快的观影感受，所以一直以来，对那些日本大师级的导演，虽心怀景仰，我却仍告诫自己要少去看他们。看电影需要具备广阔的审美能力，包括阴郁之美、绝望之美、死亡之美、惊悚之美、恐怖之美。我的审美还停留在初级层面，只能审正常的美和美丽的美。暴力美学勉强能够接受，但在某些情节处还是要闭上眼睛跳过去，而我所说的日本电影里并无血肉模糊的镜头，其诡异的氛围却更加考验心理承受力。

记得看《罗生门》时的心惊肉跳，过了许久想起来还觉得毛骨悚然。《感官世界》倒是不可怕，并且还很美。落雪天气，梅花点点红，穿和服的男主人戴着狐狸面具，挑着竹枝和红纸黑字的灯笼——这样浓艳精致的色彩在片中比比皆是，美不胜收。或许是日本传统文化使然，无论穷富，人们对生活总保持着华丽的欣悦，而不是草草度日，但与此平行的，还有剧中人压抑的心理，异乎寻常的举动，以及抵死疯狂的情欲——那种对身体和灵魂放大到极致的探索，很容易就会让人产生强烈的生理不适。

在宫崎峻编剧的《百变狸猫》里，我第一次看到狐狸娶亲的能剧，这部动画片我实在喜欢，以至于忽略了诡异带来的冲击。后来看黑泽明的《梦》，它是由八个梦境组成，第一个梦讲的也是狐狸娶亲。天上下起太阳雨，妈妈警告孩子不要出门，这样的天气是狐狸娶亲的日子，如果被人看到，它们会生气。孩子不听，仍去了附近树林里，果然看到了一群戴面具的狐狸，狐新娘白衣白帽，狐新郎灰衣红头巾，后面各自有一队男女随从，正由白雾中缓缓前行。

这支娶亲的队伍，伴着节奏很慢的鼓点和尖细的笛声，走几步，一顿，再走几步，忽然向上一抬头，停片刻，一蹲，又忽然向后面一侧头，再转回往前走。这样几个不断重复着的简单动作，竟有一股摄人心神的力量，让我看得异常紧张。尤其是往后侧转头的姿势，仿佛在警觉地看后面有没有人跟踪——假如真有人在后面，被这样一群面具脸猛然一看，

应该也会吓昏过去。有一个女面具上，画着一张非常生气的脸，其余的也都带着怪异的肃穆，使这娶亲队伍更显出阴森恐怖。这种仪式在日本文化里想必有它的神秘与庄严，在我看来却着实令人惊悸。

偷看的孩子跑回家，妈妈站在门口不让他进去，告诉他一只愤怒的狐狸来过，留下了一把匕首，因为他看了不该看的东西。妈妈要他去道歉，如果它们不接受，就要做好以死谢罪的准备。

不管导演想在这个梦中表达什么观点，我先想到的却是假如在中国的故事中，孩子若得罪了仙人妖怪，妈妈是拼了命也要保护他的，而且极有可能会代替孩子去向狐狸以死谢罪。也许日本人这种做错了事要自己担承的教育方式很正确，但不知为何，里面总有一种让人说不清的不安。

看沟口健二的《雨月物语》时，原以为是一部正常的电影，看到一半才发觉竟是鬼片，此时欲罢不能，只好看完。故事发生在战国时代，一个叫源十郎的男人，离开妻儿，到城市里做生意，偶遇一位高贵的若狭小姐，将他约到家中，要与他成婚。源十郎经不住引诱，在她家住下，享尽男欢女爱的甘美滋味，自觉犹如在天堂一般。

若狭小姐的相貌，看起来实在不美，惨白的一张脸，没有眉毛，额头上抹了两道粗黑的东西，也许就象征了眉毛。长发中分，露出一张胖胖的长脸，眼睛总是从下面往上斜着看人，流出几分邪媚气和妖鬼气。她为源十郎表演过一段能剧，人牢牢地站在地上，身体紧绷着，两只胳膊左右摇晃做着几个僵硬的动作，唯独唱的几句歌词，让人听了不免动情：上好的绸缎，精选的颜色，也终会褪去，我的生命也会逝去，爱人，如果你不再坚贞……我们的海誓山盟，千年不变，尽在此杯中……

她刚唱完，从旁边突然传出应和的歌声，声音来自一具她死去父亲的空荡盔甲里，其实若狭小姐也是鬼，但当时连她也被这可怕的事情吓倒了。

她死于十八岁，因为还未尝到爱情的欢愉，于是又回到世上游荡，要寻找一个爱人。虽然源十郎在情浓时信誓旦旦地说过，不管她是妖是鬼，都要和她在一起，但知道她真的是鬼后，便苦苦哀求要她放他走，她不肯，他就拿着剑向她挥舞。这鬼并没有使出什么手段治他，也没有像画皮里一样揭开脸露出骷髅本相来吓他，就这样消失了。源十郎后来发现自己身在一片废墟朽木之中，他给她买的一件和服搭在一截断柱上。“上好的绸缎，精选的颜色，也终会褪去，我的生命也会逝去。”女鬼幽怨的歌声仍在回响，四周荒草萧萧，湖水闪着寒光。

他急急赶回家中，妻子正坐在屋子里，温暖的炉火跳跃着，见他回来，丝毫没有抱怨，为他倒酒盛汤。他抱着孩子，满足地睡去。第二天醒来却再也找不到她，邻居说她早已死于乱兵之手。

《聊斋志异》里有一篇《叶生》，说一个秀才叶生空有才华，屡试不第，染病身亡。一点魂魄不肯散去，到外地寻访朋友，后又中了举人，衣锦还乡。妻子见到他后说，你已经死了，何苦这样吓我，然后带他去看后院，他的灵柩还摆在那里，叶生一见此物，扑地而灭。

“扑地而灭”这四个字给我留下极深的印象，看《雨月物语》时又想了起来。我理解为先前是那样的不甘，最后是再也无路可走。若狭小姐不甘年纪轻轻就入黄泉，要在世间再寻一点快乐，源十郎离开她后，她不得不扑地而灭；源十郎的妻子被乱兵杀害，同样不甘，她要等着再见丈夫一面，待他回来了，她也知道自己是真的死了，亦是扑地而灭。

说到《聊斋》，觉得终究还是中国的文化可亲。中国的狐狸也可爱，美艳善良，会法术，爱穷书生，爱帮助人。更重要的是，怎样也不会因为有人看到它们娶亲就生起气来。

花朵与骨头

“若将一朵花拿在手里，认真瞧着它，你会发现，在片刻之间，整个世界完全属于你。”美国二十世纪杰出的女画家乔治亚·欧姬芙说这句话时，也许不知道自己道出的正是“一花一世界”的禅语。在前半生的作画生涯中，乔治亚钟爱描绘各种花朵，既然一朵花是整个世界，她就把这世界放大到无限清晰给人看。她用半抽象半写实的笔触，画出洁白或其他颜色的硕大花朵，花瓣肌理细致，光泽纯净，即使不去触摸，手指也能真切感受到丝绒般的滑腻质感。黑色鸢尾花，黄色马蹄莲，红色罂粟和美人蕉，均在她的画布上以毫无保留的姿态绽放着，而那花瓣深处伸出来的金黄和幽黑花蕊，是看似微细柔弱，实则坚韧有力的线条，它们是画面中无法回避的焦点。

一个女画家，画出这种画，似乎很容易解读，人们自然会把那些花与女性的体征联系起来。女人观看这样的画，身体甚至会不由与之产生某种呼应。评论家说她是用子宫作画，画里分明就是女人隐秘的性器官。对于类似的评说，乔治亚不予理会，一个能形成个人艺术风格的艺术家，是因为他们先形成了个人的艺术性格，与其他同类天才一样，乔治亚始终活在自己的独立王国中。她从不诠释自己的作品，她说她不信任文字，因为画家使用文字，犹如婴儿在学走路，最好让画自己发言，于是她只管把作品呈现出来，你看到了什么，那就是什么，你就只有权看到这么多。

关于这位女画家生平的书籍和文章很多，初看电影《乔治亚·欧姬芙》时，感觉并不是一部非常成功的传记片，导演和演员都有些力不从心，或者说，力量用得不太准确。又看第二遍第三遍，顺畅了许多，与一部电影的交情有时就是这样，熟悉了，便能完全进入其境，不再有"隔"的感觉。从开场时由外省投奔到大都会的年轻女子，至晚年登上沙漠小屋向远处眺望的老妇人，一条在光影中起伏的线索，足以让我们清晰触摸到乔治亚一生创作与爱情的历程。而片中的情感戏更重一些，因为一个女艺术家的爱情故事通常不会令导演和观众失望。

在纽约，乔治亚与被誉为"美国现代摄影之父"的史蒂格利兹相恋，他比她大二十四岁，之后他离婚，两人结婚。史蒂格利兹发现了她的才华，她那种原始的、直观的、无师自通的天才，以及身体里爆发出的创造力都深深震撼了他。他塑造她，努力助她成名，为此他用了各种办法，其中包括举办她的裸照展。其后，她和她的花朵画作引起人们的注意，走上了一直渴求的成功之路。

遇到这个男人是乔治亚的幸运，因为他懂她，鼓励她，并且深爱她的灵魂和身体，但是却拒绝把她当成妻子，不愿给她庸常女人的幸福。当乔治亚想要个孩子时，他说：你来这个世界上是画画的，不是生孩子的。随着她的声名鹊起，史蒂格利兹内心又产生了莫名的不安与自卑，这时他需要再寻找带给自己崇拜感的女人，重新找到男人的自尊。爱情滋润婚姻，无论是来自内部或外部。这是他的理论。

乔治亚的婚姻与墨西哥女画家弗里达相似，同样是遇到大很多岁的伴侣，男人同样的风流不忠，她们同样的无法不爱他，不得不与其纠缠一生。那些爱与恨，怨与恋，外人无法懂，也不能与外人道。最后只好选择身体分开，精神相爱，内心思念，但保有距离。

“我在哪出生，在哪居住，怎样过活，一点都不重要。”在心碎后愈合，然后再碎的几番折磨之后，她远离都市，长年生活在新墨西哥的沙漠里，开启了她另一段艺术生命。片中有一处细节，是乔治亚站在荒漠中，捡起一只雪白的奶牛头骨，拿在手中认真端详，我知道那个瞬间，她真正寻找到了属于自己的艺术之门。那只头骨感动了她，而这个镜头触动了我。

此后，在她的画布上，少见了美艳的花，多的是白森森的骨头。花是生命，骨头毫无疑问象征死亡，有时她会让牛头骨佩戴上一朵玫瑰，像是在表达着生与死的融合。我与大多数人一样，最初也是这样直线地理解她的画，但事实并非这样简单，无论是一朵花，还是一块骨，那都是画家全部的生活本身，都裹挟着她一生的经历。

从乔治亚本人留下的照片上看，她瘦削，五官分明，很美，但不是女子柔媚的美，她的美是有英气的，能看出是一个内心坚定果敢的人。她还有一双令人过目难忘的手，细长的手指，有一张照片上面，她的手指用力弯曲着，你可以感受到它的力量。这些照片全都来自史蒂格利兹的镜头。

爱情有许多种，纵然有过伤痛与背叛，他最爱的始终是她。在给她的信中，史蒂格利兹说：我想死在你怀里，这是我一个宏愿。爱一个人爱到极致，莫过于此。

于她而言，他永远是精神导师，是无法替代的灵魂伴侣。他去世后，她每完成一部作品后都会想：如果他看到会怎么评价，他要是喜欢就好了，这比别人喜欢对我来说更重要。

当一个女人老去，却还能被世人所记住并迷恋，这就是命运的恩赐了。在乔治亚八十多岁时，认识了小她六十岁的伴侣胡安。她很长寿，活到了九十八岁，胡安陪伴她直到临终。这样的结局很容易让人想到玛格丽特·杜拉斯和她的扬·安德烈。如果她们是平常的女人，很难想象会有这样的际遇。女人选择文学艺术为终身追求，她的魅力可以超越容貌，不计年龄，因为另有一种气质能让她们终身对男人构成吸引力。

电影之外，还有小小的传奇故事。据说史蒂格利兹去世那年，胡安正好出生，从照片上看，不同时代的两个男人，容貌极其相似。或许，这一世，他爱她至深，也负她至深，很快，他转世再来爱她。这是我唯一能想到的解释。

画疼

弗里达的画，每一张画的都是疼。

这位墨西哥著名的女画家，一生留下两百多幅作品，其中大部分在画自己。她画经历的那场车祸，两辆相撞的巴士腾起在空中，一个弗里达哀伤地看着另一个缠满绷带的弗里达；她画受伤的弗里达，脸上和身上扎满了大大小小的钉子，从脖子到腹部有一道长长的伤口，像地震留下的裂缝，一根断为几截的圆柱是她的脊椎；她画被爱人背叛后的弗里达，穿一身男装，手拿剪刀剪自己的头发，地上落满了断发；她画流产的弗里达，躺在一张会飞的床上，手里握着几根血管一样的绳，绳子的另一头分别系着红色的躯干、已成形的胎儿、蜗牛、机械物、紫罗兰和骨盆，身体下面一摊血迹，她灰暗的脸上淌着白色的眼泪。

这样的画，不敢说喜欢，更不忍多看，它们散发出的暴烈和血腥气息，对观画的人来说是近乎残酷的考验。她还画过一幅《受伤的鹿》，画中的弗里达在树林里，脸还是她的，身体幻化成了一只灰色的牡鹿，长着两只长长的鹿角，在它美丽矫健的身体上，被射了九支箭，伤口处流着血，弗里达的脸转过来，平静注视着箭射来的方向，显得异常镇定。

比起她的其他作品，这一幅更令我感动。看那些表现个人独特体验的画时，要尽力去体会和理解弗里达的疼，而在这幅中，弗里达当然也在表现她的疼，但这种疼却是宽泛的，让人能够感同身受的。那张脸，可以是弗里达，也可以是我，可以换作任何一个人。每个人都是一只受伤的鹿，身上被许多支箭射中，有的甚至是万箭穿心。年深日久，伤口固然越来越多，但也能像弗里达那样习惯，血虽仍在流，脸上已能变得从容。

那些箭，就是平生的遭际。在传记电影《弗里达》中，我看到了这个瘦弱又坚强的女人的一生。六岁时患小儿麻痹症，右脚畸形，十八岁遭遇重大车祸，一根金属扶手从腰部穿透下身，脊椎断开，骨盆破裂，全身多处骨折。她形容自己的身体，说它完全碎掉了，然后又像拼图一样被拼凑起来。此后的若干年中，她做了三十二次外科手术，最后又因感染截去右下肢。所以，她对疼太熟悉了，疼是对她不离不弃的宿命，每日如影随形的亲密伴侣，同时也成就了她的画作，她在人间寻找到的真理皆是通过疼来完成。

即使稍有片刻放过她的身体，疼又会以另外一种方式来袭击。比如初恋男友的离去、丈夫不断的背叛和一次次绝望的流产。她把每一种疼都用画笔描画出来，血管、骷髅、植物的藤蔓、器官和肢体，都是画中经常出现的意象。她说：我的画中的信息就是痛苦，彻底画出我的生活，我相信这是最好的作品。

《弗里达》由美国女导演朱丽·泰莫执导，一个女人的生命只能由另一个女人而不是男人来诠释，才能深刻精准。因为女人的痛苦是相通的，磨炼她们的，除了肉体，就是爱情。

电影用了浓郁明亮的色彩，宛如油画。房子是宝蓝色的，庭院里有

仙人掌和开红色花朵的植物，还有拖着长羽踱步的绿孔雀。住在这儿的弗里达眉毛浓黑，黑眼睛闪闪发亮。她对颜色有近乎偏执的热爱，最喜欢穿华丽的墨西哥民族服装，在婚礼上，她放弃白色婚纱，选择了墨绿长裙和鲜红的披肩。她经常把乌黑的发辫盘起来，插上各种颜色的鲜花，再戴一串硕大的珠子项链和宝石戒指。她人在那里，就是一幅画。

她的才情是鲜见的，又天性狂野，无法想象在那样孱弱的身体里竟蕴藏着如此奔放的热情。每一次聚会上她都要放怀畅饮，时时语出惊人，醉了就纵情高歌。她又是那样爱美的女子，无论何时，都要以最光鲜的模样出现在众人面前。当她的国家第一次为她举办画展时，她已躺在床上无法行动。开幕当天，她换上华美的衣裙和首饰，打扮得如同异域女王，几个工人把她和床一起抬上卡车。她微笑着出现在自己的画展上，令所有的人都为她欢呼。

然而，转过头，笙歌散尽，在自己的屋子里，她要面对自己正在毁损的各个器官，要用吗啡来止住疯狂的疼痛。她的身体在腐烂，体内的每一个弗里达都在慢慢消失。

丈夫里维拉评价她的画："像钢铁一样坚硬，像蝴蝶翅膀那样的自由，像微笑那样的动人，残忍得如同生活的苦难。"他是墨西哥著名的壁画三杰之一，与弗里达是彼此的挚爱，但他无法忠实于婚姻，一次次带给弗里达难以言说的伤害，直到出轨对象换成弗里达的妹妹，她再也无法忍受，愤怒地对他说："我的人生有两次灾难，一次是车祸，一次是你。你是最糟的那个。"之后，他们分手，不久又复合，里维拉一直陪她到生命的尽头。无论如何，他是最懂她和她的画的人。

她画的疼使她声名迅速增高，得到同性和异性的爱慕。她游历到巴黎，并登上法国杂志的封面，作品被卢浮宫收藏。与不朽的作品比起来，速朽的是肉身。无论再强大的灵魂，再罕见的才华，都不得不受困于一具皮囊。它会病，会疼，会死，人终其一生被它消磨，最后仍不免被它弃绝。弗里达的成就与她承受的疼，永远不能相互抵消，正如她有那么多美艳的服装，但同时也有二十多件金属和石膏制成的矫正衣。

里尔克在诗中写道：如果我叫喊，谁将在天使的序列中听到我？遭遇过痛苦的人都有同样的答案：没有，并没有天使来拯救。弗里达凭借坚强的意志，把血污的生命活出了绚烂的光芒，她却终究是厌倦的。在生命结束前，她希望别人能把她这犹大的躯体焚毁，她不愿被埋葬，因为躺得时间够长了。在她的日记里还有这样一句话：但愿离去是幸，我愿永不再来。

两个萨贺芬

因为《花落花开》这部传记片，我知道了法国女画家萨贺芬。她的画主题多是花果树叶，擅长把一幅画涂抹得满满的，叶子层叠严密，果实饱满旺盛，每一朵花都开得十分纵情。这样繁复的画法，在画面上却丝毫不显拥挤，反而异常灵动。看她的画，你会感觉，花朵在旋转，叶子在飘浮。而那些叶子，绝不是正常的树叶，它们有着过分绚丽的颜色，那是红和黑，绿和黄，白和紫的组合。形状则像昆虫，像羽毛，像烈焰，还有的像我童年时常见的杨树花，一穗一穗，飞在漫天卷地的熏风里。画面到了如此地步，她还嫌不够奇幻，所以你会忽然在某一片叶子上发现一只睁开的眼睛，突兀而神秘，好似来自另一世界。你看着画，它看着你。

这样的画有多么美，用色有多么大胆，都还不足以令人感动。令人感动的是，这作品，是出自于她，萨贺芬——二十世纪初法国桑利斯小镇上的一个清洁妇之手。这个身份卑微的女人，在电影中出场时，已经四十八岁。头发蓬乱，面容苍老，肥大的布裙裹着过于臃肿的身体，一件灰蓝披肩旧得褪了色，终日提着柳条筐，步履笨重，摇晃着行走在小镇上。她在雇主家刷地板，在河里洗床单，在肉铺处理动物内脏。她的手粗糙，肥胖，上面连接着一条粗壮的胳膊。看上去，她与艺术毫无关系。

我想，在她宽阔的形体里，一定装着两个萨贺芬。因为，我们看到，当一天的活干完之后，她会走到郊外的草地上，爬上一棵能承受住她体重的大树，坐在树腰间，听着鸟鸣，与树叶对话，享受清风的吹拂。这时，另一个萨贺芬开始显形。

另一个萨贺芬回到家就紧锁上房门，开始制造颜料。所用的原料全是白天收集来的，其中有浸过猪肉的血水，教堂里圣母像前蜡烛燃尽后的烛油，地里挖出的各色土壤，青草碾碎的汁液，以及所有可以免费拿来用的东西。她买不起颜料，但将这些奇怪的材料溶合一起后，调制出的颜色比最贵的颜料还要美。她的红比红枫叶的红更深邃，她的黄比向日葵的黄更明烈，她的蓝是孔雀尾羽一样的蓝，她的绿是无法用语言形容的绿。

那双白天做粗活的手，此刻已换了一个灵魂操纵，瞬间变得温柔灵慧。简陋的屋子里烛光闪闪，她唱着赞美诗，手指在小木板上涂涂抹抹，时而抬头看看墙上供奉的圣母像，眼里充满感恩。一个看上去像苹果的苹果画出来了，一棵看上去像树的树画出来了，当她画出一朵花时，无人不信，她的灵魂深处正在绽放闪耀的花朵。不眠不休，彻夜作画，累极了便躺在画板前睡去，醒来后，看着面前的作品，她也会露出惊讶的神情，似乎不相信那竟是自己所画。

萨贺芬孤身一人，生活穷困，从未学过绘画，也学不起。说起画画的缘由，她坚信那是守护天使在指引，所以那些画会如此奇妙，有时连自己看了都会害怕。

正因为现实中的生活是那么不值一过，她才能画出超出现实无数倍的丰盛图案，那是上帝的恩典，圣母的补偿。生活中的她有多贫穷，画中的果实就有多丰美；生活中的她有多孤独，画中的树叶就有多锦绣。她的伟大之处在于：她能协调好身体里的两个萨贺芬，使之一个归于俗世，一个归于天使；一个负责生活，一个负责艺术；一个维持生命，一个维持灵魂。生活中的痛苦她并不太在意，哪怕那是绝望的废墟，也会有一个萨贺芬承担绝望，另一个萨贺芬挡住绝望，并在废墟上兴建起玲珑的楼阁。

两个萨贺芬同生共存，缺一不可。

她未奢望有一天别人能承认她的作品，更没有去想是否能卖掉几幅。她只是用本能去画，不问究竟，不问前程。

不问前程，前程却来宠幸了她。寄居小镇的收藏家伍德先生是她生命中的贵人、伯乐和知音。他无意中发现了萨贺芬的画，对她的画风和视野予以肯定，认为她领先同时代的人，才华不输于凡高。他买下小木板上的苹果和树，鼓励她坚持创作。

然而不久一战爆发，伍德被迫离开法国。再见面时，又过去了许多年，她老了，画也更加纯熟。他正式成为她的资助人，通过他，萨贺芬渐渐有了名气，她的画被归类为素朴艺术，伍德开始为她筹办巴黎画展。

半生贫苦的萨贺芬，本来没有期待，但好运似乎真的降临了。她有了些钱，并不爱惜，而是肆意花费，租下几间大房子，添置各种银器。她对伍德，虽然知道不可能，但还是很有些爱慕的意思。她在他面前始终自卑，唯一流露过温情的时刻，是问他能不能给她写一封信，并通过邮局寄给她。画画的人会用不同的方式去爱，她去做了一套昂贵的婚纱，准备在画展的时候穿，但在心里，那何尝不是为了他而穿。

她在圣母前祷告，并把画展的消息悄悄告诉所有的天使，然后感应到天使已经出发了，她要做的就是准备献上所有作品。这个时候，局势又有变动，经济出现大萧条，伍德告诉她，画展不能如期举行，而且目前也没有钱能资助她了。

同为遭际坎坷的女画家，墨西哥的弗里达尚能在生命的最后时刻，身着盛装，佩戴美饰，躺在床上去参加自己的画展，萨贺芬却没有机会披上婚纱亲眼看到自己的画在巴黎展出。

她不能接受在初尝财富与名声的欢乐之后，再退回原来的境地。这样的失落与打击，让她身体里的两个萨贺芬完全混乱，再也无法相安无事。与生前只卖出一张画的凡高同样，萨贺芬也疯了。

一个清晨，她穿上华丽的塔夫绸婚纱，提着两只袋子，敲开每一个邻居的门，把家中的银器分给他们。那是她一生中最美的一天，头上笼着的长长白纱，一直拖到地上。她喃喃自语道：我的画受伤了。她像一个被爱人遗弃的新娘。人们把她送进了疯人院。

之后，她完全遗忘了画画。她对医生说，她的画已经消失在黑夜中。电影的最后一个画面，是萨贺芬搬着凳子，走到草地上，坐在一棵苍翠的树下，抬起头，风吹过她的头发。她一生的苦累已经受完，所有的才华也被天使收回，曾经的两个萨贺芬，化为此时此地一个安静的老妇人。

花豹玛娜娜

约翰·瓦提第一次见到她时，她刚出生十天，正从巢穴里探出小脑袋向外张望。后来，他说，我很荣幸能与她相识十七年，从我们在她小时四目相交的那一刻，到她死去的那一天。

他是一名专门拍摄动物的摄影师，而她是一只花豹。他给她取了名字，玛娜娜。并用摄像机记录了她的一生。这是一部令我动容的纪录片，《花豹女王》。

“我还没有准备好，已在世上走一遭。”这句话是一位作家同学的小说题记，我很喜欢，虽然每次想起总有悲凉的感觉。生命来到世上，没有选择的权利。无论此身是人还是兽，无论生在物质城市还是非洲草原，都要不由分说，一头扎进看似有序其实荒谬的生活中，每日使出浑身解数来面对生存的一个又一个问题。然而，最终，几人能说，自己的一生是真切分明地活过。

玛娜娜生下来时有一只家猫那样大，是一个活泼的小姑娘。母亲外出觅食，她在附近玩耍，但已知道用爪子去袭击地上的昆虫；渐渐地，自己学会爬树和简单的狩猎技能；一岁时，成功捕食成年羚羊；不久开始独立生活。

她本性凶猛，体格健壮，在草原上是强者，却仍要面对各种危险。体型大她三倍的狮子是头号天敌，成群的鬣狗也常常会抢夺她的食物。四岁时，玛娜娜做了母亲。母性是所有物种的共性，玛娜娜是一个称职的母亲。某天，两只公豹摧毁了她的生活，他们从不同的方向向这片地盘进攻，准备杀死不属于自己的后代。

镜头中，玛娜娜的两只幼崽面对公豹，如少年遇到凶狠的成年强壮男子，不断向后畏缩着。公豹的眼神冰冷残酷，毫无怜惜，咬死了它们。在连续失去两胎孩子后，伟大的玛娜娜想出了一个惊人的主意。她先去引诱其中一只公豹与她交配，再去地盘的另一头去找另一只公豹交配。这样他们会以为生下的是自己的后代。雌性需要生养，也许就是这种本能促使她使用了这样的奇招。与两只公豹交配的过程对玛娜娜来说漫长而痛苦，因此，她的举动显得十分悲壮和凛然。

在巢穴内，没有人知道她是怎样生产的，几个月后，又一只小猫一样的幼崽走了出来。它是独生子，伏在母亲怀里，享受着母亲热烈而专一的爱。但玛娜娜注定要再次心碎。她出去捕食，把毫无心机的幼崽留在家中，它不知厄运即将来临，依旧天真地与自己的尾巴嬉戏。一只饥饿的岩蟒发现了它。

玛娜娜回来后，呼唤不到孩子，她预感到发生了什么，并认出了尚未逃走的凶手。我想起《水浒》中李逵背母上山，途中去找水，回来后再也寻不到老母，才发现是被老虎吃了。那一刻，想来也是同样的肝肠寸断。

仇恨让玛娜娜冒着生命危险与岩蟒搏斗。岩蟒为减轻身体重量，吐出了没来得及消化的幼崽，而后逃走。她没有继续追杀，只是轻轻地舔着她的孩子。它已面目全非，她知道它是死了，最后，她把它吃了下去。约翰·瓦提说，这是某种仪式，是她处理尸体的一种方法。此后几天，她明知孩子已死，仍然站在岩石上不断呼唤着它。她的哀伤一眼可知，但这又是她必须要面对的事情。

看到此处，我已落泪。因为片子是专为玛娜娜所拍，所以，正如看一部主旨鲜明的电影，观众的同情心往往只放到被塑造的主角上，而忽略了其他配角的命运。我在看时，也无暇多想被她猎杀的动物们。还因为，我一直觉得，动物因其局限性，智商再高，也无法像人类那样建造一个物质世界。它们要在有限的范围与能力内生存下去，就注定了弱肉强食。为了吃口肉要先跟同类打上一架，这是常有的事。

为抢占地盘，玛娜娜年轻时经历无数次战役，从白天打到黑夜，树上打到地下。当她年老时，无法再捍卫自己的领土，任由更年轻强壮的母豹来到她的地盘做记号。而她只能保持低姿态，默默走开。曾经，她可以在十五公尺高的制高点，瞄准猎物，从空中一跃而下，一招致命。如今却只能吃别的动物抢剩下的腐肉。美人迟暮，英雄白发，皆是如此悲凉。

玛娜娜十七岁时，已相当于人类八十五岁。约翰·瓦提知道与她相处的时日无多，决定冒一次险。他心里应该是笃定的，却让观众提心吊胆。玛娜娜在草丛间歇息时，他试着向她慢慢接近。他轻轻地唤她时，中文字幕翻译成“我的丫头”，是这样亲切又让人酸楚的称呼。或许在他心中，她就像女儿一样，看着她长大，每日为了生存搏斗，但他无法施予帮助，无论是她被鬣狗围攻时，被狮子胁迫时，抑或是几次经历失子之痛时。她有她的生活规律，人类不该也不能干预。

他唯一做过的，是她在患上足以致命的疥癣时，用飞镖为她注射了针药，让她多活了十几年。此时，他又模仿起她以前呼唤孩子时发出的“呼呼”声，这声音令她安心。在距离她很近的地方，他躺下。她看着他，动了动身子，调整下姿势，也躺了下去。这一刻，他们面对面，之间距离超出了人与花豹距离的极限，这种感觉，已无法用科学和理性来解释。

他转过头来，对着镜头，有了一个微笑。这是他们最后一次见面。

非洲大草原上空的云彩，在摄影师的镜头中，如万花筒一般飞速流动变幻着。黄昏时，橘红的夕阳给野生动物们的剪影添了几分温柔。只是，危机永远四伏，它们随时准备饱餐一顿或被撕成碎片。那是命运。

“在奥地利和意大利之间,有阿尔卑斯山脉的一部分,名叫西莫林山,它的陡峭是无法想象的。他们在上面建了铁路,用来连接维也纳和威尼斯,这些铁路在还没有火车来临之前就建好了。他们修建了它,是因为他们知道总有一天火车会来。”

看过《托斯卡尼艳阳下》的人,大概都会记得上面这段经典台词。马蒂尼对弗朗茜丝说这些话,是想要告诉她:首先必须保留自信,再就是,在没遇到你爱的那个人之前,你要先让自己成为值得爱的人。

弗朗茜丝是旧金山的女作家,一直拥有安稳的中产阶级生活。然后婚姻出现变故,丈夫和她离婚,又拿走了大部分财产。失意之际,她参加了去托斯卡尼的旅游团。在那儿,种种机缘巧合下,弗朗茜丝遇到一座老房子并买下了它,准备开始新的人生。此时的她,急于寻找温暖来填补残缺的生活,但无论是在真实生活中还是电影剧情的需要，她都不会轻易如愿以偿。

也遇到过几个示好的男人，意大利男人有英俊和擅长调情的名声，这同时也意味着风流和不忠。她的朋友凯瑟琳告诉她：在意大利，挑逗是一种礼节。

说这话时，凯瑟琳正愉快地吃一支冰淇淋，夜风吹拂着她和她白色帽子上的流苏。她是这部电影中我极其喜欢的角色，若要给女人分类，她应是极为罕见的珍品女子。凯瑟琳的第一次出场是在集市上，戴一顶宽檐黑色帽子，外套不穿，只松松软软披在肩上。站在一个摊子前，她捧起一只小鸡，把它爱怜地贴在脸上，闭上眼睛，感受羽毛来回在皮肤上抚摸的轻柔，表情沉醉。

只有非常懂得生活之美的人，才会有这样的举动。凯瑟琳是彻底的享乐主义者，虽然已经不年轻了，却对一切保持着孩子般的好奇之心。她也享受情爱，就像享受一顶美丽帽子给她带来的快乐感觉，因为内心强大，能把一切看得通透。她热爱费里尼和他的电影，有一个晚上，她模仿《甜蜜生活》里的一个情节，在路边的喷水池里跳起了舞。水柱喷在她金色长发和裸露的肩膀上，她又仰起脸去接那些水滴，并不管路人的眼光，只是如醉如痴舞动着身体。这是片中无比惊艳的一幕，她把自己完全从天性中解放出来了。也许只有在地中海的气候里，才能滋养出这样棒的女子。

与她相比，弗朗茜丝显然缺少了许多韵致，她是典型现代都市女性，有幽默感，懂得自嘲，神经质，表面开朗，容易内心崩溃。她依赖情感，渴求爱与关怀，拘泥于传统的价值观。在托斯卡尼的每个人，似乎都比她活得真实和愉快。这个城市有充沛的阳光，人们住在漂亮的石头房子里，喝着醇美的葡萄酒，田野上灿烂的向日葵铺天盖地，以及蓝天下成排的绿色橄榄树，都使托斯卡尼看起来如同仙境。童话般的地域文化形成了当地人独特的气质和格局。片中还有一位可爱的老奶奶，已儿孙满堂了，大家一起吃饭时，她会突然像少女一样任性地哭起来，因为她爱上了一个远方的小伙子。

人能生活在美好的地方，和美好的人在一起，何其幸运。沐浴在艳阳下的弗朗茜丝决定不再浪费时间，不再让过去继续削弱现在的自己。她开始踏实生活，装修房子，为大家烹饪，并帮助一对年轻的恋人在她的房子里举行了婚礼。

果然，在她走出阴影，觉得有没有爱人已经不那么重要的时候，一个男人出现了。

“每一个人都有那么一段时期走在十字路口，但总有一天，你会再次得到幸福。”凯瑟琳说的这句话，想必也是这部电影要表达的主旨。

对电影我一向口味褊狭，不看暴力和阴暗的，同样也不太喜欢过于温情的，太温情总让人产生怀疑，因为有矫饰之嫌。《托斯卡尼艳阳下》就是一部温情到落入俗套的电影，值得称道的是里面有悦目的风景，还有好看的人物和情节。除此之外，它更像一个童话故事，在讲一位美国女人的奇遇记，也许电影的名字应该叫《弗朗茜丝梦游仙境》。

尽管如此，我仍承认，片中用了铁轨的例子，对心境低落的观影人来说，未尝不是极大的鼓舞。由此我又想起一首名叫《蜗牛与黄鹂鸟》的老歌，歌中说道，蜗牛在葡萄树刚刚发芽时开始往上爬，树上有只黄鹂鸟轻佻地嘲笑了它，蜗牛对有翅膀的鸟儿并无嫉恨之心，虽然黄鹂很容易做到的事，于它却要举千钧之力。它早已习惯自己沉重的命运，知道若想吃到葡萄，必须一早就做准备。更糟的是，在攀爬的过程中，它极有可能会不止一次摔下来，每当此时，一切要再从头开始。歌里面的蜗牛坚信葡萄会等它爬上的那一瞬间成熟，为了那一天，它必须有这样庄严的乐观精神。

所以在火车未来之前，葡萄未熟之时，不可把时间浪费在期待捷径的幻想中。捷径并非不存在，只是好运可能永远不会属于一只蜗牛，也不属于大多数人。放在我们面前唯一的道路，就是同那只蜗牛一样，先艰难地去爬葡萄树。

黄昏时分，夕阳还未全部落尽，夜雾已轻缓升腾，在英国乡村的原野上，出现了一支游行的队伍。走在前排的是几个男人组成的铜管乐队，后面跟着一群身穿白裙头戴花环的姑娘。伴着慢慢响亮起来的演奏声，姑娘们原本端正的步子，不由就换成了轻柔的小舞步，手中的柳树枝和鲜花也随之挥动起来。她们由远处渐渐行近。

这是电影《苔丝》的开头，一个持续了三分钟的长镜头，充满美妙的仪式感。当队伍走到近前时，镜头虽未在任何人脸上停留，惊鸿一瞥间，我已知道哪个是众人中的苔丝。金色长发，纯净的眼睛。她的嘴唇和牙齿，哈代在原著中用了玫瑰含雪来形容，扮演苔丝的娜塔莎·金斯基没有辜负这个比喻。

为了庆祝一个古老的节日，这群姑娘要去草地里跳社舞。这一天也是苔丝生命中最后的欢乐时光。因为就在这一天，她的父亲突然得知自己原来是贵族的后代，于是他要苔丝去投靠一个同姓的富亲戚。在那之后，她被所谓的表哥阿雷克引诱，怀了孕，孩子生下不久夭折。

美，在不相宜的环境下，是一种不幸。一个又穷又美的姑娘，很难预料她会在世上遭遇到什么。如果是精明务实的，会拿美貌与生活做一些交换，但苔丝除了穷和美，她还有纯洁，这纯洁与失贞无关，而是内心和精神的质地。

苔丝没有利用美去过好的日子，她独自承担抚养私生子，承担孩子夭折的痛苦，承担继续在苦难的大地上用双手谋生。她以为一生已经完了，与安吉·克莱尔相遇后，灰暗的心里又燃起了光。她整日惶恐，自觉配不上他的爱，却又存着侥幸，期望命运安排奇迹。母亲告诫她不可对安吉说过去的事情，但她的灵魂不容许她隐瞒，她认为只有得到他的宽

宥和完全的接纳，这爱情才圆而美，才能坦然开始新的生活。

苔丝的故事是女人的教科书，从中可以认清两种男人：一种是风流成性的阿雷克，引诱女人堕入苦海；另一种是安吉那样的男人，表面看上去良善温和，骨子里自私又懦弱，口上说爱，这爱其实单薄得不堪一击。苔丝的故事还揭示出一个准绳：如果爱一个男人，永远不要对他坦白一切。无论哪个时代，哪个国度，男人只容许自己放荡。新婚之夜，安吉先说了自己不光彩的往事，但听完苔丝的经历后，他心中那个纯真的大自然的女儿瞬间消失了，他看着她，比看一个陌生人更冷漠。她曾失身于人，而且那个男人还活着，他无法接受这个实情，至于她当时的境地和种种难处，那是他根本不会去同情体谅的。

新婚第二天便被遗弃的苔丝，一路凄惶，一路流离。某天，她经过一个路口，看到那儿竖着一根石柱，于是跪在地上，垂下头，双手放在胸前，开始祷告。一个老人过来告诉她，在这里祷告是没有用的，因为这是被诅咒过的地方。那一刻，我明白了。可是可怜的苔丝，她还不明白，不止是这里，无论在哪里，她的祷告都是没有用的，如果命运是受了诅咒的，所在的任何一处将都是被诅咒之地。贫穷无助，得不到怜悯；坚守诚实，得不到嘉许。她担着双重的负累，灵肉都没有神来福佑。

在烈日下捆扎麦子，在冰冷的湿泥地里挖着萝卜，为不爱的人失贞，被深爱的人伤害，穷得精光的父母，几个年幼的弟妹，即使走在路上，也会被经过的男人骂为婊子。世道能给她的，只有这些。她时常会想，为什么自己的命这样苦？有一天，在树林中过夜，躺在一堆树叶上，她闭着眼睛，喃喃地告诉自己：一切都是虚无。

结束了一场漫长的旅行后，安吉拖着他的病体，回来寻找苔丝——或许因为一场大病让他的心累了，或许因为觉得仍然爱她。他打听她的下落，逢人便问克莱尔太太在哪里——他给她带来那么多痛苦，却无耻地认为她还是他的妻子。这个男人，无论怎么做，都是为自己，遗弃她是为了自己的名誉，再来寻她是为了自己的需要，从来没有为她的处境想过。与阿雷克相比，他是更让人憎恶的伪君子。他找到了她，这一次，他彻底把她送入了绝境。

这部电影的导演罗曼·波兰斯基，也有着一段曲折惊世的人生。《苔丝》的底色是阴郁的，他把它拍得很静，不疾不徐，讲着一个女人的一生。因为知道转合之间观众自会明白发生了什么，所以把重大的冲突和激烈的情节都省去了，反而对原著中的小细节，有着极大的忠实。有一个在农场里的场景，是苔丝正在给奶牛挤奶，安吉走过去亲吻她。这一段书中是这样描写的：这时候老美人（奶牛的名字）回过头来看着他们，感到莫名其妙，它看见在它的肚子下面蜷伏着两个人，从它记事以来，那儿应该只有一个人的，于是发了脾气，抬了抬后腿。导演把这一幕原封不动拍了出来，并且那头奶牛的演技非常好，让人看了又惊诧又微笑。

而更多的镜头，波兰斯基都留给了苔丝的行走。在近三个小时的电影中，我看到活在十九世纪初的苔丝，一直在走。走在英格兰永远散不尽的雾中，走在深深浅浅的泥泞中，走在迎面扑来的尘土中，走在幽深难测的丛林中。她就这样走着，先是走在茫然的路上，走在寻找生计的路上，走在疲累的路上，后来又走在羞辱的路上，饥饿的路上，逃命的路上，绝望的路上。一道一道的关口，一重一重的苦厄，她一路走上了绞刑架，走到了生命的尽头。

这一条人生路，不长，但这样颠沛和狰狞。她只是天地间一个弱女，再走，也难走出被诅咒之地。又是一个黄昏时分，她来到空旷的原野上，眼前突然出现一片巨石阵，躺在一块大石上，穿着紫红衣裙的苔丝睡着了。远远看去，像是宇宙洪荒时无人捡拾的一粒小小红宝石，又像滴在白纸上的一滴血。浓雾笼罩着那张疲惫的、不蒙恩的脸。

《圣经》告诉我们，自有意识之后，人就有了羞耻。电影《朗读者》中汉娜的羞耻，源于自己是一个文盲。她捍卫这个秘密，比对生命更谨慎。为了遮盖羞耻，她曾放弃好的职业，加入了党卫军，在纳粹的集中营当过看守。战争结束，她找了一份售票员的工作，当上司要把她调到办公室时，她选择了消失。数年后，由于集中营的工作经历，汉娜被带上审讯战犯的法庭。其他几个被告指证她起草过一份导致三百多人死亡的报告，这时，只要她说出自己的秘密，便可减免重罪。面对摆在面前的纸和笔，她拒绝核对笔迹并认了罪，被判终身监禁。

少年米夏认识汉娜时，她是穿深色制服的电车售票员，神情冷漠，独行独住。他对她，起先是情欲的涌动，是初谙人事的少年对成熟女人的思恋，但很快，他的爱变为了全身心的。虽然他并不了解这个女人，她的性格令他时常困惑。有时她是粗暴的，会莫名发脾气，对他说决绝的话，赶他走。他倚在门口，无助地哭着，终于狠不下心离开，又回去找她。爱情折磨着这个年轻的孩子，他的心在疼，疼得要死。他对她说："没有你我已经活不下去了，我不能没有你，只是想一想都会要了我的命。"

她又有极细腻柔软的时候，对文学和艺术怀着不可思议的热爱。每天，她都要米夏读书给她听，刚开始他还不习惯这样的朗读，但看到她聆听时的专注，以及脸上呈现出与平日不同的温柔神色，他便越读越兴奋。汉娜沉浸在荷马、狄更斯、马克·吐温、契诃夫的小说情节中，听到悲伤处，竟会哭倒在他怀里。他抱着她。一个十六岁的少年和一个三十六岁的女人。

他无从得知她的秘密，不曾想为何她从不自己看书。在餐馆吃饭，她手拿菜单慌乱无措，旁边有几个小孩，正对着菜单热烈讨论，她注视着他们，表情复杂，而这些米夏都没有看到。这个正在爱着的少年，只看到她坐在乡村教堂里，听童声合唱赞美诗时，眼睛里满含着热泪的样子。他爱怜地望着她，为她的感动而感动不已。他悄悄写着情诗，准备完成后读给她听：我不畏惧，我无所畏惧，受伤越深，我的爱也越炽热，危险只会增添这份爱，让它更清晰，更丰富，我会是你唯一的天使，你生命的结局会比开端更加美丽，连对你敞开怀抱的天堂也会说，只有一样东西能让一个灵魂如此完整，那就是爱情。

他这样纯净热烈的爱，想来也曾打动过汉娜的心，但在她眼里，他始终是个孩子，不可能将他视为爱人。年轻的生命，既不能拯救她的生活，更无法负担她沉重的灵魂。因此当她决意离开时，连告别都不曾有。正是炎热的夏季，米夏跳到河里，似乎想要就此沉溺下去。许多男孩第一次为女人动情，都难免如此，但大多会渐渐遗忘，因为以后还会遇到很多女人，她们更年轻，更美好。米夏不同，她在他心里留下的黑洞，任何人都无法去填满，他一生也没能走出这段情。

再见面，米夏是法庭上旁听的法律系学生，汉娜是犯人。她没有文化，更不懂政治，并不知道自己在一场滔天罪孽中扮演过罪恶的小角色，她坚持认为那只是一份工作。面对严厉的法官，她不否认自己的行为，然而她发出的质问足以撼荡所有人的心：如果是你，你会怎么做？

战争中的个体做何选择，又要承担怎样的责任，这是无解的难题，而那聪明的，都会利用谎言来为自己开脱。汉娜毫无心机，又因为要隐藏的羞耻，被逼迫的她承担了不该完全由她承担的罪愆。电光石火间，米夏明白了一切，原来她对文字和书籍的渴慕，正是由于内心的匮乏和缺失。他可以为她作证，但他知道自己不能扭转她的决定，更无权拿掉她的尊严，既然她认为那尊严高于一切。

汉娜美丽丰腴的生命，被自己的羞耻步步损毁。

每个人的羞耻有着不同的由头：卑微的出身、不光彩的过去、曾犯下的愚蠢错误、丑陋的容貌、身体的缺陷、对某种事物的恐惧、无法克服的懦弱、生存技能的失败。这桩桩件件，无不是形成羞耻的种子，它埋伏在人心里，开出有毒的羞耻之花。

强烈的羞耻感到了后来，已不再是某件事情本身，它变得庞大而抽象，附着在肉身上，敲骨吸髓。它禁锢着人的心，让生命形容枯槁，成为人们毕生的牢笼。

而作为一个人的修炼，就是要磨去羞耻。尽管羞耻是打不破、摔不碎、烧不灭的，你负隅顽抗，它只会紧紧相随。羞耻是一个魔咒，就如《美女与野兽》的童话中，野兽不能说出自己是被施了巫术的王子，只有等美女真正爱上了他的野兽之身，接受他的丑陋面貌时，咒语才会自动解除。同样，一个人修炼到真正放下，能用大智慧大勇气去接受自己的羞耻之源，不再试图遮蔽，不再矫饰生命时，这时方能从牢笼中跳出，得到大解脱大自在。

狱中的汉娜收到米夏寄来的磁带。他在家中找出当年的几箱书，日夜对着录音机为她朗读，她在绝境之地倾听他的声音，悲欣交集。电影中镜头在两人间来回切换着，让人为之落泪。某天，从那声音中获得的一股力量，驱使她去图书馆借了一本契诃夫的小说，想要对照录音去认书上的字。当她生硬地握住一支铅笔，在书上找出一个个单词的瞬间，桎梏她已久的羞耻之花被连根拔起。在生命结束之前，她得到了自我救赎。

最后一次相见时，米夏问她：你学会了什么？她神情平然地说：我学会了识字，孩子。

战火中的爱情，虽生不逢时，却是枪膛中流出的蜂蜜，废墟中绽放的鲜花，满目疮痍时又遇着的一片桃源。纵然世界已疯狂，天地皆无情，爱情依然不管不顾，随时随地生发着。关于战争和爱情的电影，或动人心魄，荡气回肠，或缠绵悱恻，一唱三叹。唯有一部法国的《沉静如海》，情节如同片名，是沉默的，安静的。在同类电影中，它是一个异数。

二战时期，少女雅安娜和爷爷居住在海边小镇上。法国沦陷后，他们的生活也发生了变化，房子被侵略者征用，家中住进了一个德军上尉。在强权下，弱者毫无反抗的能力，除了沉默。面对上尉，她和爷爷缄口不言，内心充满敌意。没有想到的是，这位敌人，却是一位英俊有教养的贵族。他为自己的打扰致歉，每天早起向他们问好，晚上会道晚安。他谈起自己的家庭，他说，在未入伍前，他曾是一个作曲家。

敌人并不是天生的魔鬼，他们在自己的国家里，也有深爱着的家人，有自己的职业与爱好。没有人喜欢打仗，正如片中的上尉，他一直在怀疑这场战争的意义，但为了家族的荣誉，必须参战。每个人，无论生在哪个时代，都不得不为时代的愚蠢和狂热付出牺牲。乱世中人，无法活在自己的意愿里，只能活在统治者的意志里。

自始至终，几乎都是这样的场景：上尉一个人在独白，雅安娜与爷爷或下棋，或各自低头看书。沉默，是保持自己的尊严，某些时候，又成为对上尉的尊重，因为他们并没有去打断和制止他。爷爷对雅安娜说：我无法去冒犯一个人，哪怕他是敌人。

在上尉眼中，这是一座有灵魂的房子，住着一位有尊严的老人和一位默默无语的少女。房子里有钢琴，书架上摆着巴尔扎克、波德莱尔、莫里哀、雨果，壁炉中永远燃着温暖的炭火。老人与少女的沉默赢得了他的尊敬，因为每一个热爱祖国的人都值得尊敬。每一天，他继续着在他们面前的独白，并不在意得不到回应。他谈论文学艺术，细数法国那些伟大的作家，以及德国的音乐大师们：巴赫、莫扎特、贝多芬。他说能住在海边很幸运，他说大海是宁静的，神秘的，需要倾听。

两个国家可以为敌，但热爱文学与音乐的灵魂之间，永远不会相互仇恨。上尉的声音并没有无端消失在空气里，雅安娜一直都在倾听着，内心有情愫渐生。正如大海，表面轻柔舒缓，激流却在暗中涌动。

圣诞节，她梳了美丽的发辫，穿上母亲留下的礼服，独自坐在客厅里，分明有着某种渴盼。之后，他走进来，坐在她身后的钢琴边，为她弹了一曲巴赫。她没有回头，脸上带着微微的笑意。有那么一个瞬间，他伸出手去，想要抚摸她，那手停在半空中，凝固了片刻，又拿了回去。待他离去，她溜进他的房间，轻轻拿起他的围巾，抚摸着，闻那上面的味道。她偷看了他拆开的家信，又在他睡过的床上躺下，将脸紧紧贴在枕上，睡了片刻。

这种表达方式，在这部极其克制的电影中已属强烈，举重若轻。有隐藏着的情欲，又如此干净，胜过一切情话和肢体接触。

当雅安娜目睹邻居将炸药放进上尉车里时，她无法对他说出真相，更不忍不去救他。责任与背叛、道义与私情，使她心乱如麻。在他即将出门的瞬间，她冲到钢琴前弹起了巴赫的曲子。这是他住进来以后，她第一次去碰那钢琴。她的表情痛苦、紧张，手指在琴键上急促敲打，声声如诉。他被吸引过来，惊喜又迷惑，直到听到外面一声巨响。

看这部电影的同时，我不断想起另一部名叫《战地情人》的电影。同样以二战为背景，同样是女孩家里住进了侵略者，希腊小岛上的佩拉吉亚与意大利军官抛开了一切外在因素，彼此只回归到男人和女人的身份，勇敢地爱了一场。

类似的处境，不同的选择。两种性格，两种人生。佩拉吉亚明艳如野玫瑰，雅安娜则像一朵茉莉，隽永、静默、隐忍。国仇家恨俱在眼前，她不能去爱一个敌对国的人，一支入侵队伍的成员。

于我来说，战争题材的电影，多看一部，心就会多痛一次，但仍要感激这些导演，是他们，让我们看到人性在濒临绝境之时的光辉与卑微，让我们感受人类精神与肉体究竟能承受多大限度的苦难，让我们充满敬畏，同时，永远去诅咒战争。

上尉终于要离开法国，奔赴俄罗斯零下四十度的战场。他道别后转身离去，谁都知这前程生死未卜。泪流满面的雅安娜追了出去，两个人互相凝视着，然后，她开口，对他说了第一句也是最后一句话：再见。

是战争，并没有血腥场面。是爱情，两人之间有过的只是一句对白。这一句对白，便是全片的灵魂。

有一些爱情是不管洪水滔天，先爱了再说。而雅安娜与上尉的这种爱情，只会在高贵坚忍的人身上发生。他们并无意挣脱束缚，去享受片刻的欢愉，因为深知，还有比爱情更重要的，那些东西，虽无形，但宏大又沉重。

祖国在上，我该如何对你？只好以沉默，以眼泪。

远方

谁的心里，没有一个远方？谁不怀着生活在别处的念想？远方，有时是一个具体的名字，有时却可以是此处之外的任何一个所在，就像卡夫卡所说：离开这儿，离开这儿，这就是我的目标。我们愿意赞同卡夫卡，而不愿去相信另一个诗人的话，因为他说：远方除了遥远一无所有。

除了遥远，远方一定还有些别的什么。

在美国电影《革命之路》中，巴黎，就是艾波尔心中的那个远方。多年前，她与弗兰克初遇，他曾经提到巴黎，他说那是个充满活力的地方，他去过那儿，并且，一旦有机会，他仍要再去。彼时，艾波尔看着这个男人，心中爱意如泉涌，她觉得他有梦想，同其他人都不一样。几年后，他们住在美国的乡间，养了两个孩子，他做着一份平庸的工作，她成了家庭主妇。激情与爱情早在某天一并熄灭燃光，往后的日子，便只剩了暗淡的余烟灰烬。

艾波尔曾是演员，现在偶尔跟着乡村剧社演戏，这种参演，让她更加认清自己在生活中的失意角色。在一场粗劣的演出之后，情绪极坏的她与弗兰克爆发了激烈的争吵，类似的争吵之后还将多次出现。如何去形容那种感觉，应是一种深入骨髓的绝望。不是夫妻，是对峙的仇人，这仇恨天高海深：面前的这个人，竟浪费了自己的一生。由此而产生的强烈愤懑，以及不能沟通的无力感，此时对方的一切都变得可耻可鄙，势必要用最残酷最剜心的语言，化作锋利的刀子直刺过去，将对方击倒在地。如此，才能解恨。

为了不被孤独和空虚挟裹，人们选择结婚，但是婚姻里有更多的孤独和空虚，这时又该如何自处？有时婚姻像极了一个小型精神病院，里面关着两个互相戕害的疯子。这并不算可怕。更可怕的是，已经疯了的两个人，在外人面前却要努力表现出正常，因为仍要扮演别人眼中的美满夫妻。

弗兰克和艾波尔是婚姻中的两个疯子，同时也是周围人眼中完美的一对。他们表面光鲜，骨子里困顿不堪。只因生活太平淡苍白，人心却不甘不愿。艾波尔内心那个不安分的自我，从未消失，从未降服。她认为这个男人欺骗了她，将她带到平静的陷阱，现实与梦想矛盾重重。而他，痛恨她的抱怨、她对他的漠视。她怎么可以这样，怎么可以把一切不如意都归咎于他？他只是一个普通的男人，每天与成百上千个穿同样西装戴同样帽子的人一起搭乘去城里的火车。在公司里忍受上司的挑剔，客户的为难。为了赚钱养家，他也在做着不喜欢的事情，他也有牺牲。因为压抑和无聊，他找过别的女人，但他仍深爱着妻子与孩子。他不是坏人，只是力量微弱。

饰演这对夫妻的莱昂纳多·迪卡普里奥和凯特·温斯莱特，表演极具张力。尤其是凯特，把艾波尔的各种情绪发挥得无比准确。一个落寞、无奈、失望的女人，额头与眼角生出了沧桑的皱纹，神情倦怠，沉默的脸上有一种冷冷的坚硬。在说服丈夫同意搬去巴黎后，忽然又变得光彩照人，眼神温柔灼热。她穿一条淡蓝色简洁长裙，头发是金黄色，唇上涂鲜红的口红，当她笑起来时，唇线形状迷人。她坐在那里，一边对朋友们谈着去巴黎的计划，一边微笑着抽烟，全身散发着眩目的美。

巴黎是疲惫生活中的一丝亮光，是突然寻到的英雄梦想。艾波尔不在意别人说她疯狂，她说：如果疯狂的意义是过更有意义的生活，那么我不介意疯狂到底。

其实艾波尔对生活的意义并没有一个清晰的定义，她执着地认为，到了巴黎一切都会好，即便不好，也是与这里不同的不好，而她已受够了这里的不好。

她没有想到，也许人生的终极意义就是毫无意义。假若如此，一个人可以更勇敢地去做任何选择。多数人为了眼前的生计，不得不交出理想与自由来换取。许多看似遥远的愿望，并非不能实现。比如，辞掉乏味的工作，离开早已不爱的人，逃离让你内心荒凉的故乡。你完全能去你想去的地方，可以是巴黎，也可以是沙漠。你可以去开咖啡馆，也可以去当流浪汉。只要你愿意，你的生活有一万种可能，但人总是给自己设下重重障碍，自以为泥足深陷，其实缺少的，只是一点破釜沉舟的勇气。

弗兰克正是缺少这样的勇气。本来就心存犹疑的他，上司忽然给了一个升职的机会，还有艾波尔的意外怀孕，更令他坦然改变了想法。而艾波尔之前的筹备与憧憬，因他的放弃都变得像一个愚蠢的笑柄。

命运怎么能就这样把一个人抛在绝望空虚之地，不管她的哀号，无视她的挣扎，给她一点希望，却又瞬间收回？最后一次惨烈的争吵后，失控的艾波尔跑出家门，这个无处可去的女人，似已累极，她倚在一棵大树上，抽了很久的烟。隔着窗，远远看着她的弗兰克，已泪流满面。

走在革命路上的艾波尔，为了这次失败的革命，将付出流血的代价。当她站在窗前，又一次望着远方，鲜艳的液体缓缓洇开，弥漫在她白色衬裙上。

弗兰克在暮色降临的革命路上发足狂奔。远方再也无法抵达。

活在这尘世上，每个人的遭际不同，却都躲不过“苦难”这一生命本相。既然知道无法令苦难消失，只好祈求找到一条能使灵魂安宁的道路。那条路，相信它一定是在的，否则我们就无法不去怀疑生活并非虚妄。然而那条路，它不是一出生就摆在你面前的坦途，也不会随便被一个心性浅薄的人找到。它遥远如海，沉默似谜。

在你未到达之前，你的经历必定会有万千迂回，你的生命必定要穿越各种磨折，这样一番过后，你还要仍保有一颗赤子之心，以及朝圣者的虔诚。你看那莲花，也是从污泥里挣脱出来的，你看那梅花，也是经过严寒锤炼的。污泥和严寒都不能把它们喝退，正是源自一种此生必须求得真经的渴求，因而它们一定要绽出花朵，并且是最最微妙香洁的那一种。

所以在看过由毛姆的小说改编的电影《面纱》后，打动我的不是很多人交口称赞的片中那如画风景，也不是美妙的音乐或者荡气回肠的爱情，而是它表达了一个女人如何成长，如何觉醒，最后又是如何迈向了自己那条通往安宁的道路。

她是吉蒂，美丽浪漫，充满幻想。长久以来，她的生活由舞会、看戏和高尔夫组成。当她年龄渐长，开始为没有结婚对象烦恼时，医生沃特出现了。她把和他结婚视为一个能使坏的消失，好的更好的事件，殊不知这正是轻率的含义。假如两个人之间不能理解与包容，而是在不断寻求对方缺少的品质，失望将是注定。

面对生活中刻板无趣的丈夫，吉蒂备受冷落。命运安排她遇到了查理，这样一个风月场上的浪子，使她燃起从未有过的热情。在被沃特察觉之后，她决意放弃婚姻去投奔情人，而此时的查理说了她万万料想不到的话：男人爱一个女人，并不表示他的后半生就想与她在一起。

误解爱情，是女人与生俱来的品行；轻信男人，则是逃不过的劫难。

无计可施的吉蒂，跟随愤怒的丈夫去了中国西南部的一个小镇，那里正在爆发瘟疫。沃特自愿申请这份工作，原是为了报复妻子与惩戒自己。谁又知晓，这一去，是吉蒂的修行之旅，也是沃特的葬身之地。

此后的日子，尽管青山碧水，竹筏木屋，白云老牛，景色奇美，吉蒂只是度日如年。丈夫对她的仇视，异乡之孤独，对负心情人的怨恨和仍然不能克制的思念，还有那可怖的恶魔般的病菌就飘荡在身边，以及随处可见的霍乱病人，消失在身边的一个又一个生命，哪一件都足以让她崩溃绝望。事实上，她几乎就要崩溃绝望了，却于某一个电光石火间寻到了一剂妙方：当你无法摆脱自己的绝望时，你就去帮助别人。在一所专门收养孤儿的修道院里，吉蒂开始看到救赎之光。

“安宁仅仅存在于人的灵魂里。”这是一位老修女告诉她的话。可是灵魂如何才能安宁？生来就满怀着躁动与瑟缩的灵魂需要训导和磨洗。一个被舞会和高尔夫培植的灵魂，注定是虚荣的、轻浮的、脆弱的。唯一的解救，是把它扔到水里火里走一遭，土里泥里爬一回，过分爱惜只会令它更萎顿。要把自己交出去，交给一切真实的苦难，既敢于交给活生生的生，也敢于交给严酷的死。

电影中吉蒂重新了解并真正开始爱上沃特，只是将爱之时，也是永别之际，他染上了致命的霍乱。这一次，她的心灵被彻底震动，仿佛不久以前，她还是在衣香鬓影的舞会上为大家弹琴唱歌的快乐姑娘，时隔数日，却经历了结婚、丧夫、最后成为单身母亲。这其中过程，实在难以言状。在旁人眼中，她的确很不幸，然而多少前人与自己的经验都能为之见证：一切痛苦，一切让你绝望的东西，到头来会显现，它们都是为度你而来。

在原著小说里，怀着孩子的吉蒂说了这样一段话：我希望是个女孩，我想把她养大，使她不会犯我曾经犯过的错误。我要让她成为一个自由的自立的人。我把她带到这个世界上来，爱她，养育她，不是为了让她将来和哪个男人睡觉，从此把这辈子依附于他。

如果说彻悟，这正是一个女人最根本最通透的彻悟。

电影的结尾我非常喜欢。几年后的伦敦街头，与曾经爱过的男人相遇，她的脸上和内心都并无一丝起伏。回首皆幻景，对面是何人。礼貌问候后，他试图多说，她打断，道别，带着孩子转身离去。

她曾经认为，女人不会因为一个男人品德高尚而爱上他。后来，她却真切地为自己曾爱过一个品德不高尚的男人羞愧万分。再后来，她知道这羞愧也并无存在的必要，因为她早已撕下自己虚荣的面纱。

当吉蒂回首过往的磨难时，她会觉得一切并不是全无意义。若让我为她做内心的注解，我会这样说：这一切是为了让我变得坚强，磨炼我的意志，因为过去的我愚蠢懦弱，不堪一击；这一切是为了让我做我必须做的事，因为过去的我消磨生命，苟且偷生。这一切是要把我送到更好的地方，那将是一条通往安宁的路。

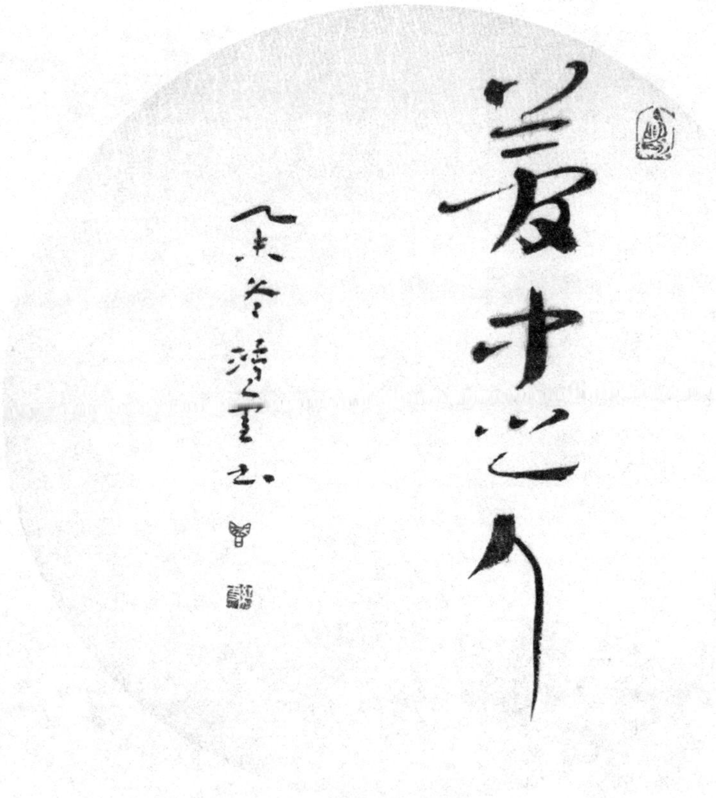

芭蕉

南方古镇的旧宅子，院子里铺着窄小的青石，缝隙间挤出深绿色苔藓。木制的房屋，屋檐高翘，镂空的门窗上雕刻着喜鹊和梅花。漆色已有剥落，露出里面灰白的木头。阁楼的楼梯，踩上去会发出微微的咯吱声。伏在栏杆上向下看，天井处种着几株我喜欢的芭蕉。它是这种宅子里常见的植物。苍翠，高大。主人早已不在了，屋子里没有人的气息。芭蕉兀自生长着，偶有鸟儿飞来又飞走，愈发显得它庄重而孤独。

说不清为什么爱芭蕉。大观园里的那位三丫头，性格旷达疏朗，她也是爱芭蕉的。我若是她，也愿做蕉下客。北方人李清照到了南方，见到芭蕉，写了一首《添字采桑子》：窗前谁种芭蕉树？阴满中庭。阴满中庭，叶叶心心，舒卷有余情。"叶叶心心"四个字真好。蕉叶舒展，蕉心卷曲，不论舒展卷曲，都是有情有意的。

芭蕉常入诗，也入画。诗词中，芭蕉和雨，是无法分割

的意境。有位诗人说：芭蕉为雨移，故向窗前种。仿佛种芭蕉就是为了用它来听雨。想那芭蕉叶厚而阔，有雨来袭时，如刁蛮的小姐发了脾气，随手抓起一把宝石珍珠，脆生生扔在了绿玉盘中。另一位诗人说：此夜芭蕉雨，何人枕上闻。雨夜容易令人伤怀，若有知己陪在身边一起观蕉听雨，甜蜜风雅。最怕此时天涯孤旅，游子客居他乡，或是同心爱的人不得相见，枕上辗转来去，一夜惆怅，心随之碎。

民乐中有《雨打芭蕉》，粤胡演奏，一直以为应该是极忧伤凄清的调子，听后才知道旋律很明快，并不是我想的那样。倒是另一首古筝曲，《蕉窗夜雨》，弹出了我想象中的场景。古雅、灵动，最后一节，急雨嘈嘈，弦弦都拨在人心上一般。

杨万里的诗中形容芭蕉“骨相玲珑”，并且“绕身无数清凉扇”，这一句生动有趣，引人发笑。如此，芭蕉树可称为扇子树了，每一片叶子都是一把扇子，插在高大的茎上。天气炎热时举着一株沿街叫卖，行人随手便可取下一把来摇一摇。还有更实用的例子，书法家怀素习字时很穷，无钱买纸，便在寺院外种了十亩芭蕉，每日在蕉叶上练狂草。想到一位和尚，一袭衲衣，挥舞狼毫，鲜美的芭蕉叶上墨汁淋漓，如龙游蛇走，真有种触目惊心的大美。

蒋坦的《秋灯琐忆》里有一段芭蕉佳话。蒋坦与夫人秋芙，同样的才情高远，性情恬淡。书中所回忆二人之间的桩桩件件，无不情深意笃。

这样一对佳偶，让人疑心不似人间烟火夫妻。一日，他在芭蕉叶上题诗：是谁无事种芭蕉，早也潇潇，晚也潇潇。第二天，看见叶子上她的字迹：是君心绪太无聊，种了芭蕉，又怨芭蕉。两人皆是居士，深信佛法，不知是几世种下的善因，能遇到对方这样心灵相通的爱人。

植物对于人的意义，是它能疗愈人的灵魂。爱一种植物，日日有它相伴，一些无处安置的情感就有了寄托。明朝弘治年间，中年失意的唐伯虎，在苏州城外修了一所桃花庵，写下了“姑苏城外一茅屋，万树桃花月满天”的句子。此后的余生，他远离带给他无限幻灭之感的名利场，过着隐逸的生活。在他之后一百多年，日本江户时代一位俳句大师，在自己的草屋外种下几株芭蕉，并将草屋取名为芭蕉庵，自己的名号也改为松尾芭蕉。俳句没有中国古诗那样的气魄，另有一种极静的感觉在里面。“摘取芭蕉叶，一片悬挂新柱上，草庵赏明月。”便是他为贺自己新居落成所做。

茅屋，桃花，芭蕉，酒，月亮，诗与友。这些元素总让我迷恋，让我一次又一次发觉，虽然穿着现代服饰，使用着各类电子产品，但在我胸腔里跳动的，仍是一颗古典的心。

我亦想有一个种满芭蕉的园子。想在秋天的雨夜，折两张叶子，卷成蕉叶杯，盛满美酒，与友人欢饮。隔着木格小窗，听雨滴敲叶声。天晴后，蕉叶晾干，也效仿古人，在上面题诗。

有些事情注定只能存在于想象中。流光容易把人抛，红了樱桃，绿了芭蕉。这是关于芭蕉的诗中，我认为最令人绝望的一句。正如一个人有满腹的话语，却无从说起，想了想，似乎也没有非说的必要，不如搁下，也就罢了，然后继续埋头过着每一日。正如一个人，无法改变生命之浮华，让她变得沉静厚重。正如一个人，总想要写点什么，但可能直到终老，也无法写出她想写的、足以抵偿一生爱恨的文字。

瓷器

在博物馆里看那些古老的瓷器。青花一直是受人赞誉的，但除了欣赏一件器物本身所具之美外，我总嫌它白地蓝花的色调太寡淡。最爱看粉彩和斗彩，颜色繁复精细，那些松绿鹅黄，茄红宫粉，雅致又俏丽，让人悦目。一对盘子，一只小碗，绘上仕女或婴孩的图案，再配些花鸟蝴蝶，便能让我驻足观看良久。

单色釉的瓷器则显沉静高贵。见过一件清代的孔雀蓝梅瓶，釉色如皮肤般温润细腻，裹贴住胎体。整只瓶身线条柔美，浑然天成，没有一点瑕疵。孔雀蓝这种颜色，不说它有多么通透莹润，单是名字就能让人低回不已。同样惊艳的还有一把胭脂红的小壶，模样鲜艳匀净。此壶拿来喝茶，连倒出来的茶水也应是珠光宝气的。珊瑚红亦是念起来唇齿生香的名字。同类的还有宝石里的祖母绿，尽管一早就知道只是音译，与祖母没有什么关系，却还是能浮想出一个首饰与家族的荡气回肠的故事。

带有题诗的瓷器更能传达出一股古雅而真实的气息，古代诗里有一类便是陶瓷诗。品读诗句的同时会拉近器物与观者的距离。瓷枕是我一向心存置疑其实用性的东西：那样冰冷生硬的，古人是否真的会拿来枕着睡觉？后来见到一件磁州窑的瓷枕，上面写着：风吹前院竹，雨洒后庭花。意境简远恬淡。再加上那瓷是黄釉黑花，古朴可爱，便觉得枕在头下未尝不可。夏日之夜，竹影花摇，用此枕高卧，清凉生风，想来能遇一宵雅梦。

在唐代长沙铜官窑出土的瓷器上，多有隽永的小诗。其中有这样一首：

君生我未生，我生君已老。君恨我生迟，我恨君生早。
君生我未生，我生君已老。恨不生同时，日日与君好。
我生君未生，君生我已老。我离君天涯，君隔我海角。
我生君未生，君生我已老。化蝶去寻花，夜夜栖芳草。

诗中说来说去，总是阴差阳错。不知作者是谁，也许就是制造瓷器的工匠所作。无论说的是自己的故事还是为了别人有感而发，将这样一种胸臆，镌在亲手做成的器物上，赠予爱而不得的情人，也算了却一桩无缘之缘。

哥窑和汝窑的瓷器里都有裂纹釉，通常称为开片。原本是因为在制造过程中，分子排列发生了错位，以及胎体与釉受热后膨胀系数的不同，使瓷器表面产生了大量裂纹。然而工匠们却发现这裂纹的纹路十分细美，如密网，如碎冰，如龟甲。之后就有了专门做这种瓷的工艺，缺陷由此变成一种格调。

光滑的瓷器如少女的脸，固然美好。开片瓷是有了皱纹的女人的脸，看起来也有风致，并不会让人厌弃。又像人的灵魂，假若生来能承受一千度的高温，但总会遇到许多超出自己耐受力的事情。这些事情像烈火在炙烤着你，只要你的胎土是优质的，它就无法真正摧毁。那些在你灵魂上留下的纹路，使你愈发坦然，安忍，随顺。从此，能够接受不完美，知道那正是你所要追寻的，是人世间唯一的完美。因为，在腐土里开出的莲花，更为贵重。

一件瓷器，从此手转彼手，从一处流离另一处，承载着无数个传奇，见证过惊世的秘密。长寿使其身价越来越高涨。它们逾越着每一位主人，每一个朝代。即便如蛋壳一样薄的薄胎瓷，制作时工匠须屏气凝神，如果呼吸略粗些就有可能碎掉，这种瓷器，有人形容它薄得像命一样，却还是有一些流传了几百年之久。

但也有许多在辗转的岁月中未能保全性命的。几年前去南京博物院，走进瓷器厅，迎面便是一件奇特的展品。那是一个巨大的展橱，里面放置着数不清的瓷器碎片，如一面瓷墙。看了很久，它们身上的款识，只留下只字片语，花纹残缺，伤口的形状各异。它们在不同时空因着不同的原由破碎，幸而有人怜惜并懂得，没有将它们遗弃或永久置于黑暗的库房，而是把那么多的破碎聚集在一起，重建起一个精妙的完整。这些碎片是否还能记得起自己的前世，或曾是一个釉里红龙纹抱月瓶，或是一对成化年间的斗彩葡萄纹杯，或青花笔筒，或五彩盖罐。也许是天子王侯死后的陪葬，抑或公子小姐书房的摆设。无论曾是什么，在此时，它们只是以这种姿态，以绝对的破碎和绝对的完整，静默在尘世中。

过天星

童年时住过一个院落里有几户人家的老房子。物质不太丰盛的年代，人心却踏实，容易满足。小孩子也能找到许多伙伴玩耍。那是我生命中一段无惊无惧的好时光。

似乎大部分深切的回忆都停在夏天。漫长而沉静的季节，家家屋前都开着一种现在已不太常见的花。不知道学名是什么，称它为白开夜合，想来是根据其作息时间所命名。形状如微型的喇叭花，洋红胭脂一样的颜色。花落后会结出漆黑的种子，圆的，有花纹，像小小的地雷。我采集了许多，和小伙伴们打闹时，当成互相攻击的武器。种子最后仍散落在地上，悄悄沉入土中，不久又会重获新生。

一场大雨过后，树干上极容易捉到知了的幼虫。它们即将完成最后一次蜕变。我抓了一只关在鞋盒里，第二天打开前，知道会发生什么，微微有些激动。掀开盖子，果然眼前一亮，一只黑色的知了已经爬出来了，静静地伏着，身后是它脱下的淡黄蝉蜕。这样的景象体现了物种的规律与神奇，实在让我惊喜又敬畏。

西瓜是夏日里的华美盛宴。挑瓜时通常会让卖瓜人在瓜身上切一块三角形的口，看里面是否熟透。回到家，小孩子嘴馋，等不及大人切开，先偷偷把那块三角取出吃掉了，细沙一样的瓜瓤，入口甜美。吃完仍把瓜皮盖上，人和瓜都装得若无其事。又心无禁忌，喜欢到人家家里串门，赶上谁家正吃瓜，也毫不客气地跟着吃两块。我爱看黄色的瓜瓤，因为不太常见，如果恰好遇到，就觉得格外珍贵。

晚饭时，父亲会教我背诗。兰陵美酒郁金香，玉碗盛来琥珀光。但使主人能醉客，不知何处是他乡。祖母有时也会说一首：打起黄莺儿，莫教枝上啼。啼时惊妾梦，不得到辽西。我跟着念，只觉得字字都醇美，也不懂那诗里的意思。心里又惦记着吃完饭要出去找人玩。这时分，每家的小孩子都是坐不住的。

在一起玩的游戏都极其原始，就地取材，规则简单分明。抓石子、跳皮筋，还有斗草。两个人把自己手里树叶或草的叶茎交叉在一起，然后向反方向拉扯，谁的先被拉断就算输。

或者先猜拳，输的人用手绢蒙上眼睛，站在中间，其他人手拉手围成一圈，边走边齐声念：刮大风，下大雨，里面有个白毛女，白毛女，你要谁，我要你。说完最后一句，即刻各自找个位置蹲下，然后就不能再动。蒙着眼睛的开始摸索着去抓人，摸到谁就可以把自己替换下来。

又有一种两人以上就可以玩的，一个人的腿搭在另一个人腿上，用另一条腿跳着转圈，嘴里念着：马兰开花二十一，二五六，二五七，二八二九三十一。如此数下去，直到有一个人的力量再也承受不住，松下来，游戏告终。

甚至只是原地转圈，比谁转得最多，直到头晕目眩，坐在地上大笑。

这样单调的玩法，大家也能笑至浑身发软。

有一回，一个年龄大些的孩子教了我们一种新游戏。依旧是先猜拳，输者站在一边，再选出另一人。这个人的角色极其重要，要在输者身后用手蒙住他的眼睛，还要负责解说。这时，其他人列成一队，从第一个开始，依次登场。每个人都要边走边模仿出一种动作，但不许发出声音，后面的人也不能重复别人的。解说者看着上场表演的人，会告诉

蒙眼者：吹笛子的人过去了，练武术的人过去了，梳头发的人过去了……有的孩子调皮，走过去时打了蒙眼孩子的头，大家小声笑起来。下一个登场的一时忘记自己要学什么，上去时就又踢了蒙眼孩子一脚。解说者不笑，仍然严肃地说着：打你头的人过去了，踢你一脚的人过去了。最后，他松开手，由他任意指定，让蒙眼者猜做某一个动作的人是谁。

那个孩子，揉揉发花的眼睛，充满怀疑地扫视着每一个人。然而大家都变得面无表情，难以琢磨，猜中的几率很小。一旦指认错误，会招来

一顿哄笑，下一轮还要继续猜。

我也曾是输者。一个孩子双手紧紧捂着我的眼睛，不透一丝缝隙。黑暗骤然把我与他们分隔成两个世界，紧张地听着耳边的声音，暗暗揣测。睁开眼后，他们的戏已散场，我如何能得知谁演了什么角色。于是无所适从，如世界的新生儿一样茫然。

多年之后我再想起，总觉得这不像是孩子的游戏，倒有些成人的阴谋在里面，但也是有益的，锻炼了登场者的表演能力，解说者的语言组织能力和蒙眼者的推理能力。我还记得我们在进行这游戏时，是在屋后宽敞的空地上。大人们坐在不远处摇着蒲扇闲话。路灯昏黄，月亮在天上看着我们。一群神秘诡异的孩子在演一出默片，天地间都充溢着旧电影的暗沉色调。

这个游戏的名字叫“过天星”。

在那个年代，不知谁赋予它这样的名字，其中的忧伤与文艺气息，让人不可置信。

睡时方垂髫，醒来已黄发。住所几次搬迁，老屋、玩伴、流逝的每一个日子，都是划过天空的星星，无穷无尽，难以追寻。只有回忆，是星余下的光，在每一个凌晨和夜晚，明明暗暗。

蜜与糖的滋味

一个城市自有它的一部食物史，即使没有史官记录，也会写在每一代人的心里。我和我的朋友们有时会说起小时候的糕点，虽然如今在市面上已近乎绝迹，但它们理应是这座城市上个世纪食物史里的重要章节。

那是一些传统方法制作的老式糕点，原料简单，主料是面粉，配料也只有蜂蜜和砂糖。与现在的各种西点相比，不精细，不花哨，连包装也是非常的素朴。原色牛皮纸包得方方正正，再用细细的同色麻绳扎紧，颇为淡雅。若是想添些喜气，就在封口处贴上一块红油纸。过年过节，家里来了亲戚，通常都带几包这贵重的礼品。每当此时，我一面假意敷衍着大人们，心里却暗自揣测纸包内会是什么好东西。

糕点的名字也多是本分老实，毫不华丽。有一种最常吃的名叫“三刀”，小长方形，是把掺了糖的一块面夹在两层发面中间，表面撒一层白芝麻，然后竖着切上三刀。这三刀是连刀的，并不切断，以便于最后放到蜜锅里能够炸透，又能将蜜汁充分浸入其中。它的名字也由此得来。我见过刚从蜜锅里捞出来的三刀，金黄透亮，光泽如琥珀。这个时候吃最可口，因其松软甜香。

另有一种圆柱形的，用糯米面和糖加工，经过几道工序后膨胀起来，外层沾着白糖，内里呈规则的丝网状。咬下去酥而不硬，恰好是牙齿感到舒服的程度。这种名字叫"雪花"，有些别致的意思。我猜想是由它的口感而命名，因它入口后就会如雪花一般化掉了。

"羊角蜜"是美丽的，形状就像小羊弯弯的角，又如月牙。面和糖混在一起做成的硬壳，里面是空心的，装了满满的蜂蜜。咬破一个角，蜜汁就会流出来，有时还扯着细长的丝。羊角蜜好吃又好玩，小孩子会先把那蜜吸干，再把空壳吃掉，壳还留有蜜的余香，沁人心脾。只是我从没考证过那蜜是怎样装到壳里去的，想来应是极其神奇的工艺。

也有一些名字较为难解的糕点。比如有一种长条状的，类似饼干，酥而干，吃起来会掉下很多渣子。它有个学名叫"条酥"，但大家都习惯称它为"红炉"。我和朋友们直到很多年后说起，都百思不得其解，后来想到，也许是在明炉中烤制而成的缘由。再如"江丝"，我小时只以为是姜丝。因为是黄色的长条小圆棍，说它像生姜切成的丝是可以成立的。不过后来发现出售的地方写的都是江丝，这就想不明白了。它的外面裹了一层糖浆，炸得脆生生的，父亲最喜欢吃，有时会拿来当下酒的零食。

但这两种我都不太喜欢。《红楼梦》里大家看戏，说贾母爱看热闹的戏文，爱吃甜烂之食。我也与她老人家口味一样，不喜欢脆硬之物，就连钙奶饼干，我也要用水泡成糊状才吃得满意。

所以有一种五色果子极合我的意。四四方方的一小块，上面一层绵软的面，下面一层绵软的甜馅，我爱得不得了。它又好看，每一块都有妖娆的颜色。说是五色，我想来想去，似乎是大红、洋红、水绿、嫩黄这四色。叫五色果子，大概为的是五是一个大数。这点心喜庆，哪家娶亲办喜事时，当天的供桌上绝不会少了它。摆在碟子里，垒成小山的样子。等新人举行过仪式，供品也敬完了天地，就被小孩子们抢着吃了。那是清贫节俭的时代，也唯其如此，人们才能真实感受到食物的滋养，才懂得爱物惜物。待到物质充盈，肉林酒池，食物具有的原始神性也就被遗忘了。

后来，老式糕点渐渐式微，五色果子在城里越来越少见到，农村的外婆惦记着我爱吃，遇着了就用手绢包了，留着给我。再后来，所有这些吃食从生活中完全退出，它们和它们盛极一时的那个时代，以蜜糖般的滋味，一同隐匿在我的记忆里。

猫

它是一只普通的公猫，我唯一养过的动物。彼时我十四岁，上中学。同学家的猫生了，想要送我一只。我并不知道接受一个生命意味着什么，因此如挑拣玩具一样随意。在几只毛色不同的小东西中，我选了它。

我看中它的颜色，黄与白的组合。黄若赤金，白若新雪。身形完美，如一只袖珍的虎。脸形与五官都很标致，眼睛在黑暗中熠熠闪亮，是最艳光四射的猫眼石。我们在一起的时间大约有两年。

试着给它取过几个名字，它反应淡漠。猫不像狗一样容易接受人对它的命名。最后只好依旧唤它“咪咪”。每一只猫似乎都只能叫“咪咪”。

据说猫的性情会像主人。它是懒的，胆小的，情绪不定的，像我。它注重仪容，洗脸的时候用粉色的舌头濡湿前爪，在脸上一遍遍擦洗清洁，有令人着迷的优雅感。它取悦人的方式很特别，听到家人进门的声音，它会从潜伏的暗处迅速蹿出，四肢抱住人的腿，挂在身上，走多远也甩不掉。而我更知道怎样能够讨好它，在它焦躁的时候，把手探到它下巴处挠痒，它会安静下来，眯起眼睛，伸长脖子，愉快地配合我的动作。

有时，它也会无视我的声声召唤，停下一切行为，蹲在沙发上发呆。这时它的眼神会变得辽远，思绪已进入我难以企及的猫世界。终于，我不堪冷落，伏在它对面，将脸凑近与它静静对视。不多时，它回过神来，极不耐烦我这种打扰，陡然间举起一只前爪，用小小的肉垫狠狠拍在我脸上，给了我一记难忘的梅花耳光。我毫无防备，顿时怔住，继而大笑，逢人便讲，仿佛再没有比这更有趣的事了。

又一回，夏日深夜，惊雷闪电，它在院子里哀叫，用爪子抓门。我起床开门，它跃到我怀中，似乎获得极大的安全感，很快入睡。它散发着温热的柔软身体，让我心里充盈着柔情，那柔情太饱满，使我几乎不能自制地想要痛哭。我是小的，弱的，但此刻，有一个比我更小更弱的生命需要我来保护。它的信任与依赖令我心碎。它在这世上无依无靠，遇到我，便将身心全部交付，我是生怕一不小心就给辜负了。想来，英雄遇到落难的美人，一个女人初生了孩子，亦是同样的心情。

对它的爱使我很想为它做点什么，比如给它画像，可惜我并没有画画的天赋，甚至从来没有画成过一只像样的苹果。但我总要为它做一件事，那应该是一件除了喂它鱼之外的，超越物质的，与灵魂有关的事情。于是我决定为它写一些东西，题目早就拟好了，《猫先生与燕小姐》。在这部巨著里，它分饰多角，它是我的书童，我的爱人，我的伙伴。与所有类似的童话一样，我们必将在一起历险，到风情奇异的国家，遇到各种有趣的动物和人。我们的故事又将是老套的，我是被女巫关在城堡里的公主，它是英俊又深情款款的猫王子，与我相爱，带我逃离，我们终将超越平淡与困境，过上锦衣玉食的不凡生活。如此种种。只是我迟迟也不曾落笔。

那时，我是一个内心孤独自闭的少女，没有兄弟姐妹，甚少玩伴。它虽然是一只与我没有血缘的异类，却是一个有生命的活物。我们同吃同住，一度，彼此深深依恋。

直至那日，来了一只白色母猫，在它面前婉然卧倒，眼睛妩媚成一条线。它观察着那母猫，神色变得奇特。而她已决心引它堕入情爱的地狱，婴儿哭一般的叫声摄走了它的魂魄。自此，它开始夜夜不归。清晨回来时，总是神情疲惫，埋头吃食。身上有伤痕，应该是与别的公猫争斗所致。我无法掌控它的行踪，它已变成一个浪子，不再是我怀中的玩具。

后来，便是它命中的劫数。它吃了一只吃过鼠药的鼠，症状让我不忍描述。带它去兽医那里打了针，保住了性命，但元气已伤。它逐渐消瘦，吃东西很少，毛色黯淡。有一次它爬到了邻居的屋顶，几天没吃东西，已经没有力气下来了。我请人找了梯子，把它抱下来。围观的人都在嘲笑它，说怎么会有这么笨的猫。我抱着它孱弱的身体大哭。它是我的爱，我的爱。

我心疼它，就像心疼一朵美丽的花。我愿它开得再慢一点，花期再长一点，千万不要这么快，这么早，就凋零。

猫知道自己大限将近，为使主人不过于伤心，会与主人见最后一面，然后独自找地方终了。我的它，正是这样一只懂得报恩的猫，最终选择了失踪的方式与我永远诀别。但我又怎知哪一次是它的道别，它又怎知它走后我流过多少眼泪。

自它之后，我没有抚摸过任何一只动物。我开始有洁癖，惧怕灰尘和细菌，养宠物是永不会再想的事情。但我还记得那时，它四处乱跑，钻下水道，流连于垃圾桶，我亲眼见它咬着挣扎的麻雀或老鼠。身上有猫虱。床上全是它的毛发，一节黄一节白，在我眼里都美丽如金丝银线。

我对它的爱，恰如年少时一场盛大而盲目的爱情。一生中总要有这样一次，有过之后，就再也不能了。

明珠点绛唇

拆一支新口红时，总能给自己添些欢喜的意思。

将它从晶灿的管中旋出，颜色不论深浅，俱是悦目可心。通身润莹光洁，有完美的切面与棱角。明明是婉约的女儿物件，却又凝结成雕塑般笔直肃穆。对着它，如在春日花树下，与一人初相遇，只见他宝相庄严，如珠如玉，让人不由满眼满心都是惜爱，哪敢有半点菲薄。

一旦涂上唇，便是美了自己，玷污了它。它又是最常被喜新厌旧的，因为太耐用，总也用不尽。日子久了，风姿难免委顿下来，余了半支残的，主人哪天心思一转，再无留恋，弃之不顾。自然会再寻新的来替换，专柜里一个牌子的色号就有千种红万种紫可挑可选。虽然可能拿着一张色板看到痴，也不能决定到底哪种更宜室宜家宜自己，只觉得选项多了亦是烦恼。人对物对情，态度大抵如此。

有位化妆界的大师发狠说：应该把不涂口红就出门的女人都抓起来。这话听来狂放，细想也可理解，他对不注重仪容的女人实在是痛心疾首。而且，大师们似乎都认为说话的风格要极端一些，方能证明对自己专业的敬重与热烈。我也从不认为女人素颜好看，尤其是年龄大一些后，略施粉黛非常需要。毕竟不是《红楼梦》里的宝姐姐，书中说她是唇不点而红，眉不画而翠，脸若银盘，眼如水杏。自小读“红楼”时形成了偏执见解，对她一直爱不起来，但也不得不承认，她的性情优雅怡人，是真正大家闺秀的气质。她那种任何时候都不失的温良宽厚，在众人看来，更显得黛玉是多么的任性和小心眼儿。宝钗深谙如何处世，从来不争不抢，反而人家会有更多的好处奉上。以她安分守拙的脾气，又天生唇红眉翠，是不会以浓妆示人的。

海棠诗会时，宝钗有一句“淡极始知花更艳”，说出了自己的为人之道，也是她一生的聪明之处。正如现在盛行的裸妆，用的化妆品都是淡色系，连口红也是裸色的，妆成后如清艳莲花。看似无妆，背后着实下过一番功夫。恰似踏雪无痕，大道至简，无论用在化妆还是做人上，都是至高境界。

如今，即使再不热衷打扮的女人，包里也会备有一支口红。口红是嘴唇的华服，掩盖苍白与唇纹，落拓和憔悴。经济理论中又有“口红效应”一词，经济萧条之时，口红这种不太昂贵但又不是生活必需的物品反而销量越高，因它价格可以接受，又能给人带来安慰和满足感。平凡女子不具备对奢华商品的购买力，一支小小的口红便义不容辞承担了无数个闪闪发光的梦想。在轻轻涂满唇的那一刻，谁不希望它是法力无边的宝器，就算带不来华运，至少也带来些自信，那也很好。

张爱玲在文章里写过，九岁时挣了第一笔稿费，五元钱，母亲希望她把这张钱币收藏起来，留作纪念，她却转而去买了一支口红。自己赚来的钱，买喜欢的东西，花得理直气壮。一个爱美的女人，在小时候做过这样一件有气魄的事，是值得一生回想的。

古代的口红与胭脂通用，花瓣汁晾干后做成膏子，可涂唇也可涂腮。

而最简易的口红，却是纸做的。在电影中常看到这样的镜头，家中的女儿出嫁前，对着镜子慢慢梳妆，待盘好头发，一切就绪后，拿一张红纸，放在唇间，抿了再抿，直到嘴唇被染得如五月石榴花。这个仪式一旦完成，女子顿时就减掉了少女的娇憨气，变成一位神情庄重的少妇。或许是想到此后要做人家的妻子，理应自爱自持，所以要将之前的天真烂漫都抛掉，把身心收敛整齐，全力掌管好家中大小事务。那张纸的颜色，是很正的红，和父母之命媒妁之言一样，都有一种郑重其事的含义。世间这类大事，喜悦中总又带着几分悲壮。

词牌中有“点绛唇”，初看时就觉得似与口红相关，后来知道是出自江淹的诗：白雪凝琼貌，明珠点绛唇。古时有一种妆，不把嘴唇涂满，而是只在两唇中间各点一个红点，当时以小而薄的唇为美，这种点唇法最能营造出樱桃小口的效果。我喜欢这句诗，所以更愿意依照自己的理解，把口红喻成一颗明珠，这个意象让我思之心动。

有种名叫“口红吊兰”的花，叶片小巧肥厚，开出的花形态极像口红，而它的花萼又恰好如装口红的管筒。我不太懂花，只觉得吊兰原该是素淡幽静的，但它竟能育出这样绝妙的艳花来，像一个相貌本无惊人之处的女子，突然就把明珠点在了红唇上，整个人立刻光含宝蕴。

山花插宝髻

“山花插宝髻”是李白的一句诗，它所传达的气息令我着迷。一个女子，黑发绾成饱满的髻，除了珠翠凤钗外，她又折了一朵花插在发间。那花是鲜活的，层叠灵动，沾染了满头满发都是香芬。

有一幅唐朝古画，名为《簪花仕女图》。画中有几个在庭院中游玩的女子，薄衫飘逸，体态丰腴，神情娴静。每个人都梳着高耸的云髻，簪着折枝花朵。乌发如云，配上牡丹、荷花、海棠、茉莉、芍药，是那般清雅光艳，美如太虚幻境里的仙子。不用恢宏的主题，只在这几个女子身上，盛唐的华美和大气便都展现了出来。这画是可以看多少遍也不生厌的。

古代女子的头发是幸运的，可以梳成各种风情的发髻，即使没有华丽的头饰，还有鲜花可簪。在现代，这种美已无法还原。衣服失却了传统的元素，就不好再挽式样繁复的发髻。现在的发型是不能戴一支行走时摇曳生姿的金步摇，更不宜在头上戴花的。能用的，只是发圈或各种合成材质制成的发夹，与古时精心打造的一支发钗比起来，简易而粗劣。

唯一不曾改变的，从古至今，是女子对自己头发的那一份珍重。而这种爱惜之心，又永远与情相关。

诗三百，能记下来的，有几句是说头发的，如：自伯之东，首如飞蓬。岂无膏沐？谁适为容！再有：终朝采绿，不盈一掬。予发曲局，薄言沐之。前一首是说，自心上人从军走后，我的头发就如乱草一般，并不是缺少梳头的桂花油，只是妆扮了又来取悦谁呢？后面那首里的女子，则是在采荩菜的时候，想到与丈夫约定的日期已到，他随时都可能回家，而自己的头发已经卷曲不整了，要赶快回去洗头梳妆才好。

他走了，她首如飞蓬也毫不在意；他要来了，她想到的第一件事就是要把头发洗干净。可见，头发这件女人身上的头等要事，总是和爱情联系在一起。因为，青丝即情丝。所以，长发为君留。在音讯难通的古代，一次远行就有可能成为永别，没有照片可赠送，女人如何让男人记她念她恋她，唯有剪下一缕长发，为他缝在贴身衣服里。这是她身上生长出来的贵重物件，丝丝缕缕都有她血脉的气息，只盼能将他的心意缠之绕之留之。

古时男人爱慕一个女人，或许先是因为她的头发生得美丽。古书里形容一个皇帝妃子的头发：鬒发如漆，其光可鉴。陆游有"绿云堆一枕"的诗句，绿云一词也是说头发的乌黑秀丽。一把美好的头发，颜色理应是纯正的，有光泽，气味要怡人，形态要流动，还要浓密，根根分明。异常难得。以前读过《源氏物语》，里面的人物对头发都极其珍视，假若一个女子头发日益稀少，对她来说是十分悲伤的事情，因为意味着她可能再得不到男人的宠爱。

"风住尘香花已尽，日晚倦梳头。物是人非事事休，未语泪先流。"南宋时期，五十三岁的李清照写下了这样的句子。彼时她去国离家，又与爱人天人永隔。她的前半生，繁花都已开尽，此后岁月中，与她如影相随的只有一腔愁绪，万般凄冷。这样多的苦难都经历过，她的青丝怕早就煎熬成了白发。日晚倦梳头，是红颜憔悴后，诸多悲凉姿态中，最令人心碎的一种。

而人间亦有痴于我，伤心岂独是小青。几乎每个女人都曾陷入过这样的日子，由倦梳头开始，一步一步，懒画眉，不涂丹，妆台凌乱，脂粉积尘。或是没有了情，或被人负了情，便从对头发的不管不顾而起，让自己的容颜放任自流。那青丝，是曾经温婉柔顺的情丝，如今却一片杂乱，拿起梳子，也梳不开心中的纠葛。

所以佛家称头发为三千烦恼丝，要出家便先要剃度。这决定了能否真的决心跳出三界外，不在五行中。假如连头发的执念都破不了，是出不了轮回的。我以为，一个女人如果甘愿剪掉头发，那真的是放下了对容貌的执着，同时也放下了对情爱的幻想。因为她不再需要美丽，这就意味着不再渴望男人的爱慕。断发如断情。断了发，一切有情，皆无挂碍。

《红楼梦》中，妙玉甚为孤高，自称“槛外人”，但在她心里，看待贾母与刘姥姥时，显然未能一视同仁，在宝玉和小厮两相对照间，也忘记了众生平等。她有嫌恶之心，村妇老妪用过的成窑钟子她断不肯再留，又按不住情欲，参不破色相，俊秀的富贵公子让她暗动凡心。须知，她原是带发修行的。

“蔻丹”是比指甲油更雅致的名字，正如和指甲花相比，凤仙花要更动听一些。民国时那位奇女子叫小凤仙，这个名字透着俏丽和机灵，虽是烟花女子的艺名，但里面的侠气早已盖过了风尘气。她这人配得上这样的名字。

没有一种花像凤仙花那样，会从枝头辗转到女子的手指上。用凤仙花在指甲上涂颜色的方法由来已久，“欲染纤纤红指甲，金盆夜捣凤仙花”的诗句就是唐代一位女子所写。后来又有人写过相似的“金盘和露捣仙葩”，以及“曲阑凤子花开后，捣入金盆瘦”。能用金盆做捣花的器皿，不是宫中贵妇便是大户人家的小姐，染在她们纤玉般的手上，凤仙花的冰肌玉骨也总算没有被辱没。

夜深时，女子们采来凤仙花瓣，用金盆装了，轻捣成花泥，敷在指甲上，等待花里的深红一夜慢慢渗透。次日清晨，指甲果然像染上了绛色云霞。那颜色又牢固，经久不褪，如凤仙花久久不散的一点精魂。平日里举手投足之间，总有一抹红影闪过，让人疑心是落花在眼前飘飞。又或调琴研墨，或捧书刺绣时，于一截翠袖中露出红光艳艳的指甲，凤凰翘首也正是这般惊人的美丽。

在我童年时，也有过用凤仙花染指甲的经历。这花易生长，几乎家家都种有几棵。夏天，深红紫红，花开正盛，几个小女孩约着一起染指甲。摘下几朵，虽没有金盆，红花放在白瓷碗里也很明艳，掺上明矾一起捣碎。互相帮着，将花泥汁液在指甲上抹好，用叶子包上，细绳子扎结实，十个手指便动也不敢动了。一夜都兴奋，睡不沉实，满怀期待。天亮后取下，指甲已变成橙红色，连续染几天，颜色会一次比一次深红鲜亮。这样天然的颜料，带着花的香甜之气，每天都让小女孩心里充满了欢喜和骄傲。

后来，有了小瓶的蔻丹，但色彩单调，多是大红与粉红。那个时候洗澡都还要到公共浴室，有一回，我在那里遇见了一个很美的女子。她的头发黑而密，全都梳在后面，挽成一个髻，露出光洁的额头。鹅蛋脸雪白，有着沉静的眼睛和睫毛。她怀中有一个婴孩，但她没有像别的母亲那样，给孩子洗澡时总带着些焦躁与紧张，而是闲闲地用手撩起一些水，再轻轻洒在孩子身上。因为她这个动作，我注意到了她的手，生得尤其好看，修长匀称，并且涂着的蔻丹，是当时极其少见的葡萄紫色。她的姿势像是极其无心，脸上带着若有若无的笑意。大概知道别人都在看她，也知道自己是美的，所以甚至带有些表演的意味。她在那里，整个人散发出一种光辉来，把普通的浴室映衬得像一幅西方油画，葡萄紫是其间最浓烈的一笔，而她和她的孩子就像油画里的圣母给圣婴沐浴，有神圣之美。

我一直都记得她和那种葡萄紫的颜色。自那时起，我知道蔻丹所带来的强烈观感。一个追求完美妆容的女子，必不会忘记，手是第二张脸，有时甚至比第一张还重要些。

看过的小说里有个情节：一个女子，有些任性，有些敏感，她爱着一个男人，但却时常有被冷落的感觉。这一回又是几天没有音讯，她心里气他怨他，暗暗赌咒发誓再也不接他的电话，不回他的短信。但突然，他真的发来一个短信，约她去见面。她盯着那短信发了一会儿呆，想断然回绝，心里不舍得，她还在爱着他。终于，她决定再饶他这一次。然后想到晚上的约会，又发了一会儿慌，照照镜子，摸摸头发，好像有件什么事是该马上做的。最后，她只做了一件重要的事，那就是把手上已经有些斑驳的蔻丹洗掉，重新涂了一遍。

这个情节把女子的心思写得很细致。和男人相比，女性是过分在意细枝末节了，只因她们在太爱爱情的同时又太爱美。张爱玲在《烬余录》里写过，在香港时，得到要开战的消息时，一位女同学很着急，因为社交上不同的场合需要不同的行头，从水上跳舞会到隆重的晚餐，她都有充分的准备，但是她没想到打仗。

的确是有这样的女子，在别人看来也许有些矫情，很没出息，我却觉得格外可贵。我知道，这样的人，也许有些做派拿捏，但内心绝对不奸不恶，她只是把自己的性别色彩发挥到了极致。是为女子中的女子，真女子。

爱涂蔻丹的女子，应该是不适合淘米洗菜和清洁厨具的。不过若某天她动了情，也会甘愿卸去华彩，除下宝戒，为一个男人下到厨房。只是这个男人心里未必懂得，她曾经十指不沾阳春水，但却今来为君做羹汤，这是何等的恩情和义气。

胭脂

“胭脂”两个字写出来就好看，像一个身材高挑的女子，瘦而艳。念起来也是满口余香，后面无论再添些哪些字作后缀都好听。胭脂泪、胭脂醉、胭脂扣、胭脂井。还有胭脂胡同。

去北京时，寻访过八大胡同。出租车司机也不识路，找个大概的位置就把我放下。搜索着手机里的电子地图，误打误撞地竟也找到了。第一个看到的就是“胭脂胡同”，胡同口的灰色砖墙上嵌着一块牌子，上面写着这四个字，格外触目。那牌子的底色是红的，也如染过胭脂一样。胡同本来是有些草莽气的，加上“胭脂”两个字便全然不俗。仿佛一堆瓦砾中突然现出一颗红宝石，照得四方都是一片赤色云霞。

胭脂胡同的得名，是因古时此地曾有制作胭脂水粉的店铺。主顾多是八大胡同里的那些烟花女子。如今住的都是寻常人家了，当年却是众胡同中最繁华的所在。书上形容它“香车络绎不绝、妓风大炽、呼酒唤客彻夜震耳”。青楼中从来不缺有情有义的女子，她们的故事也如出一辙。恋上俊美书生，待他钱财散尽后，她私下赠金，助心上人前去赶考。京剧《玉堂春》里的苏三，当时就住在胭脂胡同的苏家大院里。她的馆名叫莳花馆，亦是好名字。不知她的三郎，是否也曾为她去隔壁店铺里选过胭脂。其实缱绻情深处，粉面已自含娇羞。镜前，胭脂只需淡淡染。

古代的胭脂是选取各种花瓣捣成汁，晾干后即成的胭脂膏。可以抹在唇上和脸上，香甜无毒。所以宝玉总爱吃丫鬟嘴上的胭脂，对女孩儿的化妆品又很有兴致。有一回帮平儿理妆，他侍候得极其细致殷勤，拿了怡红院的胭脂给她。那胭脂是用白玉盒子装着的，如玫瑰膏子一样。宝玉告诉她说这是用上好的胭脂拧出汁子来，淘尽渣子，配了花露蒸叠成的。又教她涂抹的方法，只需细簪子挑一点在手心里，一点水化开涂在唇上，余下的抹在脸上足够了。书中形容平儿用后，果然鲜艳异常，甜香满颊。

现在的胭脂是没有那份天然了，但从包装到质地也是越来越精致了，且颜色鲜艳繁多，珊瑚红、玫瑰红、杏子色、蜜桃粉、橘色、裸色。我最爱一种块状的，制成后会用模子在表面压出一朵牡丹或山茶花，美得让人不忍使用。有的胭脂里面含着微微的金粉，细刷子轻扫一些，在脸上匀开，整个面容都闪着珍珠一样的光色。

胭脂其实难涂。涂好了，是天边飞来的两朵红云，涂不好，就成了两团红棉絮。手法要妙，又要与脸形，肌肤的底色，眉眼以及唇色相适宜。看那肤色若雪，只是不够明亮，眉眼精致，还少些东西能映衬出流转生动。胭脂是女王，在所有妆容中最后登场。粉饼，眉笔，眼影，睫毛膏，口红，都已毕集，只待胭脂一上台，霎时日月失色，群臣山呼万岁。

那一点温暖的颜色，真的就是这么关键。

看过一部反映二战题材的电影，里面有个情节很难忘。集中营里的犯人越来越多，纳粹要处决一批老弱病残的人，腾出地方给新来的犯人居住。他们要所有人到广场集合检查身体，不准穿衣服。然后看他们的面色，牙齿，各个器官，从中挑出最强壮的劳动力留下，那些虚弱的立刻处死。屋子里有一群女人，即将出去接受检查。她们恐惧、慌乱。为了使面色红润，不知是谁想出了一个办法，大家全都用针扎破指尖，把挤出的血涂抹在嘴唇和脸颊上。苍白的脸庞有了血色，许多人竟逃过一劫。

这是最原始最残酷的胭脂了。还有一种，以前的女人在逃难时涂在脸上的锅底灰。那是黑胭脂。扮美与扮丑，同样是为了在危境中自保。

郑板桥有首诗："十载扬州作画师，长将赭墨代胭脂。写来竹柏无颜色，卖与东风不合时。"诗里有些自嘲，有些清高。我觉得也像是在说一个不肯取悦他人的女人，成日只以冷妆示人。她或许有美丽的妆容，但缺少了一点好颜色。没有人能把她从清冷的世界拉回来，让她甘心涂上胭脂，热热闹闹打扮一番。她守住了自己的格调，寂寞也是显而易见的。

女人是要有一盒胭脂的，因为它是这么美，那么媚。不管日常生活有多么粗糙，是否有适宜的心情用到这种隆重的彩妆，都要备上一盒。因为说不定何时突然又有了英雄梦想，有了绮丽际遇，胭脂就在手边，拿过来，变一个身，重新做人。

亦舒曾说，女人，不论什么年纪，什么身份，什么环境，什么性情，什么命运，什么遭遇，生在一千年前，或是一千年后，都少不了这盒胭脂。

因为胭脂是女人的灵魂。

外地人游南京，大多都会去秦淮风光带看上一看。现在是极其繁华的商业区，逢着出游的旺季，夫子庙前、乌衣巷里处处是黑压压的人。到了夜晚，河两边的七彩华灯都点着了，闪闪地折射在水面，又添了几分奢靡之感。有游船经过时，灯影就乱了起来，像被人随意裁剪了的各色花布。河上有桥，游人挤在上面看水里的美景，还要将身子倚在栏杆上拍照，以那游船、古式建筑、怀旧招牌和流金溢彩的灯火为背景。那些负责当摄影师的人，焦急地等待着一群又一群人从他的朋友面前走过，手里的相机不断举起又放下，又有许多想占位置的人在旁边立着，等你速速离开。想拍一张没有外人闯入的单人照，简直是不可能的事情。

记不得何年何月何日，我也是桥上挣扎着想要看景拍照的众人之一。一位导游带着旅游团边走边讲解，从我身边经过，人声鼎沸中我只捕捉到她的四个字：秦淮八艳。

就这样忽然的，我静了下来，思绪从现实中抽离，我看见一些名字渐渐从自己心里浮出，又落到眼前的秦淮河上，如植物一般，在河面上伸出枝蔓，生了蓓蕾，而后开出花朵，迎风轻摇。

我还看见那些花朵有着这样的名字：柳如是、陈圆圆、李香君、顾横波、马湘兰、卞玉京、董小宛、寇白门。每一朵都流香潋滟，熠熠生辉。

拉开十七世纪的幕布，明朝末年的秦淮河，是属于她们的舞台。那般香艳的温柔之乡，河水里都荡漾着六朝金粉的气息。沿河两边青楼林立，笙歌夜夜不息。不远处是江南贡院，各地来此参加乡试的书生，闲暇时，也会邀上二三同门来到这旖旎之所，请上一位才貌俱佳的女子，饮酒清谈一番。书生里面自然有浮花浪蕊，但也不乏清高狂放之士，拒绝与现实同流合污，所以屡试不第也是能预料到的。怀才不遇，何以解忧？秦淮河上的女子，一曲清歌，一段妙舞，抚慰着他们忧世伤怀的灵魂，在喃喃的温存解语中，暂时忘却了自己无法实现的一腔抱负。

八艳是秦淮河上的佼佼者。她们有的出身并不坏，书香门第或官宦之家，经种种变故后才落入青楼，过起艳帜高张的生活。是真正的色艺双绝，上天赐给了她们太多的灵秀。通音律，工词赋，琴棋书画无一不能。出名的有卞玉京的小楷，董小宛的画，马湘兰与顾横波的兰花图至今还存在故宫博物院中，柳如是留下的诗集和尺牍被称为“艳过六朝，情深班蔡”。

她们有美貌，有风情，有才艺，有智慧，最难得还有气节。同龄的女孩子，尚养在深闺人未识，她们已经过早地通晓世事，洞察人生。来来去去的王室公子、官员富商、复社才子、失意文人、充盈了她们的阅历，影响着她们的思想，使她们有别于没见过世面的庸常女子。八艳中除了马湘兰，其余七人均经历了改朝换代。明末，正是四方风动，朝廷内忧外患之时，朝中大臣或许尚在睡梦中，秦淮河边的青楼里却能听到众女子同男儿一起畅论国事、指点江山的声音。她们结识的男子中亦有政治风云人物，甚至她们自己，从某种角度上讲，也都是历史篇章的书写者。

她们是开在秦淮河上的花朵，秾艳，无刺，生张熟李皆可来赏来闻，但并不是随便的花朵，依仗钱势或许能一时占得花魁，想使她们甘愿将身心全部交付，也不是一件易事。若非如此，不会有我们所熟知的那些爱情故事：李香君与侯方域，柳如是与钱谦益，董小宛与冒辟疆，卞玉京与吴梅村，陈圆圆与吴三桂。她们的心性极高，爱上一个人后又会死心塌地。马湘兰为一个落魄秀才爱了一生，等了一生，直至自己油尽灯枯。有着一双妙目的顾横波，年轻进士龚鼎孳对她一见倾心，几次求婚。莫说是风尘女子，就是富家小姐恐怕也是巴不能得的，然而她硬是一再拒绝。几年后，见他仍痴心不改，才欣然随他而去。

她们一诺千金，比一般的男子更重义守信。寇白门十七岁时嫁给朱国弼，婚后并未得到他的善待。朱遭清廷软禁后，欲将她与家中歌姬一起卖掉，换钱为自己赎释。寇白门与其约定，放她回去找姐妹们筹钱，一月内必拿钱来给他，后来果然拿了万金来将他救出。他这时又想重修旧好，被断然拒绝。当初他为她赎身，如今她又为他赎身，他虽无情在前，她亦报了当初的恩。此后互不相欠，当可了结。

这些绮丽不凡的人与身世，让我的心里满怀着爱与忧伤。然而最不喜的是：说起她们或历史上其他女子时，总有人自以为是地感叹自古红颜多薄命，其实，不是红颜命更薄。只不过，平凡女子既没有出众之姿，也缺少傲世才华，因此，没有人会关注她们的命运。平凡不等于平安和平静，人生都有起落，心灵总患得患失，灵魂的苦痛何曾放过任何一人，都要靠着肉身一天天地捱过，与之抗衡，冷暖自知。红颜薄命尚有人为其记之传之，哀之怜之，而有些女子的一生，或自己面目模糊，或守着面目模糊的男子，默默老去。每个女子都是花朵，有些芳名千古，有些是长在山间的无名花，于寂寂无人处，纷纷开且落。

明人冯梦龙先生在其著作《情史》中曾对卓文君和李清照有一番评论。司马相如初遇卓文君，惊为天人，顿生爱慕，遂以一曲《凤求凰》挑之。文君知其琴意，当夜便奔去寻他。相如彼时身份低微，文君甘心当垆卖酒。待相如显贵之后，又欲纳茂陵女子为妾。卓文君是何等清明的女子，不愿忍耻。“皑如山上雪，皎若云间月。闻君有两意，故来相决绝。”她以这样一首《白头吟》将此事做了个了结。李清照与赵明诚，亦是一对难得的佳偶。二人志趣相投，不问俗事，成日寄情于金石字画。闲时在家中的归来堂烹茶，又嫌单是你一杯我一杯地喝太无趣，便有了赌书泼茶的典故。即一人问某事是出自在某书某卷第几面第几行，对方若答中就可先喝。赢了的人时常因为笑得太过开怀，不小心就将茶水泼了一身。少年夫妻，日子过得极其风雅。不料靖康一变后，明诚病死，清照孤苦流离，又嫁给了张汝舟。婚后才发现张是个无耻的市侩，最终反目。

相如负心引发卓文君作《白头吟》和李清照的四十五岁再嫁，在冯梦龙看来，都是不该发生的。她们的生活原本如童话一般，郎才女貌，互为知音，身心合一，是传统文人的理想爱情。照理说，文君与相如，是该一生一世相看两不厌的。李清照即使鸳鸯失伴，也不应如逐水之桃花，何况又嫁了那样一个不堪的人，白白沦为笑柄。冯先生将这两件事称之为蛇足。

其实他所谓的蛇足，就是无常。人性之无常，世事之无常。再怎样伟大的人也有狭隘与局限，另外还有敌不过的命中注定和造化弄人。所以，蛇足是无处不在的。只是人们都有严重的圆美心理和童话情结，总希望善恶终有报，有情人成了眷属。他们往往忘记，生活中或许有过童话，不过那是在时间的某一节点拣选出来的，是切片。童话是独幕剧，现实的人生却是连续剧。

如我的一位朋友所说，安徒生写了那么多童话，但他一直清醒而决绝地拒绝生活中的童话，因为他知道生活可以提炼出童话，童话从来不能移植到生活。

无论是你终于拥有了一张梦寐以求的容颜，求来了富可敌国的财产，打下了一片锦绣江山，只要你的人生还没有落幕，欢喜与满足之后，可能就会有一条蛇足悄悄移来。小到一段爱情，大到一个朝代，莫不如是。

南京是我最爱的城市，它曾是六朝古都，十朝都会，千百年来历经无数兴亡事。我曾寻访过城内各处遗迹，远有孙吴的石头城和太祖的明故宫，近有天王殿与总统府。而每一回走在刻有匠人名姓的灰砖城墙上，我都忍不住忖度，那每一位意气风发的开国皇帝坐拥城池时，他们会相信眼前一切都是病目看空花么？君临天下，众人齐呼万岁，谁又能想到竟是短命的王朝。孔尚任的一曲《哀江南》，过了多少年在仍我脑中挥之不去：俺曾见金陵玉殿莺啼晓，秦淮水榭花开早，谁知道容易冰消。眼看他起朱楼，眼看他宴宾客，眼看他楼塌了……这样的词句，真的会让人怆然涕下，无法不生出对无常的驯服感。歌舞之地，墙倒宫塌；繁花美景，转眼满目疮夷。残阳夕照间，是那隐隐藏着的一条冰冷蛇足。

一直笃信这样一句话：在一个人没有得到善终之前，不要轻易说他是幸福的。这句话出自古希腊剧作家索福克勒斯的《俄狄浦斯王》。中国很少有这种残酷的悲剧作品，我们看传统的戏剧，主人公命运也有许多曲折，然历经劫难后，还是能取回真经，最终大多会以骨肉绵绵永团圆收场。不过也有些许例外，如我小时候就熟悉的京剧《红鬃烈马》。王宝钏是丞相的女儿，看中了穷小子薛平贵，不惜与父亲三击掌，情愿断绝父女之情，也要嫁给平贵为妻，堪称是一段有情饮水饱的佳话。新婚不久，平贵从军，一走十八载。宝钏住在寒窑中，缺衣少食，方圆几里的野菜都被她吃光了，我疑心她严重破坏了当地的生态平衡。那薛平贵此时却在异邦娶了代战公主，做了皇帝，安享起荣华富贵来。这时他们的童话已经很不美好了。后来他终于抽出点时间来寒窑接了她，如果这事到此为止，尚能说得过去，因为她虽吃了那么多野菜，但总可以安度晚年。然而偏不是这样，她到了皇宫中，只住了十八天就死了。在台下观众看来，这样的结局，简直是蛇足中的蛇足。

作为一种食物,极少能顾全所有人的味觉,有时甚至是甲之熊掌,乙之砒霜。但是在我生活的这个城市里,菜煎饼是一个异数,我很少见到有人会对它表示反感。虽然在卖菜煎饼的摊位前,主顾多是女性,那也并不是因为男人不爱吃。我曾问过一些男性朋友,他们表示同样很喜欢,只是顾忌着。坐在路边捧着一个菜煎饼的行为,多少会令他们有些羞赧。

一辆三轮车上放几座小炉,铺上鏊子,原材料有面糊摊成的煎饼,各种时令蔬菜和鸡蛋,以及油,盐,孜然,辣椒面,味精。做的时候,先在鏊子上摊好一张煎饼,将拌好的菜馅平铺在上面,再敷上一张饼,贴合在一起。然后慢慢转动,使之受热均匀,待一面熟了后再翻过来烙另一面。几分钟后,煎饼呈现出千足金的颜色。将其对折成长条,切成两半,递给等待的人——他们早已是口舌生津,急不可耐了。

咬下去，先是饼的脆，再是菜的香，再又是饼的脆。这种交相辉映，使唇齿快乐起来。说不出到底有多么好吃，只知道吃到最后一口心底仍有留恋。兼具着饭与菜，充饥，可口，可心。我略微有些洁癖，在吃食上又挑剔，只有菜煎饼，一吃多年，从未生嫌弃之心。

这城市里的很多人，学生、主妇、公司职员、护士，各类人群，在没有地方吃饭时、不想做饭时、厌食时、走投无路时，都与我一样，总会想到，还有菜煎饼可以投奔。

虽是一样简单的食物，做的人与吃的人都很郑重。双方要先交流一些问题。饼的数量，两张还是三张。菜是要哪几样，有的人每种都要放一点，有的人需要拣选，如我，只要白菜，胡萝卜，小瓜这三种。许多人喜欢将熟的时候再洒上一把韭菜，而我是断不肯的。此外，调料的多少，口味的轻重，要不要加鸡蛋。鸡蛋又有选择，摊成蛋饼后，是切碎了和菜拌在一起，还是整张的敷在面饼上。虽然连我这种苛求的人，都感觉不到这二者的差异，然而做的人一定要让你说出一个答案才能放心。

这让人感觉，即使身处市井之间，吃着这样一种价格低廉的食物，也是有分明规则的。买卖双方互相敬重，不可敷衍。你吃到的那一个，是为你量身订制的宝物，完全依照你的意愿生产的。它不适用于其他人，那个菜煎饼同你一样，没有泯然于众生。日常生活切莫轻视，因为自有它的仪式感。

有人说，乡愁的一种，就是想念家乡的食物。在南京的时候，每天的主食是米饭。让我日思夜想着的，是一个金灿灿的菜煎饼。后来在一个叫豆菜桥的地方居住，我喜欢这个名字，充满了质朴的人间烟火气。实际也是如此，周边汇集了各地小吃店。其中有一位阿姨，临沂人，她做的是在我看来改良版的菜煎饼。一张大的煎饼，里面可以选择放油条或一种脆饼，夹上些香菜，刷上一层甜面酱，再卷起来就可以了。制作过程较为迅捷。每天早晨去摊前买一个，带着在公交车上吃。尽管与家乡的菜煎饼迥然不同，吃起来也有安慰。

我的小姨，前半生几乎都在窘迫和苦难中度过。为了生存，她也卖过菜煎饼。有一回，我到她那里去，那是我遭际一场劫难之后的低谷期，外表冷静，内心兵荒马乱。小姨知我经历了什么，并没有多话，只让我坐下，说，我给你做个菜煎饼吃吧。我坐在低矮的板凳上，一时感觉自己和大地如此接近，炉子里散发出淡淡的煤球味道。有街坊过来和她闲聊，我听到小姨说，外甥女来了，我给她做个煎饼吃。路上有呼啸而过的汽车，带起一阵风，我用双臂环抱着自己，觉得自己变得那样小，像个孩童。而我们之间说什么都是多余的，连那个菜煎饼的味道我也忘记了。记得的，唯有这件事。

菜煎饼摊位在这城市里星罗棋布。有人烟处总能找到一辆做菜煎饼的车子，一个如我小姨一般淳朴的女人。没有人会留意她们的身世，会想到她们内心承担着多少东西。她们手中翻飞的那种食物，又寄托着她们什么样的期望。或是给老人看病，或女儿读大学的学费，或乡下家里的旧屋需要修缮。在这尘世里，她们选择了这门手艺谋生，并且依仗着它把各种日子过下去。

几乎每个做菜煎饼的女人身边，都有一个老实沉默的男人，负责切菜和收钱。有时男人不在，熟客们来了，也会主动帮忙打打下手。做的人很自律，从来不用做煎饼的手再去收钱，而是让人把钱放在盒子里，自己从里面找零。这时，吃的人总是把钱举得高高的，口里大声念出放进去和拿出来的数额，对这种信任报以一种持重的感动。

一次在家门口的摊位前，一个姑娘自己吃完，还要给朋友带一个。她是个喜欢捉弄人的坏丫头，对做菜煎饼的阿姨说，多放些辣椒啊，我朋友特别能吃辣的。给她放了两勺，说不够，又放了一勺，还嫌不够，索性自己抢过勺子，狠狠地又往里面放了五六勺。阿姨害怕了，这是她职业生涯中未有过的。姑娘安慰她，说没事没事，然后笑嘻嘻地拿着那个菜煎饼走了。阿姨还在那里顿足，不停地说，这可怎么办呢，这可怎么办呢。我在一旁看着，觉得这样的场景真是活泼生动。

有一个朋友，女友在外地工作，分别已久。某天，他在深夜时分寻到一个菜煎饼摊，驱车五百多公里，途中又遇大雨。清晨到达时，菜煎饼犹有余热，令人销魂。

梦中记

一

有时我会觉得，黑夜里恣肆瑰奇的梦是为了弥补白昼的庸常。在做过的大多数梦里，我都是戏的主角。比如一次我梦到与一心仪男子在河边相会，他相貌端正，举止威严。一只蜻蜓在我们眼前飞舞着，慢慢变成了五彩透明的蝴蝶，随着翅膀慢慢张大，最后又变成了白色羽翼的天鹅。我和他默默注视着这奇景。后来他说，我要走了，去另一个地方。可是我们还没有彼此表白心迹。我的忧伤和怃然，梦中是那般真切分明。

也有过一个无我之梦。一座桥上有一对男女，身穿白色古装，貌美俊雅，风姿绰约。四周雾气轻荡，飘渺如仙境。二人斜倚桥栏，持手相看，痴痴恋恋，不胜美好。从始至终，在此梦中都未看到我的出现，我是缺失的。醒来不禁纳罕，他们是谁，为何会入我梦来，在我的梦境里演这一场戏。莫不是某朝某代失散的恋人，朝暮相思，于是魂离肉身，上穷碧落下黄泉，寻遍每一个时间与空间，虽都难有容身之处，到底不甘心，恰好逢在此夜，趁我的肉身不防备，借了我的梦，终得一会。

梦是这样的神秘难解，令人入迷。当对生活没有任何期许之时，我便会把心思移到夜晚的梦境中。每晚入睡前，暗自期待能有一宵好梦。有位作家曾把梦比喻为人人都有的一只兽，这兽夜晚来到床前，驮起主人四处游走造梦。我的梦兽亦如是，有时会把我带到一个极美的树林里，让我看各种鸟儿，它们的羽毛或淡红色，或湖蓝色，或白色搭配着黑圆点。有时把我送到金色银杏林中的城堡里，与妖蛇为伴。有时又把我扔到辽远的古代，由于国家边境战乱不断，我被嫁给了一个瘦而沉默的异国首领。

在梦里我游历了大英博物馆、巴黎卢浮宫和台北"故宫博物院"。我曾是印度眉心点痣身披纱丽的少女，也是生在北欧的金发小姑娘。抗战期间我与狡猾敌人上演了一出惊险的无间道，另外在霸王别姬、赵氏孤儿、荆轲刺秦等事件中也均有出色表现。我见识了各种食物与华服，又梦见自己像个竹蜻蜓一样在天上飞。我还是幻化的狐仙，夜半出门游荡，脚上踩着鲜艳的绣花鞋，鞋面上的花儿在暗夜里和着露水次第开放。

我是如此地刻意寻梦，梦的确也不负我，有时一夜会连续有十几个波诡云谲的故事。在中医看来，这代表着一个人的气血不足和情志损伤。只是谁又会在意呢？醒着，我们只有一个人生；梦里，可以万水千山。醒着，我们懦弱隐忍；梦里，大刀阔斧。醒着，江湖夜雨；梦里，桃李春风。

多少个夜晚，我以梦为马，驰骋寰宇。有梦不觉人生寒。

然而，令人怅惘无奈的是，最是留不住，逝梦不可追。无论多么壮丽奇绝的梦中戏，一旦睁开眼睛，瞬间便淡了。待到艳阳高照时分，再去努力回想昨夜梦中的沾沾自喜和伤心欲绝，早已是沤珠槿艳，如泡影般破碎，无迹可寻。

正应了佛家那句话：梦里明明有六趣，觉后空空无大千。

二

佛经中对人身有十种譬喻：一是身如聚沫，二是身如泡，三是身如焰，四是身如芭蕉，五是身如幻，六是身如梦，七是身如影，八是身如响，九是身如浮云，十是身如电。

高僧说，这一切譬喻中，以梦喻最胜。

若想破解众生的无明，向他们显现人生之无实，以梦来做喻，最是方便易懂。又或者，夜晚的梦原本就是命运给我们的暗示，让我们提早警醒。是的，这无常的人间啊，其实正如生死长夜，愚钝的人们，身处其中，疯疯傻傻，狂哭痴笑，迷梦一般不自知。

人们大都有过这样的感觉：经过一段时日，回想不久前的一段情爱，一场富贵，一次名利争夺，犹似如梦初醒。也许某一天，回想起自己的一生，我们也会感叹：这一生，真如一场梦啊。然后闭上眼，沉入另一段暗夜中。不同的是，这一回，这具肉身不会再醒。随缘生灭，流转六道，凡夫莫不如是。

而古人在留下的诗句中早已了然这一切。如苏东坡，他最常把梦与人生联系在一起，《赤壁怀古》中留下的千古名句：人生如梦，一樽还酹江月。在缅怀欧阳修的诗里他说道：休言万事转头空，未转头时皆梦。乌台诗案后，被贬黄州，境遇萧索，心灰意懒，因此而有“世事一场大梦，人生几度秋凉”的感怀。哪怕在宴饮把酒之时，他也不能忘忧：万事到头都是梦，休休，明日黄花蝶也愁。

与苏东坡历经荣辱后参破人生不同，诸葛亮是生来通透的，所以他有底气说：大梦谁先觉，平生我自知。而陆游似乎是个太执着于现世的人，六十八岁时，早已退隐的他犹自是“僵卧孤村不自哀，铁马冰河入梦来”。比他更难舍弃红尘的还有那“梦里不知身是客，一晌贪欢”的李后

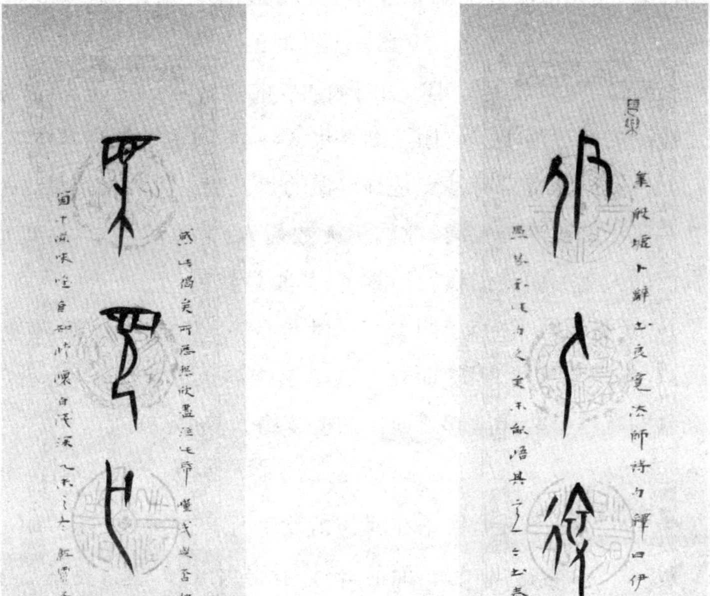

主，这位从一国之君沦为阶下囚的才子皇帝，一生不可谓不跌宕。当他被软禁汴京，又怎能不怀念那曾经掌管过的无限江山，只好在梦里暂时忘记这苟且偷生之身，贪恋一下那枕上片时的温暖。

可见看破容易，放下却难。几千年中，谁能智慧如庄子，人皆做梦，谁能比庄子的梦更浪漫。栩栩然蝴蝶也，蘧蘧然周也。他在梦中变成蝴蝶，转而又疑心，觉得自身其实是蝴蝶做的梦。梦中做梦最怡情，蝴蝶引人入胜。庄子的疑惑与发问，惊倒了无数后人，大家莫不思忖：难道，梦才是真实的人生？而我们认为的真境，其实是梦？

于是，汤显祖写了“临川四梦”。《牡丹亭》一梦中，杜丽娘在梦中与柳梦梅幽会，因梦生情，因梦而死。故事这样结束也就罢了，不料，这世上原来真的有一个能让她起死回生的柳梦梅。梦耶？真耶？

于是，黑泽明拍了八个梦。有一个印象极深的，男子在博物馆欣赏凡高的画作，在一幅《阿尔的吊桥》面前，也许看得太沉醉，也许是睡着了，竟走进画中，见到了凡高，与他交谈一番。最后凡高消失，男子重又回到那幅画前。这样的梦可有人不喜欢？可有人不想也要做一个？而那种油画，那种色彩，难道不是只有生花的梦笔才能画得出来？

梦与人生，轮番互换。

有时，身处某个场景中，猛然间，会觉得曾经做过这个梦。眼前所在地，仿佛何时曾来过，又意识到自己马上要说出口的下一句话，在那个梦中，曾说过一模一样的。

这是巧合，还是轮回？

三

在与梦有关的典故中，最喜欢的是南柯梦和黄粱梦。

淳于棼在树下入睡，梦到自己去了大槐国，中状元，选为驸马，封南柯太守，功成名就，儿女满堂。后来因与敌军作战失败，被削为平民，悲愤难当。醒来后，发现大槐国不过是大槐树下的蚂蚁洞。

上京赶考的卢生，在旅店遇一老翁，卢生向其叹息自己贫困潦倒，于是老翁送他一个枕头，说用此枕可得称心如意。佛法中早说：时间本是梦心所现，了无自性，虽是梦中片刻，已恍若数十年光阴。所以卢生在梦中经历了一生的大富大贵，醒来时，店主一锅黄粱饭还未煮熟。

不用说多么深奥的佛法，单是这两个故事，细想来就足以令沉溺于人间小戏的我们有所惊觉。哪怕只是片刻，也能把心思从滚滚红尘中抽离，获得解脱之感。原来，我们在现世所执着的一切物质，与他人所发生的种种情缘，在无边无际的时间与空间中是这般微不足道，如蝼蚁，如细沙。原来，凡所有相，皆是虚妄。原来，一切喜怒哀乐，爱恨情愁，患得患失，皆是我们不净的六根对照虚幻的六境生出的假象六识。

只是，一时的顿悟人人都有过，难的是自此彻悟。更多的时候，我们仍在信仰与现实之间徘徊，在境界与红尘中浮沉。明代高僧憨山大师的《劝世歌》中说道："荣华好似三更梦，富贵还同九月霜。"顺治皇帝出家时写下了一首长诗，其中也有"百年世事三更梦，万里江山一局棋"的好句，读来让人荡气回肠，顿生出离之心。然而，我们被扔在物质世界中太久，华服香车，爱欲之乐，哪一样不都令人欲舍又难抛？

“富贵荣华原一梦，仍爱此梦太分明。”这是胡兰成的句子。明知人生是一场梦，梦里充满了污垢，他却道他爱的就是这个是非之境。即使是在走投无路的最最落魄之时，仍然告诫自己有大愿未了，不可以老，不可以披发入山。他这种人世观与张爱玲非常契合。张爱玲写了那么多生命的残酷真相，一直觉得人是脏的，生命是秽亵的，却还是不愿做太好的人，因为太好会进天堂，也不愿太坏，太坏会进地狱下油锅。对于生活，她说那是一袭华丽的袍，里面爬满了虱子，但或者正是因为有那袭华丽的袍的包裹，她和所有人一样，便可以忍受甚至无视虱子的存在，她还是就要这样不好不坏地进入下一次轮回，不要做神，只想做人。

所谓众生难度，所以西方极乐世界虽黄金为地，七宝为池，莲花盛开，微妙香洁，真正能发愿往生者甚少。娑婆世界虽恶浊无安，但仍然一世世延续，生生不息。破谜开悟需要大智慧大勇气，更多的人在尘世尚有残梦未醒。哪怕此身只是梦中身，此生只是隙中驹，既然有了此身，生在此生，不愿辜负。飞蛾扑火也好，水中捞月也罢，梦还是要做，并且都想竭力做得再圆美一些。

曾在庙里结识一位年轻的僧人，小师父慈悲庄严，有度人之心，常以各种方式开示。一日，打来电话，劈头就说：醒醒，别睡了！

“醒醒，别睡了。”听在耳中，真如狮吼，如棒喝。

假若对着天下人喊这句话，能否把梦中人唤醒？皆从情执中醒来，从我执中醒来，从一切执着中醒来。

可叹的是，谁为袖手旁观客，我亦逢场作戏人。这副戏台上的对联，道出了人之为人的无奈。

最好也只能做到：梦太好，别相信；梦太差，亦不灰心。

情深情薄

世间自有一种人，薄情处还有深情，深情处又自薄情。胡兰成，或许就是这样一个既情深又情薄之人。

读他的自传，很难不叹服其才情，再寻常不过的一个景象，经他一描述，顿时变得仙气缭绕。人家的笔写出来是字，此人下笔便如明珠。

喜欢他的人对他的文章是爱不释手，厌恶他的人也从来都不少。他做人自然有太多不是，政治上犯的错无需再说，单说对待情感的做法，常被人骂为无耻下作。偏偏这人又是个脸皮厚的，别人有了偷香窃玉之事，藏在心里，一生也密不透风。他不然，只管大书特书，那一桩又一桩的桃色事件，不管光彩与否，合不合伦理，他说起来都毫无悔愧，甚至带着些许沾沾自喜。

其实当然不必悔愧，那是他与那些女子的事，当事人纵然生怨怼，旁观者也不够资本指指点点，但因为其中一女子名叫张爱玲，便应了一首歌中所唱：至今世间仍有隐约的耳语跟随我俩的传说。而且相信在此后的很多年间，这些耳语都将不会停。这两个人，张爱玲与胡兰成，实在让人想去说，哪怕说的全然不对，与真相南辕北辙，还是忍不住一说再说。

胡兰成生逢乱世，运势坎坷。也就是他这种人吧，虽经历过惶惶不安，几次走投无路，但紧要关头，他有一种糊涂的本能，从不审判为难自己，而是把恩义、爱情、名节、家国，一路走，一路放下。这个人，始终是遇到什么就做什么，到什么山就唱什么歌。

他的一生桃花不断，总是会遇到怜他爱他的女人。人对不同的异性会生发出各种类别的情感，这些情感或许可以统称为爱情。胡兰成对爱情的定义显然比常人更宽泛些。他曾在书中说到龚定庵的诗：偶赋凌云偶倦飞，偶然闲慕遂初衣。偶逢锦瑟佳人问，便说寻春为汝归。这首被王国维评为轻薄的诗，胡兰成读来应当十分亲近相知，因为这正是他一生做人的态度，他喜欢的就是"此时语笑得人意，此时歌舞动人情"，对政治，对情感，皆是如此。

他自言对于女人，与其说是爱，毋宁说是知。知取代了爱，便可以容纳无限，那是一种可以与任何人，在任何境地，恋任何一种爱的能力。

所以他自己也有这样的坦白：我是陋巷陋室亦可以安住下来，常时看见女人，亦不论是怎样平凡的，我都可以设想她是我的妻。

这样的话说出来似乎就是要招人来骂的。不过且慢，设想一下，你若有他那些境遇，你会怎样？你若是那些女子，遇到他那样一个男子，你又会怎样？殊不知，他那种人不是想遇到就能遇到，而一旦遇到，即是情劫，不是凭理智清醒能躲得过的。

有人说，他对女人，情虽不伪，却也不专。之前的几任太太且不提，自张爱玲开始，他浓墨重彩记录过的女子还有小周、秀美、一枝和爱珍。张爱玲在他眼中确如女神一般，但并不妨碍他再去爱别人。对年轻的小周，他倒是真的疼惜，临分别时将薪水换了黄金赠她，又买了大米留下。

逃亡时听说她为了他被捕，曾有一瞬间想拿自己去换了她出来，这时倒看出来些血性，但他究竟是胡兰成，马上又觉得自己不可这样浪漫。

秀美是他的末路恩人，他对她感激多过爱，两人经历了一段相依为命的日子。在逃去香港前，秀美送他，两人游西湖，他的心情萧索，“连在身边的秀美，我亦快要想不起来她是个如花似玉人。往时在金华道上逃难，只觉得两人非常亲，现在如何变得没有一点喜气，甚至对这样的改变亦不能惊异。”此后他再也没有提及这个女人。

从香港又辗转到日本后，胡兰成有过一段寂寞悲愁的时光，然而他生活中永远不会缺少情爱，房东家有个女儿名叫一枝，已有丈夫，两人暗通款曲，为他孤独的异国生活添了诸多情趣。这样的关系，结局自然还是一样的烟消云散——“我与一枝凡三年。一枝也不知啼泣过多少回，我也不知生气过多少回，浓愁耿耿都为她，但是后来到底不能了。”

最后他娶了佘爱珍，算是真的遇对了人，她是所有女人中与他最匹配的，两个人都是生命力极强、精力极旺盛的厉害角色。她伴他到生命终了。

胡兰成曾写过一幅书法：平生知己乃在敌人与妇人。他追求语言的别致，一开口必要让人惊动。细想来，这话倒是极对，他生命的底板原没有什么亮色，本就是全靠几个女人点缀了一生。他用一支笔把那些女人描绘成个个都如立春时的桃枝和春风里的牡丹。不同的是，其他人的美艳，是可以攀折可以亲近的，只有张爱玲，她不是花朵，是王冠上的宝石。

因张爱玲天生具有的华丽贵族气息，胡兰成对她的爱一直像宋江遇见了九天玄女，时时感觉如梦似幻。他曾不止一次地表达过这种不真实感，动辄便拿金童玉女来形容。温州避难时，张爱玲去看望，但他彼时却并不希望见到她，因为“夫妻患难相从，千里迢迢特为来看我，此是世人之事，但爱玲也这样，我只觉不宜”。

在小旅馆里，没有一般夫妻的闲话家常，别后之事只一带而过。境况、忧患、衣食，那是烟火男女才有的对话，而这两个人到了一起，从来都如在仙境一般。他们延续了在上海时一贯有的精神交流，谈《圣经》，谈美国电影，谈西洋小说，谈贝多芬的交响曲。连窗外牛叫的声音，胡兰成一个人听到时可能并不觉得什么，但与张爱玲在一起听便两人同时觉得诧异，好像不似凡间声。

在这种空中楼阁般的语境下，胡兰成纵然感到腹部有些不适，也只能忍着不说出来。及至秀美到来后，打破了这二人的仙气，他才仿佛金童落到凡间，小孩子见了亲人一样，向她撒娇又委屈地诉说了自己的肚子疼。那是只有与最亲近的人在一起时，或者在比自己低的人面前才会有的一种放松。

每次看到这个情节，我都会联想起张爱玲曾经说过的一个比喻：像月光下一只蝴蝶停在戴有白手套的手背上，真是隔得叫人难受。她说的是西洋人给她的感觉，我倒很想借用这个比喻，来形容在温州时的她和胡兰成，因为他们之间就有着这样一种阻隔。而此时的胡兰成与秀美，却早已到达了柴米夫妇的亲密无间。

这不是张爱玲的错，她早已表明自己已低到了尘埃里，只是她的出身，她的才情，她的个性，都令胡兰成在她面前有难以克服的自卑。她的低反而会更令他诚惶诚恐，宝玉在丫头面前的姿态也是很低的，但丫头们哪个不怕亵渎闪失了他？

胡兰成一直说，是爱玲开了他的聪明，使他能从万事万物中都看出好来，为此他要敬一炷香给她。张爱玲于他，不一定是至亲至爱的妻子，却一定是精神上的导师菩萨。看他写在收到张爱玲的绝交信时，“即刻好像青天白日里的一声响亮，却奇怪竟是心思很静。”彼时彼地，他觉得没有必要分辩，但又不想异于常人，应该有所回应。于是给张的好友炎樱写了一封信，开头写道：爱玲是美貌佳人红灯坐，而你如映在她窗纸上的梅花，我今惟托梅花以陈辞。

真是锦心绣口啊，这样的句子，也不知他从何处想来，短短几句，胜过画家精心描摹的一幅梅花美人图。

在信中，胡兰成写了两个典故：佛经里有阿修罗，采四天下之花，于海酿酒不成，我有时亦如此惊怅自失。又《聊斋》里香玉泫然曰：妾昔花之神，故凝；今是花之魂，故虚。君日以一杯水溉其根株，妾当得活，明年此时报君恩。年来我变得不像往常，亦惟冀爱玲日以一杯溉其根株耳，然又如何可言耶？

他用这两个故事来比喻自身，不是诉苦，胜过诉苦。

这封信有没有感动张爱玲不得而知，但我在看时的确有一些感动。他就是有这样的本事，开脱自己时非常能自圆其说，竟然令人十分体谅。

他也是一生自负，心有大愿，想方设法在世间安身立命，然时运不周，路路不通。他与张爱玲的爱情全盛时期，恰逢他政治生命的盛世，在汪伪政府任宣传次长，春风正得意。两人可以男的废了耕，女的废了织，每日躲在房间里卿卿我我，桐花万里路，连朝语不息。彼时他可称为花神。待到日军投降后被通缉，隐姓埋名，开始漫长的逃亡生活时，恰如被打散了元神的花魂。

只是张爱玲何尝没有灌溉他，她岂能不怜惜他不人不鬼的窘境，即

使决绝分手时，仍寄了三十万稿费给他。爱情与人性一样，是简单又糊涂，单纯又诡秘。他以为遇到小周与秀美，并与之发生感情，就像行走在山道上遇见一树好花，随手采下一枝是再自然不过的。但张爱玲却是亮烈难犯的，无法忍受与别人共享一夫，那对她来说，是秽亵，是雾数。

从女人的角度来想，我相信张爱玲后来是真的一点也不爱他了。男人大多自私，有占有欲，又最惯于自作多情，分手后心底下会仍把以前的女人看作是自己的，并以为人家一定还对自己有余情未了。只有女人最知道，哪怕以前为了他曾低到尘埃里，中间无论他做了多少不能原谅的事，仍然含垢忍辱，去意徘徊，但这原是一个情劫的过程，有一天，劫到头了，缘分也尽。女人说不爱便真是不爱了，看似突然，其实是过程中种种情绪的积攒。男人很少有感情洁癖，不爱了也还可以再与对方纠缠厮混，但女人一旦情绝，心如磐石，再不能转。

时间可以了解爱情，可以证明爱情，也可以推翻爱情。在张爱玲心里，与胡兰成的爱情已经被时间全盘推翻了。她喜欢《诗经》里那个如匪浣衣的譬喻，不知当她回想起那个人那段情，那些为他承受的耻辱，以及他对自己的轻慢时，内心的感受是否也如堆在盆旁的脏衣服一样，充满着杂乱不洁的忧伤。

如此，对那个男人是再没有什么可说的了。君不见，津津乐道从前情史的是胡兰成，如果可以，张爱玲是连半个字也不愿提到他的。

所以，我在看到老年时的胡兰成与佘爱珍随意谈论着张爱玲，两人拿着人家打趣调侃时，也觉得真是可恶至极。但他可能也怕张爱玲的读者们生气，转而又正经深沉起来：我与爱玲的事，本来是可以这样的没有禁忌，不用郑重认真到要来保存神圣的记忆，亦不用害怕提起会碰痛伤口。

他这个人，深情时有他的道理，薄情时也有他的道理，以致于道理全是他的，他的思想体系十分牢固，别人的毁谤丝毫动不得他半分。世人拿这种人是没有办法的。

西王母

她是神秘的仙界名媛，一位法力无边的西方女王，昆仑山上的众神之首。其身世扑朔迷离，有人说她是天帝的女儿，有人说她乃混沌道气中至妙之气凝聚而成形。她的居所在浩淼如同天镜浮空般的瑶池之上，那儿有仙树奇花，数不清的珍宝美玉。她是掌管灾疫和刑罚的神，可谓权倾天下，麾下尽是修炼成仙的珍禽异兽，其中有门神开明兽，侍从九尾狐，长有红色羽毛的三青鸟负责她的饮食起居。传说还有每日为她捣药炼丹的玉兔和蟾蜍，它们所制作的不是普通丹丸，而是世间权贵们梦寐以求的长生不死之药。

关于这位女神的容貌，一直有着很大的争议。《山海经》上说的是其状如人，豹尾虎齿，善啸，蓬发戴胜。若是译成现代的说法，就是说她长着俏皮可爱的虎牙，身着迷人性感的豹纹，长发打理成了蓬松的大波浪，戴着很闪的发饰，闲来无事时喜欢唱歌，而且是原生态唱法。但在后来的《汉武帝内传》中，却又变了另一副样子。书中是这样描述的：着黄金褡襡，文采鲜明，光仪淑穆，带灵飞大绶，腰佩分景之剑，头上太华髻，戴太真晨婴之冠，履玄璚凤文之舄。视之可年三十许，修短得中，天姿掩蔼，容颜绝世。这就完全是一位光彩夺目、气质如华的绝色仙女了。

而在汉代的画像石上，她一直被刻画成雍容华贵的中年女子，端坐在几案前或各种形状的座位之上，身边常常刻有蛇尾相缠的伏羲和女娲、九尾狐、玉兔、蟾蜍及各种仙兽陪伴。她的头上始终戴着玉胜，这种以一根轴连接起来，中间圆形两边梯形的玉制首饰曾被汉代女子争相效仿佩戴。有时，为了区别她与众不同的身份，良匠们会在她的背后添上一对羽翼，那是仙界人士的典型特征。

她是一个永远的传奇。据一本古书记载，她本姓杨，字婉衿。但是这个具有柔美女性色彩的名字几乎从未被提及。大家都称她为西王母。西是她的方位，王母是神名尊称。作为道教至高无上的首脑，能够引领世人升仙得道的女神，人们对西王母充满了狂热的尊崇。在汉代，对她的信仰更是达到了前所未有的鼎盛时期。她的形象在各地汉画像石上频频出现，人们笃信，把她刻在墓葬中的画像石上，死后必定能蒙她接引，从而升入美丽的天界，此后便可与诸神同乐，与天地同寿了。

汉画像石中的神话人物繁多，西王母一直是我最喜爱的一个，却并不是因为她的神力和法术。自我第一次在汉画像石中见到她，了解了她的故事后，作为一个女人，我一直在想象同样作为女人的西王母，会有着怎样的所思所想。在神话中，西王母理应千秋万代地存在着。然而去掉她那些显赫的身份后，作为一个女人的西王母，如果她还活着，将是多么的寂寞。在她生命中曾经有过一次爱情，那也是她唯一的一次。关于这次爱情的发端，在滕州市官桥镇出土的一块汉画像石上有着生动的描述。画面上有一位男子正在驱车前往与西王母相会的路途中，四周百兽引路，仙鸟和鸣。多年来我对这块画像石百看不厌，在众多极力表现各种道德观念和政治故事等正统题材的画像石中，它是一个异数。

画像上的这位男子，便是这个爱情故事中的男主角。如果不具备充足胆量和见识，哪个男子敢去爱西王母这样一个女人。更难得的是他也能同时被西王母所爱，并且此后被她一直思念。这个人，自然不会寻常。他姓姬名满，是西周的第五代国君周穆王，人称穆天子。

据《穆天子传》记载，公元前九六四年，也就是穆王登基后第十二年的冬天，他率兵征服了北方作乱的犬戎部落。次年，他的国家河清海晏，时和岁丰。于是，他带领众臣，开始了历时两年，长达两万五千里的西巡之游。这一年，他六十三岁。

今天看来，他当时的路线是这样的：从洛阳出发，北行越太行山，出雁门关，进入河套地区，然后渡河西行，穿越今宁夏、甘肃、青海、新疆，最后到达昆仑山所在的帕米尔地区。在与西王母相会之后，便取道东南，经河西走廊，穿今甘、宁沙漠，复至阴山，循来路返回。这一程三千年前的自驾游，虽然行路艰险，道阻且长，但好在穆王的交通工具比起现代的越野车毫不逊色。他的御用司机名叫造父，造父所驾的是他为穆王寻到的八骏之车。八骏是八匹宝马，品种优良，颜色鲜艳。它们分别都有自己美妙的名字：一名曰赤骥，是一匹火红色的马。一名曰盗骊，它是纯黑的，有着细长的脖颈。一名曰白义，因皮毛白色得名。一名曰逾轮，是一匹紫马。一名曰山子，通身黄色。一名曰渠黄，黄白相间。一名曰骅骝，黑鬃黑尾，身体红色。一名曰绿耳，因耳朵绿色而得名。

八骏在许多古书和后人诗词中屡被提及。白居易写过一首《八骏图》，其中有两句这样形容了它们的丰姿：背如龙兮颈如象，骨竦筋高脂肉壮。后来我在徐悲鸿的画中看到了他笔下的八骏，有的腾空而起，四蹄生烟，有的回首长嘶，神气清劲。每一匹都倜傥洒脱，形神具足，根根鬃发似乎都挟着风力。从中可以遥想到三千年前古道萧萧，西风烈烈，造父扬鞭，纵马西行的场景。那些马儿们渴饮甘霖泉，饥食琅玕果，体态轻盈,恍若龙飞。一路疾驰,一路烟尘。

在见到西王母之前,八骏已载穆王走过了二十多个邦国部落。一路上,他品美酒,祭河伯,登春山,猎得白狐黑貉等飞禽走兽无数,又在群玉山上采了四天美玉。他受到各部落首领的殷勤接待。人们无不对他顶礼膜拜,纷纷奉上当地最珍贵的特产。在一个名叫赤乌氏的邦国,首领还献给他两个美貌女子。他很高兴,盛赞赤乌氏是盛产美女和宝石的好地方。这些都是一个天子理当得到的。但这都还是只是序幕,是铺垫,动人心弦的剧情还没开始,女主角还未华丽出场。那是他此行最要紧的目的。

然后,终于,在那个吉祥的甲子日,八骏把穆天子带到了气吞万里的莽莽昆仑山下。

那该是怎样的一场相会。许多人给他们的见面赋予了政治色彩,说表达了中央大国与西部少数民族的友好关系等等,未免太无味。我只将那看作是一个神武威猛却又谦谦如玉的东方大国天子和一个风华绝代知书达理的西方女神,即将在那梦幻般曼妙的昆仑之圃,阆风之苑,琼华之阙,光碧之堂,举行一场前所未有的会晤。殷勤的青鸟早已探看通报,伶俐的九尾狐将他引至瑶池,琼浆佳肴备齐,鼓乐笙竹奏起,一场丰美的盛宴开始了。这一次他们彼此遇到了真正的对手。

他给她献上了白色玉圭,黑色玉璧,还有数不清的绵缎丝绢。她为他持盏满杯,与他把酒言欢,吟诗唱和。这是她生命中未有过的时光。长年独居于此,奇禽异兽再通灵,不能排解她的孤独冷寂;瑶池风景再旖旎,无人与她执手赏看。而眼前这位男子,他一生阅女人无数,必定是擅长风月,解得风情。他的到访,对她来说意味着什么,不言而喻。于他,她是他生命中一场最绮丽的桃花遇,因为与那些世间凡俗女子不同,她是一个女神。于她,他却是她万年等待来的一场情劫,爱上他是太容易的事情,只是心碎的结局也早已写好。虽然我百般不愿去引用张爱玲那经典的几句话,却还是觉得放在此时的西王母身上再合适不过:见到他,她变得很低很低，低到尘埃里，但心是欢喜的，从尘埃里开出花来。她是天上地下万人景仰的神，然而去除掉神的属性，她也会是一个具有爱与性意识的女人。于是盛宴之上，一个情深款款，一个心旌摇曳。情至浓时，情难自禁。温柔缱绻，销魂蚀骨。这一场抵死缠绵的男女情事，不可谓不感天动地。

她已在昆仑山上孤独了万年，那么今天，就让她在爱人的肩头痛哭一晚。

不知穆王在昆仑山上度过了多少晨昏。有书记载，说他在西王母处"乐而忘归"。然而，他毕竟不是天台遇仙的普通少年郎，可以抛开红尘，几世几劫也无妨。他有他的天下，他的子民。所以，忘归，也终要归。在最后一场宴会上，她为他吟唱了那首至今流传的歌谣：白云在天，山陵自出。道里悠远，山川间之。将子无死，尚能复来。同所有将要与情人分别的女子一样，她想要他给她一个确切的时间，不要无望的等待，不知道归期的盼望与绝望无异。他也以歌作答，许她三年为期：予归东土，和治诸夏。万民平均，吾顾见汝。比及三年，将复而野。或许她心底是明白的，这些话都是不作数的，世事无常，人心无常，隔着这么漫长的路远山高，相聚实实渺茫。所以她又说：徂彼西土，爰居其野。虎豹为群，于鹊与处。嘉命不迁，我惟帝女。彼何世民，又将去子。吹笙鼓簧，中心翔翔。世民之子，唯天之望。这才是真正诀别时的话语了。她所居住的西土，虽然虎豹为群，乌鹊与处，可她是天帝的女儿，要守住这天帝赐予的土地，不能随便迁移。而他有他的子民，他必须要离开。既然各自有不同的使命，也只能如此了。

由古至今，仙也罢人也罢，男心女意从来抵不过宏大的命运。

毕竟她的身份和心性都是矜贵的，不容许她哭哭啼啼。送他一程，便转身黯然而去。

此时的穆王目送她的身影，心底想必也会有许多怅惘。他登上旁边

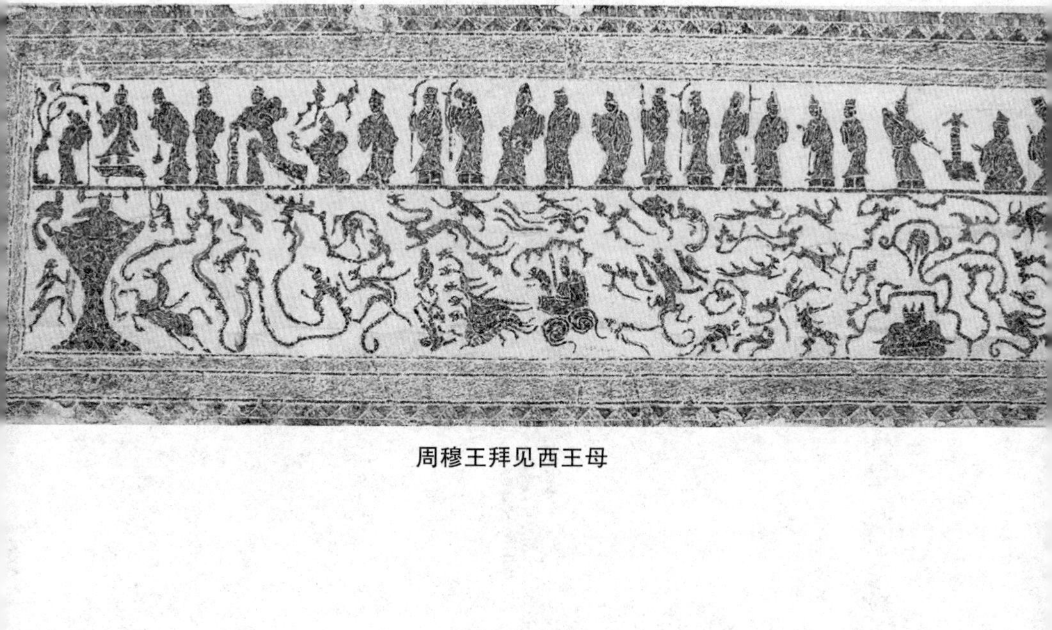

周穆王拜见西王母

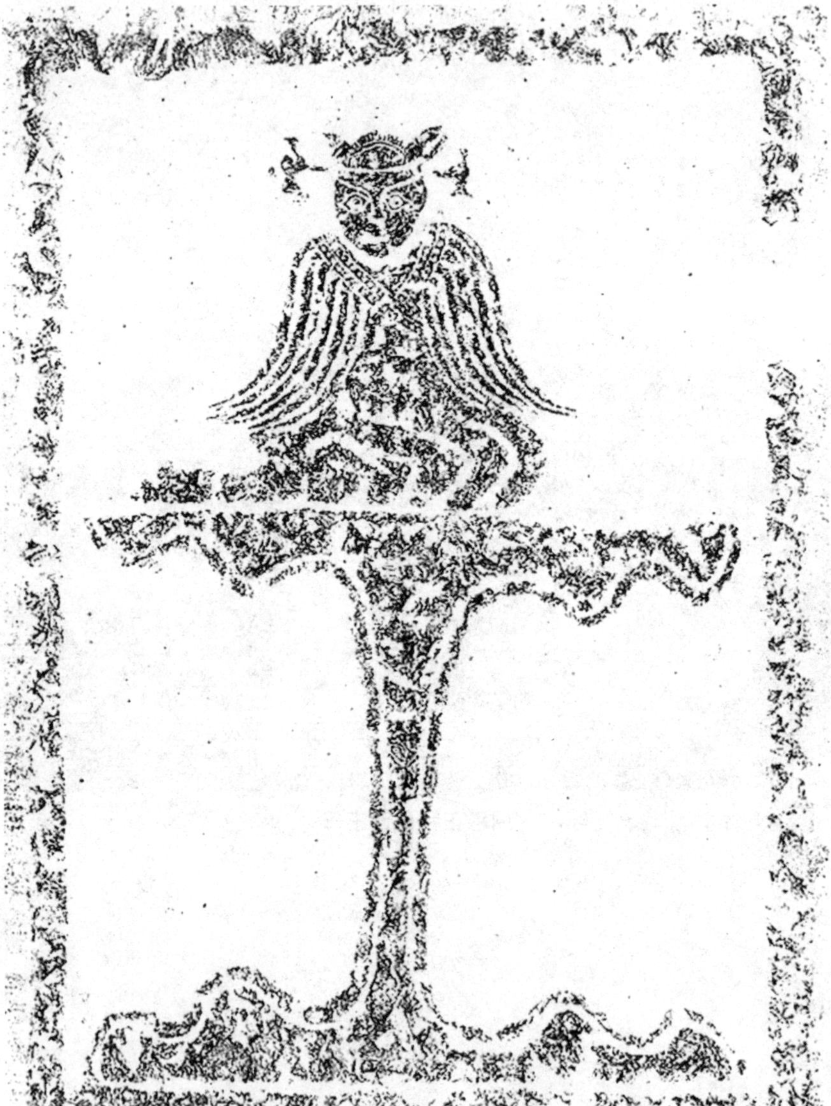

西王母

的崦嵫山，那是太阳落下去的地方。在山顶，他种下了一株槐树，也许喻指着将永远怀念。之前每到一处，他都喜欢在石碑上著文铭刻他的功迹，这一次也是同样。与以往不同的是，他又在另一块巨石上写下了“西王母之山”五个大字。我以为，他这个举动除了表达他对西王母的敬与爱之外，还隐藏着男人的那种小小的霸道和占有欲。无非是要昭告世人，这里是西王母的地盘，而他曾做过此处的入幕之宾，即暗示了西王母是属于他的女人。

在之后的三年里，我们知道穆王的生活没有过闲暇。回到都城后，他忙着祭先王、建宫院、捕虎射鸟、作诗哀民、观看十六位舞女的白鹤舞。他还曾与一个名叫井公的人下棋，三天三夜都不分胜负。他要继续到各地去巡游，某一天游至盛国，族长盛伯把女儿盛姬献给了他。他非常宠爱她，给她建造了一座重璧台，并带她四处游玩，但没多久她就染疾去世了。他悲痛不已，为她举行了极其隆重的丧礼，命群臣都来吊唁，以皇后的葬法安葬了她。他每日都因思念她而伤心。身边的一名侍卫看不过去，劝他说人都有生有死，为逝去的人伤心固然没错，但不要忘记还有新人。他听了这话心愈发疼痛，又流下泪来，但可以想象，过不了多久，也就罢了。他还有很多事情要做，他的生命中尽管再不会有昆仑山上那般如梦如幻的美妙日子，但绝不会缺少真切的能够握在手心里的世间欢愉。

我说这些完全没有谴责他负心的意思。他与西王母之间的情事又岂能用俗世的眼光的来解读。那几乎包含了隔代恋、人神恋、异国恋和穿越时空之恋等种种束缚的恋情，哪一种的结局都只会是欲罢不能，又不能不罢。再无其他。

后来，他死了。因了他的死，那些还在痴迷寻求长生不死之术的人又受到了别人的嘲讽。连与西王母交往过的穆王也尚且如此，何况你们呢？但他也算是享寿者，活了一百零五岁。在记载他一生行踪的传记里，没有再提到过西王母。

她自己的故事倒还有些后续。

沧海成尘，碧桃花发。朝代更迭，转眼间就到了汉家天下。

从汉画像石中能明显地看出，在汉代，西王母的崇拜者遍天下。尤其以汉武帝为首。武帝喜好仙道，对西王母仰慕至极，十分渴望能一睹她的真容。他日日诚心祈祷，终被她感动。决定于七夕之夜去汉宫与他见面。想来这是穆王之后这么多年，她第一次有所动念吧。然而，就在她降临这晚，武帝却立时被她的侍女王子登的美貌吸引，目不转睛盯着她看。在他眼中，这位侍女“年可十六七，服青绫之袿，容眸流盼，神姿清发，真美人也”。比起“视之可年三十许，修短得中，天姿掩蔼，容颜绝世”的西王母来，王子登显然更让武帝惊艳。他的心思西王母岂能不知，她没有动声色，仍与他对坐清谈一夜，并请他食用她带来的珍肴异果，紫芝清酒。临了，还拿出仙桃七枚，自食三枚，赠他四枚。他吃了，知道这是人间不可得之物，便偷偷藏下桃核，准备种之。她看见了，告诉他这桃在人间是种不活的。无论如何，大汉天子，一国之君，他这些行为是有些不讨喜的。她离去，心下应全是失望。

至此之后，再没有听说过她有其他传闻，也没有凡人再能得见她的容颜。人们只能凭想象把她的影像刻在石头和铜镜上。前面提到的那块刻着穆王与西王母即将相见的画像石，制作它的那位良匠手法非常浪漫，他为这个故事赋予了浓烈的神话色彩。画面上高冠袍服的穆王坐在镶有华盖的车上，车轮是云彩的形状。八匹骏马也被替换成了六条神龙，驾车的不再是造父，而是一只仙物身份的蟾蜍。西王母端坐在另一侧的鱼尾座上，身边有玉兔、青鸟、羽人伴随。她正在等着他，等着这一场漫长时光中注定的邂逅。

另有一块邹城市出土的，是我见过的唯一一幅把西王母刻成脸上布满皱纹的老妪形象的画像石，大概那良匠认为西王母虽能长生，但容颜总会变老。最有趣的是郑州出土的一块画像砖，西王母坐在山顶，手里拿着一个“工”字形的东西，有人说那是纺织用的绕线架。这位良匠很有心，考虑了西王母每日的生活，想必是很无趣的，所以也会如世间女子一样做起女红。后来有专家考证，说绕线架是以丝线之连绵来象征生命之长久。然而正如司马相如在《大人赋》中所写：低回阴山翔以纡曲兮，吾乃今目睹西王母曤然白首。载胜而穴处兮，亦幸有三足乌为之使。必长生若此而不死兮，虽济万世不足以喜。他认为如果一定要像西王母这样孤独着长生不死，纵然能活万世也是不值得高兴的。

使我难忘的还有曾在徐州汉画像石艺术馆看到过的一块。它的画面底子素净，没有伏羲女娲，也不见青鸟玉兔，甚至连常用的云纹装饰都没有。完全就是她的一张单身照。独自侧腿跪坐在高高的台子上，羽翼像极了裹在身上的披肩，发型依旧，瞪着大大的眼睛。看了真使人忧伤。

穆王与西王母，是起初不经意的他，遇上了万年孤独的她，此后世间从未停止过隐约的耳语跟随他俩的传说。好八卦者古今有之。在他俩离别一千七百多年以后，晚唐一个叫李商隐的诗人某一天忽然想起此事，颇有感怀，遂写下这样的诗句：瑶池阿母绮窗开，《黄竹》歌声动地哀。八骏日行三万里，穆王何事不重来。

是的，他最终没能再来。“青鸟不传云外信，丁香空结雨中愁。”一天清晨，西王母推开窗子，又轻轻唱起那首白云谣。旧事如同春梦，一散已是几千年。她的岁数已经很老了，但还要延续着永恒不死的生命。在她头顶，是那亘古久远的静默天空。万里无云。万里无云如同她永恒的悲伤。

十月初，天极蓝，阳光充沛。他已在阴暗潮湿的地下墓穴中躺了两千年，今日却不得不被人从沉睡的梦中唤醒——如果真的能醒，那他该是多么欢欣，因他将看到一个完全新鲜迥异的人间，看到久违了的天光云影。

他生活的年代应在西汉时期，其姓氏与身份早湮没在漫漫的时空中，无从考据。唯一可推断的是，他虽非富甲一方的豪绅地主，但也颇有家产，能置办得了一座像样的石椁墓。所用的石材厚重，石质清坚，并绘有祥瑞的图像。在他的墓周边，我们又勘探到很多墓葬，足以证实当年此处是一块风水宝地。而自西汉以来，多少朝代兴亡更迭，多少人出世又辞世，一片土地上不知起过几回高楼又夷成几回田地。直到近年，这里成了一个批发市场，拥挤的摊位上售卖着各种鲜艳的廉价商品，每日有许多远近的顾客前来购货，交易买卖颇为繁忙。人们问价还价，熙攘喧闹，却浑然不知就在他们脚下，若干米深的土层内，还安卧着一些沉默的古人。我曾把这场景设想成一幅剖面图，从图上看去，上面是热腾腾活泼泼的人间，下面是冷冰冰静寂寂的阴界。生者与去者，红尘与黄泉，相隔并不甚远。

一次新的城市规划终止了两个世界互不打扰的相处时光。市场被拆除，成为建筑工地，蓝图已绘好，这一回，这里将建一座大型商城。生者搬迁了，死者的梦也被扰乱了。先是，有人在泥土中挖到一些破碎的陶片，后来，又有挖掘机掀出几块平整的石头，上面刻有神秘图像。附近围观者里有心思明白的，便打电话报告给我们单位。考古队赶过来看了，确定此地是一处汉墓群。经过一系列协调程序后，进驻工地，开始发掘。

是真正的抢救性发掘，因为挖掘机就在人身后等着，虎视眈眈，伸着大口。于施工方来讲，耽误工期就是在耽误金钱，他们不关心什么珍贵的汉代家族墓群，只巴望着我们这群讨厌的人赶快离开。如果不是拿文物法规压制着他们，这些墓葬和陪葬品早就被铲成碎片。于我们来讲，只要探到了墓都想救下来，一个也不甘心舍弃，因为说不定哪个墓里就会出一件汉八刀玉蝉口晗，一面清亮的铜镜，或一方墓主的私印，一把青铜佩剑。连同石椁的每一个构件，我们也都想完好地保留下来。于是在尘土飞扬的建筑工地上，施工方与考古方形成两派人马，各司其职，各行其是。

这样充满敌意的对峙大概持续了六七天，局面开始有所转变。几个小工头，大工头，更大的工头，以及干活的工人和开挖掘机的司机，每日眼见我们忙碌着勘探拍照绘图清理墓葬，这般珍视他们眼中的破石头破罐子，不由对我们的工作从不屑与厌烦，渐渐有了好奇，甚至有了尊敬。他们会跟在我们后面看，问询一些不懂的事情。每当要开一个新墓，他们是最兴奋的，看到出了文物，总是先问能值多少钱。我们的回答是，做考古工作的，更看重文物的研究价值和历史价值，而不是经济价值。他们终于愿意相信破石头破罐子也是值得保护的，而且在粗犷豪放的外表下面，这些人也有一颗敬畏之心，不敢再肆意破坏墓葬，我们由此得以放松地去工作。

这些墓葬的形制是西汉流行的石椁墓。所谓石椁，是指在木头棺材外面又套的一层石头棺材。有单人的单室石椁，有夫妻二人的双室石椁，还有家族合葬的多室石椁。滕州在汉代时是附近区域的中心城市，经济文化都极为繁荣，加之厚葬风气炽盛，多年来陆续发现过许多汉墓，出土了大量陪葬品和画像石，但是像眼前如此密集的墓葬群却是极少见到。

现在，已记不清是第几座了，在开头时提到的那人的墓前，厚重的石椁盖板被慢慢掀开的瞬间，我一眼看到墓里盘绕着一棵粗壮的树根。它从泥土深处生长出来，坚韧的生命力使它穿透了棺壁。有人用铁锨将它使劲铲断，乳白的根茎里刹时流出鲜活的汁液，与旁边陈旧的尸骨形成令人不安的对照。

那人仰面向上，光洁净白的头盖骨，眼睛变成两只黑幽幽的深洞，四肢与肋骨都俱全，中间一根端正的脊柱和若干块椎骨，看上去也是完整无恙，但早已经腐朽。那些小块小块的椎骨，稍一碰触就会化成粉末，这都是时间的杰作。

他躺在那里，像标本，又像谁摆上去的积木。身体已重见天日，完全暴露在苍穹之下。墓里经年潮湿，阳光适宜地照射进来，水气在空中蒸发。他若是有感知，周身应当也会觉得温暖舒畅。

工作人员仔细清理了椁内的墓土，又用软刷把他的骨架清扫干净。在右手的部位，他的家人为他放了一串铜钱，年深日久，粘在一起，生着苔藓一样的绿锈。依稀能辨认出钱币上的字迹，是汉代的五铢钱。石椁里有一个小小的器物厢，里面藏了几件陶器。除此之外，没再找到其他的陪葬品。我们在他墓顶的石盖板上发现了一个盗洞，这说明两千年间，曾有不速之客前来造访，极可能主人身上的贵重物件已被取走。

盗墓之风大约始于战国时期，汉代之后愈加猖獗，所以汉墓从来就有“十墓九空”之说。这座墓的盗洞很小，就在大家议论该是身材多么瘦小的盗墓贼时，空中忽然出现了一只橘红色的蝴蝶，我虽不能断定它正是从墓里飞出来的，但也没有人看见它是从哪里飞来的。此时，它就在墓室上方回旋环绕着，恰像死者的精魂。

后来，我在里尔克的诗里读到了这样的句子：

古代棺墓，你绝不会被
我的感情遗忘。我向你致敬，
某条欢快的泉水来自罗马
流向你，像一首蜿蜒而永远的歌。
你敞开，美好的
一双牧羊人般醒悟的眼睛：
——而墓地却充满沉默与死荨麻之花——
到处都是蝴蝶们迷醉的飞舞……

诗人在后面标注说，他在法国阿尔勒的一个著名古墓前，曾亲眼看见有蝴蝶飞出。多么相似的场景，在不同时空下，我与里尔克都看到了蝴蝶与古墓，看到了翩翩灵动的生和沉默如谜的死。

之前在单位里，除了考古部的人员，我和其他同事大多时间面对的，都是摆在晶亮展橱内洁净的文物，较少亲临它们原本所在的墓葬。这一次的工作由于时间紧迫，全体人员都前去协助。虽然遇到的不是天子王侯那般的大墓，但对我，也是难得又难忘的经历。外人常以为考古是很好玩的事情，不知这份工作极大程度上做的是体力活，却又不能蛮干，更要具备细心与经验。古墓内常有厚厚的积土和积水，人要蹲在下面，用手和工具一点一点清理。每一个小土块都要掰开看过，以免有所遗漏。一天下来，身体十分辛苦。何况，下到古墓内，亲手去整理久远死者的东西，这样的事情并不是所有人都能做到，多数人还是会心有顾忌。我在克服了一些心理障碍后，很快找到一份喜欢又胜任的工作，那就是清理陶器。

几乎每座墓都会陪葬陶器，常见的器形有罐，豆，瓿，鼎，匜，壶，盒等，都是生前日常使用的食器或盥洗器。有的墓里还有陶仓，陶楼，陶磨，陶厕所，陶猪圈和小陶猪，这些则是专为随葬制作的冥器。

陶器放置的位置通常在石椁的头厢或脚厢，容易发现，不过也有一些会埋在石椁之外。一次在一座双室墓的外侧，洛阳铲探到了下面硬邦邦的器身。我用铁铲先挖开四周的泥土，当器物渐渐露出轮廓，但仍与土层粘在一起，这时再把工具换成竹片与竹签，从各个角度的缝隙中把它与泥土剥离，直到它松动得厉害了，再从土中轻轻将其抱出。整个过程中要保持既有力又轻缓的动作，陶器较脆，尤其口沿处，铲子稍微碰到就会损伤。

那座墓外共陪葬九件陶器，我用了一天的时间全部取出，最后因为蹲的时间太久，腰都难以直起，但满心欢喜。我与它们之间本隔着两千年的岁月，如今能亲手将它们发掘出土，还能抱着感受片刻真实的手感，如同把那两千年沉甸甸的岁月都抱进了手中，不由人眼眶有些发热。九件陶器里面有两只鼎，两只罐，还有匜，鬲，盉，壶，豆。都是外形素朴的器物，造型规整典雅，没有花哨的纹饰，最多会在罐身印上古老的绳纹，或在鼎足上留下一只辟邪的饕餮，却气象高古，胜过后世多少华贵富丽的瓶罐。

所以，尽管工地上尘土飞扬，人声机器声轰隆作响，每日又有诸多不便，最糟糕的是不敢喝水，因去一次洗手间要走上二十分钟的曲折路程。不过每次出土宝贝时带来的惊喜，足以抵消我们对恶劣环境的反感。大家只愿尽快把地面上已探好的用白粉灰标注了的墓都抢救下来，除此之外皆可不顾。

一天，同事叫我过去看一位女子的墓，墓盖刚刚揭开，眼前一片惊艳。这是座没被盗墓贼光顾过的墓，除了室内积了一层薄薄的灰色淤泥，一切还是安葬时的原貌。十几件个头很大的陶器摆在脚后，身体附近放着铜发簪，玛瑙珠子，玉璧，还有几串王莽新朝时流通的大泉五十钱币，在当时，这一枚的价值等同于五十枚五铢钱。在女子白森森的头颅旁，摆了两面绿莹莹的铜镜。其中一面的样式是汉代流行的昭明镜，昭明镜是因镜面铭文里刻有昭明二字而得名，铭文内容为：内清质以昭明，光辉象夫日月；心忽扬而愿忠，然雍塞而不泄。其意类似现在的广告语，是制造镜子的人在夸赞此镜的质地清纯明净，光芒如同日月一般。另一面连弧纹镜上也刻有铭文：结心相思，愿毋相忘。如此甜蜜隽永，或是她的爱人所赠。

两面铜镜应是这位女子生前喜爱之物，她用它们照过风华时的容颜，那时，爱情正美，脂粉正香。死后，它们又随她到墓里陪葬。死是多么长久的事情啊，一死，已是两千年。在每一个寂寂幽夜，茫茫荒陇中，她可曾又揽镜自照？若是看到彼时的美貌化作此时的白骨，她可会悲伤哭泣？这情景多像《红楼梦》里的风月宝鉴，反面照出骷髅，正面照出美人，警戒世人肉身无常，色即是空。镜子没有变，变的只是人。从这一点来说，物比人恒常。都知道金银珠宝是身外之物，生不带来，死不带走，可还是想要带走，带到了墓里，终究还是成了妄念。最后，有的进到了博物馆，有的被盗墓贼转卖，在世间流传辗转。无论是何等命运，它们都不曾永远属于任何一个人。

那些西汉早期皇室贵族们所用的黄肠题凑墓，东汉时与阳宅同样设计的石室墓，还有眼前这些西汉中晚期的中产阶级石椁墓，都是生者为逝者营造的地下新世界，新世界要与生前无异，甚至更美好。

于是，他们在石椁上刻几株长青树，寓意着万古长青。在墓门上刻两只铺首衔环，守卫墓主的安全。大量的铜钱和铜镜铜剑以及各种器物，是想要将物质与财富延续下去。死者口里放一只玉蝉口唅，希望他可以像蝉一样再次重生，身上放一块玉璧，那是作为通天的信物。这每一幅画像，每一件东西都是细致入微的心愿符号，都承载着奇幻庄严的使命，它们要护佑陪伴主人，让他一切所享用的并不因死亡而终止。

再没有哪个朝代的人比汉代人更深信灵魂不灭了。在工地上我们还发现了一些埋葬幼儿的瓮棺，是用灰陶烧制的大型陶器。由一只圆的大陶罐和一只长的直筒罐组成，小孩的尸体放在里面，二者再扣合在一起。棺的底部有一只小孔，是供死者灵魂出入所用。在夫妻合葬的双室墓中，两具石椁中间的隔板上，总是开着一个或两个小窗，目的是方便他们之间交流。汉代人虔诚信仰着“事死如事生”的观念，由此才创造出瑰丽奇特的墓葬艺术，才会留下被鲁迅先生赞为“深沉雄大”的汉代画像石，今人才得以看到一部石头上的汉代生活史。那些宴饮欢聚，庖厨垂钓，车马浩荡，狩猎游艺，乐舞杂技，祥禽瑞兽，仙界神仙，他们用刻刀一笔一笔刻出来，手法天真浪漫，线条气势磅礴。不过是汉代普通工匠的作品，但就连现代艺术大师们见了也要膜拜赞叹。

若是没有这样的墓葬文化，没有对人死后灵魂不死的信念，也许就会活得太绝望。相依相伴的亲人离去了，自己有一天也会死，潜寐黄泉下，千载永不寤，何等可怖。汉代人一定要把墓室变成一个温暖富足的去处，他们要让自己笃信，死虽是人世的终结，同时却又是另一段生命的启始。如此，方能生之欢乐，死之从容。

荒谬的是，或许这边刚刚费尽心机安葬妥当，那边盗墓贼就来洗劫了。某日工作间隙，我坐在一座墓前歇息，那墓早已被盗得空空如也，连一枚铜钱也不曾留下。墓主的身子不见了，几片白白的头盖骨掺杂在泥土里，一根腿骨孤单地呆在一旁，我望了它好久。多日以来，每在一个墓前，对着一具具白骨，我都会呆呆地想一回。我想知道他们是谁，想了解他们一生的故事，更想使自己抛开心中太多的负累，以此开悟。眼前这根腿骨的主人，也曾是一具温热的血肉之躯，是母亲怀里的宠儿，是别人心中的爱人。或曾达官显贵，也饱经生之喜忧与爱恨情仇。他来过这个星球，在属于他的时代真实又虚无地活过了一生。告别时，他也一定有许多不舍，许多的放不下。亲人将他郑重下葬，给他安置诸多陪葬，又谁知转眼被盗，尸首分离。两千年后，唯有我这个不相识的人，在墓前为他做一个最后的凭吊。

我曾经胆子极小，不喜欢怪力乱神的故事，不看恐怖片。现在，面对累累白骨，已内心淡然，无惊无惧，但我仍敬重相待他们，又因为心底无私，所以也不必害怕。我对每一具尸骸默默祝祷，在心里对他们说：你的宝贝如果不取走，就会被破坏偷盗，今后我们会替你好好保存，它们将被放在博物馆里，会被世人欣赏称赞，你是它们的主人，你们将一同被记载在考古史上，你若有知，当应欣慰。

初冬来临之前，工作结束，我们撤离了这个工地。一年多后，商城开业，生意比之前的市场更加兴隆。我有时会路过，却从没有进去的念头。那高楼与进出的人们看上去都那么轻飘虚幻，最终停留在我眼中的，仍是那片工地，那些墓棺，那些汉代人。

再后来，在城市的另一处又发现一个墓群。与上次不同的是，这里没有重大工程，可以原地保护，建成汉墓遗址。我去看时，一个墓正在打开，里面的那具骷髅有一口完整的牙齿，闪着暗银般的光泽，表明他还是一个年轻人。附近不知哪里种着梧桐树，四月的熏风吹来几朵紫色的梧桐花，落在他的棺内，美极，也凄极。此情此景之下，一首读过的诗忽然在我脑中出现，写诗的也是一位早逝的人。

漢甎一

千秋萬歲長樂未央八字貫于四神之中

我知道永逝降临，并不悲伤
松林中安放着我的愿望
下面有海，远看像水池
一点点跟我的是下午的阳光

人时已尽，人世很长
我在中间应当休息
走过的人说树枝低了
走过的人说树枝在长

这首顾城的《墓床》，仿佛眼前这位年轻的汉代人在读给我听，声音安详，缓慢，好似来自天际，但正是从他那一口完整牙齿的嘴里发出。

他的墓中出土了一件刻着“长乐未央”的瓦当。长乐未央，一直是汉代人梦寐以求的终极之境，翻译成现在的话，就是永远快乐。

我低下头，对墓里的年轻人小声说，祝你永远快乐。

父亲的桃与李

春深似海的时节，各处的花正开得端丽。路边田头，园中庭前，多见的是红桃白李，株株都生着莹光四射的花朵，荟成一季烁烁的芳华。见到桃李，我有一首白居易的诗谙熟于心：

绿野堂开占物华，路人指道令公家。
令公桃李满天下，何用堂前更种花。

这里的令公指的是唐朝名臣裴度，其人博学多才，一生中学生遍布各地。白诗一向平易有情，这首更让我一读不忘，因为诗中对一位老师的赞美又新颖又奇巧，更因为，我的父亲也是一位有众多桃李的老师。

在这座北方小城里，父亲一度师名远播。那些年，似乎无论我在任何一个场合，都能遇到他教过的学生。一如《水浒》中那个重复了多次的情节：宋江在江湖上行走，不报名字便罢，一旦报上，立刻有人纳头便拜，口中连呼“公明哥哥”。许多次，面前的人知道了我的来历，立刻会亲热相待，一问原来是父亲的学生。如果哪次在一个人多的地方，我没有遇到他的学生，也总会遇到他某个学生的朋友，家人，亲戚，同事，他们都知道，这个城市里，有那么一位燕老师。

小城不大，众人都熟头熟脸是很自然，一个人工作了几十年，在当地混出一点名气来，也不稀奇。不过父亲非官非贵，只是一位两袖清风的老师，但当别人提起他时，语气里总是带着敬重与好意，这也是极为难得。

曾在一次宴席上遇到一位师兄，当他得知我是父亲的女儿时，很有些兴奋，马上向我讲起几十年前的一段回忆。彼时，他是东方红小学里刚上一年级的小学生。学校里的老师，多是不修边幅面目委顿的男子，有的会拿着蒲扇，趿着塑料拖鞋去上课，身上穿一件颜色混浊的汗衫。见惯了这样的老师，在第一次上语文课时，陡然看到父亲走进去，他只觉得这位老师好干净，好文雅。洁净端正的白衬衣，风纪扣也扣得紧紧的，从头发到脚上的鞋袜，全都整整齐齐。父亲在讲台前站立，神采奕奕，对着下面的孩子朗声说道：同学们，语文，是知识大厦的基石……

当年的那个小学生，如今，已是过了中年的男人，在一个部门里担任掌有权力的职务。漫漫岁月中，他不知经历了多少人事和生活的磨洗，却仍能清楚记得自己的第一位语文老师，记得老师说的第一句话：语文，是知识大厦的基石。这句话对一个懵懂顽皮的小男孩来说，好似天外之音，无比新鲜奇异。也许后来学过的东西都忘掉了，唯有这句话烙印般留在了他的心里。说不定在读一本书时，或是遇到一处怡人的风景，想要开口赞美时，它就会从心里一跃而出，像消不掉的文字咒语。此时，他终于有机会将它转述了出来，而且是说给当年那位老师的女儿听，这于他，是何等的畅快。而我听他这样描述着一件我所不知的父亲的事情，于我，又有一种极其珍贵的感动。

我出生时，父亲已经不太年轻了。这位师兄记忆中父亲的样子，我只在照片里见过。那是他的风华之年，英俊小生般的面容，身长玉立，是天生的衣服架子，再普通的衣服他穿上也有俊逸之气。年纪大些后，人愈加清瘦，更显一把风骨。他不擅长任何交通工具，一生只爱走路，走在小城的街上，永远鹤立鸡群，从不会泯然于众人之中。冬天他爱穿长风衣，有学生开车来接他，远远见他缓步走来，黑风衣，黑呢礼帽，神情寂寂，似是旧时代的人。上车时，略略低头，一手扶住帽檐，一手按住衣襟，姿态也带着民国遗风。人家看得惊艳，一时不知如何夸奖，就拿他来比《上海滩》里的周润发，不过是老年版的。

父亲受家庭出身的牵累，没能上大学，他的学识，全靠家传的渊源和自己的苦读得来。遭人冷眼的时期，连工作也难寻，只能四处打文字的零工。有时在剧团里给人写戏本，也去当临时代课老师。一回有个学校里一位女老师要临盆，需要找人顶替代课，他欣然而去，可没想到那女老师也担忧丢了饭碗，生完孩子只三天就赶着上班了，他又只好灰扑扑地离开。

后来成为了民办教师，在每一个“鸡声茅店月，人迹板桥霜”的早晨，步行十几里路去乡村学校上课。一双布鞋耐不了崎岖路程，脚上磨出水泡。工作时有正式老师冲他摆架子，处处刁难，他满腔愤懑，一拍桌子，怒吼一声：民办教师不可欺！

若干年后，他对我讲起这些旧事时，我一边笑话着他年轻时的莽撞与傻气，一边又心疼他在这世间受过的所有委屈。

二十世纪八十年代的到来，是一个新天新地的开始。政策出台，民办教师如通过考试，便可转为公办。这对父亲是天大的喜讯，他每次提起，都动情地将此事称之为开恩科。之后，他顺利通过考试，当上了正式教师，又拿到了师范大学的毕业证，调进中央电大滕州分校工作，生活总算安稳下来。一九八二年，电大开设首届汉语言文学专业，父亲担任一个班的班主任，同时教三个班一百多人的写作课。

现在想来，在电大教书的那些年头，正是他人生中的华彩岁月。他的童年，少年，青年，全都是动荡，流离，贫困，诸事不能顺意；退休之后，又内心孤独，疾病缠身，心志渐被消磨，生趣极少。在这中间，父亲大概有过二十年的好时光。

电大离我童年时的家很近，都在一条叫黄山桥的蜿蜒小巷里。三十年前的市井小巷，进去就能看到一家打铁的铺子，招牌上写着红炉二字，每回经过，我都伸头向里面探看。只见一个泥窑垒成的炉子，炉膛里炉火赤红，几个壮汉抡着大锤叮当敲打，门前摆着铁铲，煤球夹，锄头，镰刀，各种用具。再往前走，多是卖饭食的，有缸贴，挎包火烧，煎饼，单饼，还有修表铺，修车铺，修鞋铺。这中间要经过好些根电线杆，一直走到更幽深处，才能到达那所小巧玲珑的学校，如果再继续向前行走五百米，那就是我的家。

仗着是老师的孩子，我时常带一群小孩跑到学校里玩。校园很方正，院子虽不大，但也还是辟出了一个微型操场，立着两只篮球架。正中是三层的小小教学楼，要等到晚上，才会有学生来填满它。白天老师们都在楼的另一端备课，我们就在各间教室里钻来钻去。教室墙角都摆着一台用以远程授课的电视，贵重物件，我们不敢触碰，拿起粉笔在黑板上乱画几下，就跑到楼下花坛去玩了。

花坛里种着白开夜合，月季，玻璃海棠，凤仙花，也有自己生长的狗尾巴草，蒲公英，还有苍耳，那时不晓得它有这么老气横秋的名字，只依照外形叫它刺球。有一回我被小伙伴拿它当武器投掷，一大把，稳牢地粘在头发上，扯疼了头皮也扯不掉。我恼了，发誓以后再也不带他们来我爸爸的学校玩。

夜色降临时，小巷开始鼎沸起来，那么多年轻人要从城市的各个角落出动，集体奔赴到这里，赴一场知识的晚宴。这晚宴虽然来得晚，但也来得好。在该受教育的年纪，他们有的在做工，有的在迷惘。时代在某一个节点停滞许久，耽误的是一代人的锦瑟华年。而电大，这号称没有围墙的大学，应时而生，使他们暗淡已久的心灵又有了光照。坐在阔别又向往已久的教室里，成为一名令人艳羡的电大学生，对求知若渴的年轻人来说，今后的日子真像被镀了一层灿灿的黄金。

在那些年轻人中，有一位比较特别的，他的名字叫孙振玉，是父亲的第一届学生。我在小巷里经常看到他的身影，他留下的足迹比别人都要分明。说是足迹，并不准确，因为他从小生过病，双腿落下了残疾。别人骑自行车，他是摇着轮椅，拄着双拐来上课。这一生他吃尽了自己身体的苦头，但这却正是他发奋的理由和动力。读完电大后，他继续一路深造，最终考取了人民大学的文艺学博士。腿不能行走，但他却是电大学生中走得最远的。

上世纪八十年代初的小城夜晚，有一种朴素静谧的美，人人心里都有一个欣欣向荣的愿望，都有一个似锦的前程要去投奔。连我也还是一个快乐的小人儿，不解忧愁，对生活和命运一无所知。妈妈带着我从学校门前经过，只见院子里的自行车满满当当排了好几行，那座白天毫不起眼的小楼，此时，所有的门窗内都灯火通明，在夜空下，仿佛一只发光的大灯笼。望着那些亮堂堂的教室，我知道父亲正在其中的一间讲课，至于他在讲些什么，还要等我再长大一点，再多识些字，那时才能知道。

他的教材，后来全成了我的闲书。一套四册的《中国当代文学作品选》，封皮是海蓝色的，里面收录了许多好看的小说，比如茹志鹃的《百合花》，邓友梅的《在悬崖上》，刘心武的《班主任》。因为读得次数太多，每一册都被我翻得软塌塌的，相比之下，另一套《外国文学作品选》的纸张还是簇新的。从小我就偏爱古诗词和中国文学，国外的东西读起来总觉得生硬，直到现在，口味仍是这样单一。

父亲每天带着学生办校刊，写诗，写文，课上教学，课下也会热心辅导。学生们都是一些心智成熟的成年人，与老师交往没有障碍，更何况父亲一贯视他们如弟如子，毫无芥蒂，平日工作与生活中的事情也会相互协助。他们中许多人，都与父亲结下了厚重的情谊。

最快乐的是我，时常能收到师兄师姐们的各种小礼物。每逢去北京上海青岛这样的城市出差旅行，他们都会给我捎来漂亮衣服。我对衣服的记忆是不可磨灭的，有一位周师兄送我一件白色镶蓝边的连衣裙，领子是大大的海军领，一位廖师兄送过一件红色灯心绒上衣，上面镶嵌着许多年后才时髦起来的豹纹图案。我还收到过当时最流行的滑雪衫，以及手巧的师姐织的各色小毛衣。忘了哪位粗心的师兄，买来一件玫红色的长裙，尺码太大，直到我上五年级时才能穿。而我最爱不释手的一条鸡心项链，是杨师兄去北京旅游结婚带回的，鸡心的材质是水晶一样的玻璃，纯净通透，里面嵌着两颗鲜红的红豆，美得让我惊心。

这些都是学生与老师之间的情分，没有功利，是心底生出的一种亲近之感。父亲也经常在家置办菜肴，请学生们来喝酒。客厅里摆一张地八仙的桌子，围坐一起，觥筹交错，谈笑风生。都是喜欢文学的人，也正是能喝酒的热血年纪，更何况每个人心中都有一腔不平，唯有酒可以浇；一腔抱负，唯有酒可以解。喝得痛快了，有人干脆划起拳来。我爱看这样的热闹，凑过去，看他们比划着，吆喝着，五魁首啊六六六八匹马啊七个巧。我听不懂，只觉得太好玩了，忍不住倚在父亲的身上笑个不停，父亲也笑着搂住我，从盘子里夹一粒花生米喂给我吃。

有一位徐师兄，一天独自来找父亲对酌。大概是生活不甚如意，我在一旁，见他端起酒杯，叹了一句人生如梦啊，然后把酒一口饮下。听到人生如梦这四个字，我有些明白，又有些糊涂，是一种说不清的异样感觉，不由走过去，端起酒壶，为他又斟上了一杯酒。他见我乖巧，有些高兴起来，又举杯一饮而尽，说：小师妹给我倒的酒，喝着真是格外香啊。那时我大约六七岁，这个场景一直留在脑海，甚为清晰。

那些年，家中总是高朋满座，笑语喧哗。一年又一年，学生来了一群又换一群。家里的影集，每年都有新的毕业照放进去。照片上的父亲坐在一届又一届的学生中间，目光总是凝视远方，脸上带着同样的温和笑容。毕业留言册也带回来一本又一本，里面有人写着：燕老师，你是我最敬爱的老师。

学生毕了业，父亲盼望大家能长久保持同学的情意，就成了他们之间的联络员。若是有人继续深造有了进步，或事业上升职获誉，生活中结婚生子，父亲总会招呼大家为其鼓励祝贺。若是谁有了难处更是责无旁贷，一定想尽方法帮助解决，甚至曾经有过一个年轻鲁莽的学生，一天半夜里打来电话，惊慌地说在外面遇到了麻烦，要老师过去周旋。父亲这样的文弱书生，并无迟疑，只在家里找了根棍子防身就出去寻他了。

父亲做人清高，不喜向上逢迎，最爱与学生在一起。我懂他因自小与祖母相依为命，内心有一种天然的凄清与孤单，所以对人间情谊有着宽广的喜爱与向往。他最满足的时刻，是学生们围在身边，师生聚而论道，或他们高谈阔论，自己坐在一边，神态怡然，微笑倾听，像一幅标准的桃李芬芳图。孟子将“得天下英才而教育之”视为君子的三乐之一，父亲一直深以为然。

孔子的讲学之处称为杏坛，杏坛遂成为传道授业这一行业的代指，父亲有天想到自己在其间也是占了一个小小席位的，于是我去给他刻了一枚闲章，叫做“杏坛一席”，他很欢喜。在他去世后，我将这枚印章与他的骨灰一同下了葬。

桃李园中千百朵，每一朵都受惠于老师，同样也回报给老师慰藉与馨香。父亲一生与学生有缘，许多事情也曾受益于他们，那些好心的师兄师姐们，我无法一一说出他们的名字，只能提几位与父亲最亲近贴心的，他们是时彦兄，海涛兄，嘉明兄，凤扬兄。这几位都是电大八二级的学生，在多年相处中，与父亲早已似亲似友，超越了普通的师生关系。师兄们性格不同，却都同样纯良慈悯，平日里就怜惜老师年老多病，又见小师妹命运多舛，对我们一直多有顾念。在我家中遭逢变故时，他们更是义不容辞，施以莫大的相助。我是不喜欢表达的人，感谢二字，一向存在心里。

时彦兄在读电大时，还是化工厂的一名技术员。由于出身不好，上完小学没能再读书，电大学历是他拿到的第二张毕业证。他的儿子迅迅比我小几岁，叫我小姑姑。那时他到家中与父亲在屋里说话，我就带着迅迅在门前的梧桐树下玩抓石子。金风细细吹过，日子如秋天的长空一样，清远素淡，无边无际。时彦兄有经商天赋，自己后来艰辛创业，多年之后，公司做成了业界的翘楚。名利都有了，人却不骄不奢，不爱浮华，反而更加淡泊隐逸。平时他较忙，但对我家中的事很放在心上，几回雪中送炭，令我难忘。且每逢大年初一这天，必会来给父亲拜年，坐上半日，聊些家常的闲话。父亲去世后的次年春节，我以为他不会来了，但还是来了，他说这么多年都是如此，不来有点不习惯，来了才意识到老师是真的不在了。他与我和母亲说了一会儿话，告辞了，到了第二年，依旧还来。

海涛兄在我心中一直是沉稳的，充满智慧的，每次与他说话，总有和风细雨温柔拂面之感，那些话却全都是世事洞明的道理，句句都能说中我的内心。他做人值得信赖，父亲遇到事情时，总是第一个想到要与他商量。祖母去世之时，父亲的哀痛一直不曾在人前显露，唯独海涛兄一来，他迎上去便流泪不止，悲伤如孩童。我见海涛兄执起他的手，挽他进屋，关上门与他长谈，那时我便想，父亲没有姐妹弟兄，他太需要一个这般信任的暖心的人，在这种时候前来劝慰了。而我，有一天，也会需要一个人来这样对我。

嘉明兄是一位儒商，为人极有修养。他在北京工作，多年来一直不忘老师，每年都会来探望，对父亲母亲总是谦恭有礼，亦把我当亲妹妹一样关怀。我们有一年去北京，他极尽盛情招待，吃的玩的都一一安排圆满，唯恐轻慢了老师，他做人做事就是这般周全。

凤扬兄同样是一位稳重可靠的兄长，父亲缠绵病榻许久，他时时前去看望照顾。凤扬兄文章写得好，又多才多艺，一直是父亲的得力搭档。一九九二年，是电大汉语言文学专业开设的第十年，这一年，父亲起意编撰一部电大学生文集，凤扬兄和海涛兄等人协助父亲组稿编稿，又一起去了北京联系出书事宜。据凤扬兄回忆，那次事情办完之后，他们顺道游览风景，在慕田峪长城上，想到电大学生的第一部文集就要诞生，父亲满怀喜悦，一股豪气涌上胸口，遂大声吟诵了一首《沁园春·雪》。凤扬兄那时才知，父亲性格中还有如此狂放的一面。

这本文集收录了数十位学生的近百篇作品，书稿编撰完成后，需要取一个名字。父亲后来在文章中写道："夜晚灯下，一篇篇读着读着，本来熟得能成诵的诗文，忽然陌生起来，像第一次读到；本来稔知的作者，也似从未谋面。我惶恐了，使劲眨了眨眼，眼前突现出绵延灵动的群山，层峦叠嶂，峰巅并峙；兀地一声喊，环山回应，声播四极，晨钟敲响了，天亮了。就叫《喊山集》吧。"

《喊山集》的出版被当时的中央电大校长称为"开电大教育之先河"，是"电大教育改革的基石"。十年之后，父亲又编撰了第二部学生文集，这一回，他将其命名为《不言集》，不言二字，取自《史记·李将军列传》中的"桃李不言，下自成蹊"。前有喊山，后有不言，从激荡热烈到沉静安然，正是十年的踪迹，十年的心境。

待下一个十年到来时，已是公元二〇一二年，一九八二级的学生组织了三十年同学会，力邀父亲参加，我陪他一同前往。正是秋意渐浓的日子，人们将这个季节称为收获。放眼望去，当年还青涩的师兄师姐们，如今也已到了安稳富足的收获之年。但我的父亲，真的是老了，他已迎来人生中的寒冬，像一棵嶙峋的老树，随时都有可能轰然倒下。学生们纷纷过来，与他握手交谈。因为生病的关系，他很久以来都是郁郁寡欢，今天看着这些往日的桃李，心情也轻松起来，愉快地同每个人叙旧。

大屏幕上回放着十年前大家聚会时的录像，里面的父亲尚能站在台上，潇洒自如地吟诵一篇《岳阳楼记》，而我眼前的父亲，颤颤巍巍，体力已不足以支撑完这场宴会。我扶他提前离场。在酒店的大厅里，我们穿过一桌又一桌的人群，此时，他们全都站了起来，一起鼓掌欢送，目送父亲离开。此情此景，我心中涌动着诸多的感慨和酸楚，同时，有一个念头在我心中闪过：这应该是父亲最后一次参加学生的聚会了。

两年后，父亲病入膏肓，神志不清，医生要我准备后事，在万般不甘心之后，我终于接受现实，联系了一些与他要好的学生，请他们来见父亲最后一面。

悼词是凤扬兄写的，追悼会当天，来客中一大半是他的学生，黑压压站了一院子。我把他生前所出版的《喊山集》和《不言集》摆在他的遗像前，除了给他的挽联外，因这两部书名，我又拟了一联，悬在灵堂门前：

喊山动大地
不言亦千秋

横批：

云去峰青

云峰，是他的名字。

这样为他送行，我想，是合他心意的。

负笈

那年七月，第一次走进南京大学，参加中文系作家班的考试。校园内树木蓊郁，流火的天气凝固住了每一片树叶。我记得自己穿了一件淡粉的裙子，人被热得头脑昏然。全然陌生的环境里，只见路径四处分叉，曲折幽深，眼前一座座各种名称的楼宇让我无措。跟着一个同来考试的男生走，终于还是走错了地方，又辗转回去才找到考试的地点逸夫馆。

之前，为了这场考试，我已经苦苦复习了几个月。考了两天后，心里并不太有把握，但也不焦躁。如果命运给我一个机会，我当感激涕零；如果不，那也没有什么好计较。想不到回去不久，接到了印着南京大学中文系字样的信封，里面是一张录取通知书。

随后，处理完一些杂事，九月初，收拾行李去了南京。

那还是绿皮火车的年代，晃荡荡，慢悠悠，四百多公里的路程，要行六个多小时。先出山东境到江苏，又出江苏境到安徽，然后再进江苏境入南京。这时，听到的口音，眼前的风物，已与故乡大大不同，才觉得真有些负笈千里的意味了。

但这种感觉带来的只是欣悦，没有辛酸。能到作家班读书，于我，是一场非常殊胜的缘分。南京大学是一座有百年历史的高等学府，学术与科技都走在最前沿。在这里能接触到最顶尖的老师，聆听他们的授课。中文系更是名师云集，早前就有程千帆、陈白尘、陈瘦竹、胡小石等著名学者任教，我从入学时就不断听老师提起这些熠熠生辉的人物，他们的学问与风骨，堪称学术界的典范。

而现在中文系的老师们，亦是秉承着前辈的传统。每一位都学养深厚，熟读各类典籍，贯通中西学问，形成了自己一套完整固定的成熟理念，不会去迎合权威，保持着独立的思想和自由的精神。他们讲课时内容高深，语言优美，风趣机警，让我不舍得漏掉任何一节课。同时，又阅历丰富，洞明世情，胸中有丘壑，这些，对学生混沌心性的启蒙，以及精神上的带领和提升，都起着极大的作用。有的老师，下了讲台，在校园里遇见时，看上去只是普通的路人，穿着素朴，举止平常，其实心里个个藏着锦绣文章，开口时字字珠玑，让人如沐灿烂烟霞之中。

中文系的作家班已办了许多年，培养过无数优秀作家。我读的这一届，招收五十名学生，刚刚博士毕业留校的翟老师担任我们的班主任。在班上，我的学号是2046，当时恰值王家卫的同名电影上映，使这个数字在我眼里有了几分神秘的未来感。

我的同学里，一半是刚从学校毕业再来继续攻读的，另一半则是同我一样，有文学情结，工作后又动了心思来读书的，因此年龄上略有差距。上课大多在主教学楼，无论哪间教室，大家总是按相同的位置去坐。我一直坐在中间那排的第一个座位，旁边依次是徐州姑娘潇潇、来自扬中的小蔡、还有扬州的杨超，在我前面坐的是睢宁的刘姐，那时我们几个关系是最好的。

开学后，生活便与从前完全换了一种不同的样式。每天早晨六点起床，去食堂吃了早饭，匆忙赶去上课。课程安排得较多，每天要上八节。笔记要记，古文要背，繁体字要练写，作品要看，论文要整理，图书馆要去，自习要上，晚上很晚才能回到宿舍休息。

因此我在第一学期时，觉得压力稍大，学起来有点吃力，上课时听到一半思绪就要飘忽，但似乎不止我一人如此，别的同学亦是同样。老师们是最知道我们这种状态的，所以，正讲着课，会毫无预兆地抛出一个问题让大家讨论发言，要么让拿出纸笔，即刻来一次小考。古代汉语课上默写一篇“所谓故国者，非谓有乔木之谓也，有世臣之谓也……”或《报任安书》里的“仆之先人非有剖符丹书之功，文史星历，近乎卜祝之间……”古代文学课上要求分析焦仲卿这个人物的性格，或说一说诚斋体与稼轩风的特点；剧本赏析课上，请论述一下《茶馆》的戏剧结构，或为什么《获虎之夜》是一个浪漫主义的话剧。大家这个时候就手忙脚乱，赶快把心神收回来。一来二去，倒也锻炼出了敏捷应答的能力。

中文系的老师们在剖析一部作品时，会讲得比原作更精彩，我在听了之后，常常犹如大梦初醒，这才明白自己原来是不会读书，更不懂思考的。以前读什么都只看个热闹光景，知道一点浅显的皮毛，不太会把好的东西与自己原有的见识融会贯通。所以，白白读了那么多书，人家的还是人家的，自己仍然隔着千重万重山。直到现在，我都记着两位老师两句朴素的教导。一位老师说：对事物，要知其然，更要知其所以然；另一位老师说的是：中文系的学生，若是觉得一本书或一样东西好时，绝不能只简单地说“我喜欢”，一定要深究其理，格物致知。

好的老师应该就是这样吧，在教授常识和知识的同时，更重要的是要让学生学会阅读的方法和怎样去学习，要让他们的视野学会吸纳，增长见识。

两年间，中文系的多位老师都给我们上过课。张老师的现代文学，姚老师的文化史，苗老师的《红楼梦》研究，董老师的俄罗斯文学，吕老师的戏剧和影视，陆老师和马老师的话剧，包老师的文艺理论，傅老师的新时期小说思潮，李老师的美学原理，古代汉语的滕老师和柳老师都是治学严谨的老先生，唐老师的西方文学是在阶梯教室的大课，去晚一点就没有座位，还有一位张老师教新闻学和文体写作，枯燥的课程，硬是让他讲有趣了，连隔壁记者班一个姓朱的女孩也被吸引过来跟着我们听课，她后来和我成为了很好的朋友。

徐老师开的课是古今诗歌，上他的课要不停地背诗，谁背出一首他就记下，可累积分数，算进最后的考试成绩里面。在这种奖励机制下，课堂上同学们的手都是高高举起的。

刘老师是讲台湾电影的，讲一节课，放一个电影。有一次放的是《蚵女》，不知为何这个电影那么令我们开心，教室里一直笑声不断。另一回看的是《小毕的故事》，这回笑不出来了。下课后，我和刘姐都被这电影感染得情绪低落，于是商量如何排解，到底还是去一起喝了点酒才缓过来。

女老师有两位，一位是教现代汉语的顾老师，性格开朗，对学生十分亲切。第一次上课，先对我们这些外地学生叮嘱了一番安全事项，又留下电话，说无论是生活上还是心理上，有了问题都可以给她打电话，她会尽力帮助。

另一位是教古代文学的张老师，伊人古典娴雅，家学深厚，记忆力惊人，古代那些诗人词人的雅事，全都能信手拈来，徐徐畅谈。有时也会为我们轻声念诵一首诗词，手上拿着一支粉笔，随韵律慢慢转动。她的手指纤细雪白，粉笔被她拿在手里说不出的好看。她有一次对我们说，中文系培养的是自由而无用的灵魂，但我们这些人啊，多么甘愿永远有一颗自由而无用的灵魂。

老师们的人品和学问，若是写来，是每一位都值得大书特书的。但有作家曾说过，营造文字时，写人是最难的。我深以为然。更何况以我拙笨无力的笔触，无论如何也不能为众位老师细细画像，唯恐画得不好，反而显得轻慢。只能这样略微记下，至于那些丰厚的部分，还是只留存在心间。

学校每周都有名师名家来开讲座，我和同学们拿着笔记本四处赶场子，凡是有兴趣的题目都想去听。除了自己班里的课程，还去蹭硕士生和博士生的课听。有一回去听了一节昆曲课，老师是从昆剧院请来的。那节课教唱的是《紫钗记·折柳》中的一支《寄生草》：怕奏阳关曲，生寒渭水都。是江干桃叶凌波渡，汀洲草碧粘云渍。这河桥柳色迎风诉，纤腰倩作绾人丝，可笑自家飞絮浑难住……课堂上管弦伴奏一应俱全，老师声如裂帛般教一句，下面学生咿咿呀呀学一句。我不通音律，昆剧也实在难学，但的确是一次美好的体验。

毕业时，我带回的行李里面，有几十本课堂笔记。它们是从老师们的学问里面提取出的精粹，每过一两年取出来看时，依然有无穷受益。

离开南京后，我无数次梦见自己又回南京，回到南大。那座位于汉口路 22 号的大学，它的大门，看上去并不宏伟，也不富丽，然而里面却是藏着无数珍奇的宝山，留着每一位学生独属于自己的回忆。

在我的印记里，当我想起校园，先是会想到那些标语。这是一个爱挂标语的学校，大门上常年更换着应景的内容。开学时是热情的迎新语，毕业季会挂一幅“丰羽南大，展翅社会”，或“真情留母校，才华献社会”。各种节日时自然要欢度一下，平常的日子里，也不忘记添一点绵绵的情意。一个黄昏，我从教室出来匆匆赶往南园食堂吃饭，走出校门，转头抬眼，看到头顶那方红布帘上换了“温馨南大，我的家”。那天也许是身心都太疲累，蓦地看到这句，一时竟有些动情。彼时暮色四合，正是人间炊烟升腾的时分，家在千里之外，眼前这学校虽是短暂的停留之所，与身边擦肩而过的人们虽不相识，这一刻，却如此真实可亲。

校园内的林荫道上，树与树之间，也永远扯起一条条的标语。“诚朴雄伟，励学敦行”的校训，是固定不落的。其余一些五花八门的内容，比如“俄罗斯伊尔库茨克国立技术大学副校长洛笆茨卡娅访问我校”，多是学校发生的各种大事，在上面向大家汇报着。

林荫道的中间向东是图书馆，里面的座位炙手可热。想要占位需要一大早就过来，摆上一个大大的大茶杯，把书本笔记摊开一堆，这一天这个位子就属于自己了，中间可以放心地出去吃饭。每学期开学时，诸位老师都要开一张长长的书单，内容涉及到古今中外，各种题材。所以几乎每天都往图书馆里跑，那也是我一生中读书最集中的日子。

图书馆的二楼那时有个网吧，智能手机还要再过一些年才会出现，大家平时用手机发短信，上网用 QQ 聊天。南园里有一排 IC 电话亭，到了晚上，学生们在那里排队等着打长途电话。

天气好时，我也到图书馆后面的小树林里看书，坐在小石桌前的小石凳上。四周竹叶青青，花木芳华间立着一座原校长郭影秋的雕像。再往东，有一面二源壁，常有几只猫咪在此闲卧。壁的前后两面镶嵌着两块二十世纪初镌刻的碑石，一块是两江师范学堂，一块是金陵大学堂，这两个学堂是南京大学的源头。我曾在一个大雪天，站在这壁檐底下看雪落无声。

树林前面有一个小礼堂，房屋造型可爱。大门似嘴巴，窗户像圆圆的眼睛。门前设了一个钟亭，挂着一座黑色铜钟。路过的学生有调皮的，就过去敲上几下。毕业后，我一次重游校园时，想起自己从未敲过这座钟，那是一个寂静的夜晚，为了补上这个缺憾，我也轻轻敲响了它。

校史博物馆前的一条小路，四季如画。秋天一地金黄，春天樱花桃李，韶华胜极。我进馆内参观过两回，里面有一份曾在南大任教和就读过的著名师友录。其他学科的名字我都眼生，只记住了徐志摩，南怀瑾，梁启超，闻一多，徐悲鸿，张大千，陶行知，赛珍珠，梁实秋，傅抱石，余光中这些传奇一般的人物。二楼上有一个大屏幕，每天连续播放南京大学的校歌，曲调沉厚磅礴，歌词庄重典雅：

大哉一诚天下动，
如鼎三足兮，曰知、曰仁、曰勇。
千圣会归兮，集成于孔。
下开万代旁万方兮，一趋兮同。
踵海西上兮，江东；
巍巍北极兮，金城之中。
天开教泽兮，吾道无穷；
吾愿无穷兮，如日方暾。

为这首歌作词的，是曾经的校长江谦先生，那时南京大学还叫南京高等师范学校。谱曲的是李叔同，先生当时在此地任国画和音乐教师。静听这首校歌，仿佛回到民国时期，那样一个新兴的，意气风发的年代，校园里走着穿长衫的先生和白衣黑裙的女学生。在他们身外，这座城里，扬子江日夜奔腾着，江水荡荡，钟山苍茫巍峨，金陵文脉正昌盛。

校史馆的东南边，是大气科学学院、地球科学与工程学院所在地，楼前小花园里有竺可桢和李四光的雕像。这边与西北边的法学院、化学楼、商学院、田家炳楼、中美文化研究中心一样，是中文系的我很少涉足的地方。比起这些学院的建筑，操场西边小小的文科楼显得很不起眼，但正如楼上有一间名叫活水轩的办公室一样，在中文系学生的眼中，文科楼是滋养我们的一弘汩汩清泉，是最高大的圣地。

那一年，我和同学们时常流连在教学楼前的小树林中，闲坐闲聊。

在我们身边的银杏树上和白杜鹃花丛里，藏着一些黑喜鹊和灰鸽子，它们会偷听一会儿，听得不耐烦，便起身飞走了。

黑喜鹊和灰鸽子飞到北大楼前停住，在一大蓬红花酢浆草上来回踱步。北大楼，这民国时的钟楼，楼体用的是明代的城墙砖。它是南大的标志，所有建筑里最受人尊敬的老者。一百年来，北大楼的身上已经被常春藤爬满，外形越来越像童话中神秘的古堡。我第一次瞻仰它，是在一个中秋之夜，楼前几株桂花散着馥郁的香气。

那一年，北大楼后面还没有建新的高楼，每天都有很多人在以它为背景拍照。我从楼前走过，经过一棵玉兰树，树上的花朵硕大洁白。江南的雨落下，濡湿了我的头发。

这里是我的大观园，我就像那好奇的刘姥姥，进了园子，看这个也稀罕，看那个也欢喜，一心要多看几眼好景，多学会一点东西。

那一年，白先勇带着他的青春版《牡丹亭》，来南京演出。我去长江路的人民大会堂里观看。开头的一段序曲，清音婉转，缠绵悱恻：

忙处抛人闲处住
百计思量，没个为欢处
白日消磨肠断句，世间只有情难诉
玉茗堂前朝复暮，红烛迎人，俊得江山助
但是相思莫相负，牡丹亭上三生路

但是相思莫相负。我对南京，对南大，多年来，一直也是这样的感念，这样的心思。不忘怀，不相负。

相　聚

刘姐，名蕴慧，江苏睢宁人氏。认识她之前，我并不知道地球上有个叫睢宁的地方，认识她之后，我去了睢宁无数次，又认识了许多同她一样热情的睢宁人。她与我是作家班的同学，也是我在南京情谊最深的朋友。

后来，我在参观博物馆时看到一个唐代女俑，高耸的发髻，体态雍容，胖颊腴腮，侧着身子，歪着脑袋，对我咧嘴微笑。我端详良久，确定这就是刘姐的前世之身。

她有与唐女俑一样丰润的身姿与面容，眼睛是温婉的，一枚异域样式的高鼻经常使人误会来自少数民族。她的牙齿很美，配得上齿如瓠犀这个词。她爱说爱笑，爱结交朋友，待人一团热络，在金钱上丝毫不吝啬，有男儿的豪气与侠士之风，生平乐事就是约一大群人吃饭。她爱买单。

她身上有盛唐的气象，像牡丹开在春风里，是一个喜乐之人。

但她又是双鱼座的女人，最容易入戏，有时敏感脆弱的令人诧异。她是诗人，诗歌写得很不错，可是生活中的她语言又是那么的不懂节制，颠三倒四，啰啰唆唆。

她精力旺盛，有巨大的能量，每天说很多话，见很多人，还要读书写诗。夜里也只睡很少的时间，因为要在网上下象棋，玩游戏。

她喜欢华服，享受美食。她来到世间是来做主人的，她行走在大地上的每一处，都如同行走在自家的院落中，心安理得，不卑不亢。

我与她却正相反，在世上是一个生客。像先锋书店的那句广告语，是“大地上的异乡者”。我的性格拘谨，内向，沉郁，从不主动与人交往。而她每到一处都要网罗一群朋友，上了作家班，便把网对准了我，我注定难以逃脱。也许人都需要在朋友身上寻找自己缺少的品质，恰好她爱说话，我擅长沉默，所以这样不同的两个人，由于互补，竟也成了好友。

在学校这个桃花源里，我们同吃同读，不想过去，未来也留待以后再说，几个要好的同学，每天互相贬损，互开玩笑，过着黄金般无忧的日子。有一回，不记得哪位老师在课堂上发了一通高论，她听后被深深影响到了。中午下课，大家一起去食堂，走过南大的林荫道，走过南园的一排橱窗，她一路喋喋不休地说：我对文坛的现状很失望，我对当代文学很失望。而我们都很饿，只惦记着早点赶去打饭，无心听她唠叨。南京话里说一个人“韶”，就是形容此人话太多，招人烦。当时我们便一齐冲着她说：你真韶！

那时，在食堂里吃饭，我总是很为难。南京人以米饭为主食，而南方男生的饭量极小，只要一份两毛五分钱的米饭就够了，但我有一个北方人的胃，习惯面食，每回要一份五毛钱的米饭，吃了仍然觉得空荡荡的。这让我觉得有点羞惭。后来发现一食堂里有卖一种牛肉饼的，味道很好，再配一条红烧小鲫鱼，这样吃总算合了胃口了。鱼头我不吃，刘姐却最爱，我就分给她吃。时间长了，她不好意思，说要付一半的钱给我，但也只是说说。

常在一起玩的几个同学，大家都是“红楼”迷。有一个学期，苗怀明老师开了讲《红楼梦》的课，本来十分枯燥的研究和考据，在他讲来都是妙趣横生，无比热闹。不过，像我这样不会做学问的人也只是听个热闹而已。在我看来，考证派太迂腐，索隐派又太可笑，而且狂想的本领非常厉害，让人吃惊。我喜欢《红楼梦》，就是单单喜欢它的本身，对于红学们家热衷的文本之后的那个世界，从来没有兴趣探究。

这一点刘姐小蔡他们也是与我相同的。我们在一起聊“红楼”，自然不会是讨论诸如《红楼梦》是否是一本反清复明的书，或者是否是为清世祖与董小宛所作这样的问题，也懒得去对照甲戌本与庚辰本的年份有何不同。我们只是用最简单最朴实的方式，考察着彼此的记忆力。有时是续接诗词，有时考问人物之间的关系，如莺儿认了谁做干妈，杏奴是谁的小厮。若是逢着眼前的事忽然与书中某事对了景，更会不遗余力地大肆仿照一番。

放假前大家打算搞一次聚会，和小蔡商量时，不由想起《红楼梦》里众人凑份子给凤姐过生日一事，马上兴奋起来。于是我们两人找到刘姐，一本正经地对她说：您是我们心目中的老太太，您就出两百元吧。她不答，只问我们出多少。小蔡说：我们不敢和大姐并肩，自然矮一等，就出一百元吧。她很不高兴，说你们想算计我的钱，没门儿，以《红楼梦》的名义也不行。我转而又对杨超说：你寡妇失业的，哪里还能拉你出这个钱，你那份让大姐替你出了吧。刘姐顿时狂笑不已。杨超觉得这话不好听，恼了，白我们一眼，扭头走了。我和小蔡该说的台词都说了，觉得很尽兴。

类似的场景还有许多次。我们不厌其烦地一遍遍温习着那些章节。你一言，我一句，有一种棋逢对手的快乐。在旁人看来，或觉得贫嘴好笑。我们却乐此不疲。

也有十分沮丧的时候。和刘姐、黄磊三个人聊天，黄磊突然问：死金丹独艳理亲丧那一回中，死金丹叫贾什么来着？这本也是个嘴边上的名字，但恰巧我和刘姐那天脑袋都处于秀逗状态，怎么想也想不起来，越想越想不起来。刘姐当场列了一张《红楼梦》人物关系表。我在旁边计算着，此人是贾母的侄儿、贾珍的父亲、贾蓉的爷爷，与贾政是同辈，名字里应该有个反文，但他的名字到底是什么？还是想不出。无奈只好发短信问小蔡，他轻轻回了一句：不就是贾敬么，还值得你们这样费力地想。引得我和刘姐跌足叹息，直骂自己真是不中用了。

某夜与刘姐、小蔡吃完饭，在学校小树林的长椅上闲坐。彼时都有些薄醉，絮絮叨叨地又说起了众姐妹的可爱之处。后来，刘姐突然总结了一下自己，说自己兼具宝钗的体形、黛玉的思想、湘云的活泼及凤姐的精明。她那天晚上喝了大约有半斤的二锅头，说这话时，手里还拎着剩下的半瓶。但小蔡没有被这种气势吓倒，当场提出疑义：有那么胖的宝钗吗？而我在心里暗自思忖一番，终不敢在自己身上挖掘众姐妹的优点。虽然喝了几瓶啤酒，我在我身上看到的也只是宝钗的古板、黛玉的自虐、迎春的平庸和惜春的悲观。至于凤姐那样的人中龙凤，我实在不具备她任何一种特质。

那一晚，我们背了许多诗句，最后连“女儿悲，嫁了个男人是乌龟”也背了。又唱了很多曲子，最后连一个“蚊子哼哼哼”也唱了。正是夜深人静，惊扰了几对谈恋爱的鸳鸯。我想，我们中“红楼”的毒太深，这样会不会更容易产生幻灭感。不过，苗老师说过：开谈不说《红楼梦》，纵读诗书也枉然。诚哉斯言。

现在想来，那些有同学相伴，能一起读书，一起谈“红楼”的旧日时光，真是太美好，又太短暂，一旦过去了，就再也不可得。南大附近的小饭店里，飞特、江西小馆、绿野仙踪、春水塘、群贤，还有半坡酒吧，到处都留下我们桃李春风一杯酒的欢聚印记。江苏路上一家名叫“男孩女孩”的歌厅，包间费很便宜，也是我们常去的地方。唱完歌，再去马台街的“虎子烧烤”和“重庆烧鸡公”宵夜。马台街上还有著名的“老王馄饨摊”。刚到南京时，听不懂南京话，恰好一首南京方言的《喝馄饨》正在传唱，歌里唱着，去老王馄饨摊喝馄饨时，老板不停地问：阿要辣油啊？阿要辣油啊？这句“阿要辣油啊”也成了我学会的第一句南京话。

南京是一个开放包容的城市，南京人对外地人有一种很自然的接纳感，从不排外。我同刘姐在一起，结识了一群意趣相投的朋友，大多是作家和诗人。每次聚会时，喝着金陵干啤，吃着芦蒿香干和酸菜鱼，谈诗歌和文学，都是有赤子之心的有趣之人，我们的餐桌上总是妙语连珠，言笑晏晏。

南京留给我的美好回忆，有一大半是与刘姐共同拥有的。用张爱玲的话来说，那些回忆将来是要装在水晶瓶里双手捧着看的。

犹记一个阴冷的冬日，我在驾校上完课，从华电路倒了两回车，回到鼓楼去找她。她正在给特特做饭，见我又冷又饿，赶忙给我盛了一碗热甜的地瓜粥，又见我外套上的一颗纽扣松了，便取出针线给我缝扣子。她那双写诗和玩游戏的手，其实是那么的不擅长女红，但她在灯下也像模像样地穿针引线，我在旁边喝着粥看她。那一幕其实也很寻常，只不过有一种温情在笼罩着我们，让我眼眶发热，心里酸楚。

特特是她的儿子，一个唇红肤白的漂亮小男孩，我总想与他亲近，但他从小就有大男子主义，好像不太把女人放在眼里。有一年圣诞节，我和刘姐约了一起过节，恰好特特也来南京。在路上，我想着要送小男孩一点礼物，但那个月生活费已经非常拮据，钱包里还有最后一张钱，我去给他买了一盒巧克力。特特最爱吃巧克力。他又是个很有主见的孩子，有一回吃饭时，我让他吃一个南瓜，他不愿。刘姐说：美女阿姨都劝你吃了你还不吃么？他回了一句：就是玛丽莲·梦露劝我吃我也不会吃的。言下之意，何况燕阿姨乎。大家听了也就无话可说了。

有一段时间，她回了老家，我还在南京，只觉得南京城已经空了一半。那时南京一个歌手出了一张专辑，里面有一首《你离开了南京，从此没有人和我说话》，这个名字，令多少与南京有过关联的人为之销魂。一分多钟的曲子，没有一句歌词，小提琴的琴弦仿佛从人的心上划过，有一种无可排解的隐痛。

人生聚散如浮萍。当我不得不告别南京的时候，她又回到南京准备长住。离别时，和她约在"猫空"喝茶，一晚上把一壶雨花茶喝得清淡如水，忘记都说了些什么，也忘记当时的心情。出门后我们在上海路上拥抱一下，各自转身离去。从此，我成了南京的过客，和她也成为彼此生命中的过客，只能短聚，不能相伴。

之后我每年去南京一两次，有她在，我知道自己是有地方可以投奔的，知道那个城市还是有人在欢迎着我的。她送过我许多礼物，也为我写过许多诗，我最喜欢的一首是《燕子》：

> 亲爱的，夏天来了/树挂如荫。一如去年经历的那样/我以为你会在某处檐下起舞/以为你会回眸一笑，让整个夏季更加明亮/以为各色花香不知疲倦，等待你的归来/春天短暂，来不及回味花朵的坠落/那扇窗在倾听，歌声寥落/一只空巢继续孤寂着

父亲生前总听我说起与她的种种趣事，也常要我邀请她来玩，但因我的懒惰与内心一种难以说清的情绪，一直没有去做。她第一次来滕州，是来探望我已经病重的父亲，第二次，是在我父亲去世后。

有一次，她对我说：前世你是在河边吃草的小羊，我是在对岸吃草的老牛，不是同类，但互相看看望见，心里想着是可以过去交个朋友的。

她还说过，她最爱南大教学楼后面那棵香樟树，来生她就想做一棵那样的香樟树。我说，那我就做一只自由的小燕子，飞累了，就去她这棵树上歇歇脚。

我记得，在我们毕业那年的夏天，家乡有人给她送来了一车圆滚滚的西瓜，于是她每天邀请我们去她那里吃瓜。黄瓤的甜西瓜，堆在她的房间里，好像怎么吃也吃不完，然而终于还是吃完了。那时，一场盛大的离别即将到来，此后各自须寻各自门，此后江湖夜雨啊，十年灯。

我们说着笑着，不停地聚会，仿佛要把一生的会都聚完。不停地留恋，仿佛要把一生的恋都留在这里。我们走在深夜的宁海路上，一场暴雨刚过，柏油路面发亮，路灯橘光暖暖。有人说了一句"红楼"里的话：聋子放炮仗，散了吧。

唐朝开元十三年秋，李白来南京，居住了大半年，开元十四年春天，他将赴扬州。临行之际，朋友们在酒店为他饯行，他写下了一首诗。在我们毕业之际，那一场场聚会时，我总会想起这首《金陵酒肆留别》：

风吹柳花满店香，吴姬压酒劝客尝。
金陵子弟来相送，欲行不行各尽觞。
请君试问东流水，别意与之谁短长。

旧 游

写南京繁华风雅的文字，我喜欢《儒林外史》里的一段。第二十九回，杜慎卿与友人在雨花台岗子上闲话，彼时正是日色西斜，只见两个挑粪桶的，挑了两担空桶歇在山上。这一个拍那一个肩头道："兄弟，今日的货已经卖完了，我和你到永宁泉吃一壶水，回来再到雨花台看看落照。"杜慎卿于是笑道："真乃菜佣酒保都有六朝烟水气，一点也不差。"

就是这样一座菜佣酒保都有六朝烟水气的城市，令我心怀为之鼓动，为之留恋。与它在一起时，百般缠绵，日夜相爱；分开之后，仍然一次次地想要去抵达、去触摸。

当初刚到南京，安顿下来后，便动了心思要去四处走走看看。南京的古迹一处接一处，我先去的是赏心亭。知道它是因为辛弃疾的《水龙吟·登建康赏心亭》，词中字字珠玑，沉郁苍凉，每次诵读都心驰神荡。如今到了地方，自然想要去原址朝拜一番。

赏心亭在南京水西门外，脚下便是秦淮河。我去那日，是与词人登临时同样的楚天千里清秋时节，只是再看不到长江上水随天去秋无际的景象。亭子数次毁，数次建，早已不是辛弃疾登过的那一个，我甚至都没有去仔细观赏。只有亭边的一块石碑，上面镌着我烂熟于心的词句，仿佛是我一位神交多年的老友，见了亲切又激动，一桩夙愿也就了却了。

像我这样，常常只为了一首诗词去寻迹蹈古，那么现时的风景变得如何已不要紧，因为想要的，只是江山留胜迹，我辈复登临的那一份怀古之情。想着前人在此留下的吟诵诗篇，念着那一个个闪闪发光的名字。李白来过，崔颢来过，杜甫来过，陆游来过，今我又来。我虽愚笨，也知道去沾一沾这些旷世奇才留下的芬芳之气。

同样因诗闻名的乌衣巷在夫子庙景区，我也去过数次，也见到了几只旧时的燕子。附近有咸亨酒店，我在外卖窗口排过长队买臭豆腐吃。

还有名字娟丽的晚晴楼，里面有各式特色小吃。南京的小吃以鸭血粉丝最著名，卖鸭血粉丝的小店嵌在每一个大街小巷。除了鸭血，这个地球上最爱吃鸭的城市，每餐饭还必有盐水鸭。超市里真空包装的鸭子堆成小山丘，外地人来了都要带几只回去。据说民国时，鸭子差点成为这个城市的市徽。我平生不吃鸭肉，对其避之不及。盐水鸭又叫桂花鸭，我觉得桂花被糟蹋了。

我喜欢的是桂花糖芋苗，这样的组合才好听又好吃。一小碗红得透亮的糖水，几块雪白的芋苗，配上藕粉，再撒一层淡黄的干桂花，吃起来甜糯糯的，是逛街休息时一道很好的甜点。好听又好吃的还有梅花糕，南京街头也有很多，是用面粉和水拌了，加入玫瑰豆沙猪油红绿丝等各种馅料，放在一个梅花模具里烤熟，松软又可饱腹。梅花糕出炉时温度极高，我有一次吃得太急，嘴唇被烫脱了皮。

南京那么好的一个地方，不知为何还有一种令人发指的小吃，名叫“活珠子”。孵了十几天的鸡蛋，小鸡在里面已经有了头、翅膀、脚的形状，却不让它出来与这世界见一面，趁这时就把蛋煮了，剥开直接吃，或蘸着椒盐吃。说是营养丰富，我看一眼就觉得胃里欲呕，心里也不舒服。

秦淮河畔的游人四季如织，所以本地人反而很少去凑热闹。我后来也只是有朋友来了陪着去逛逛。一路看到商业街上卖着小吃，唐装，旗袍，运动鞋，丝绸，纱巾，木梳，皮包，玉器，木雕，字画，苏州屏风，南京云锦，各种发光的会响的玩具，各种新创造小发明，比如写不断的铅笔，还有难辨真假的古玩和花花绿绿的雨花石。又看到各色人等，富豪，流浪汉，官员，身材高挑貌美的时尚女子，矮小普通的女学生，痴肥的男子，穿紧身裤两条腿如竹竿一样的发廊少年。又听着人语声，吵嚷声，尖叫声，店铺促销声，流行歌曲声。人间万象，十丈红尘，在这里尽收眼底。

夜幕低垂时，灯亮起来了，画舫划起来了。朱自清和俞平伯笔下的桨声灯影里的秦淮河，似乎又重现了。虽然桨不是原样的桨，灯也不是原样的灯，繁华却是胜过故旧。这时不由会想到秦淮八艳，八个花朵一样的女子，几百年前曾在这里艳帜高张，红极一时，成为秦淮河畔永远的传奇。耳边听到导游正在向游客介绍，说李香君的身高只有一米四。那么小小的弱弱的一个女子，想不出如何竟有那等澎湃的血气与刚性。其实古代青楼女子是最见识不凡的一类人，闺阁里的小姐们是比不过的。香君的故居我去参观过，名叫媚香楼，真是一个香气四溢的可人儿。

南京东郊的钟山风景区，环境怡人，道路两旁树木蓊郁。分布着中山陵，紫金山，美龄宫，灵谷寺，明孝陵，梅花山等众多景点。梅花山上有几万株梅，有一年去时，天上下着扯絮似的大雪。白雪里赏红梅本来是多么雅的一件事，同去的几个讨厌的家伙却发疯似的打起了雪仗。觉得我好脾气又好欺负，就把我当成了群殴的对象，四面围攻，打得我身上雪迹斑斑，实在可气。见我几乎要气哭了，他们越发开心，坏笑不止。

明孝陵是独自一人去的。神道上的石象路沧桑静穆，沿途是整块巨石雕刻的成对的大象、骆驼、马、麒麟、狮子、獬豸。骆驼的四条腿屈在地上，表情仿佛含着笑，大象有一双温顺无辜的眼睛，而且是美丽的双眼皮。它们原本是属于幽冥世界的，人走过，似乎被一种圣洁的光辉笼罩着。后面还有翁仲路，立着四尊文官和武将，每一个都有三米多高。我去的时候是深秋，正是这里最美的时候。银杏是黄的，乌桕是红的，石象和石人是高贵的灰，游人的衣裳五颜六色，我围了一条紫丝巾。

阅江楼在下关区，陪亲戚去登过一回。伏在顶层的栏杆上俯看长江，果然莽莽苍苍，气象万千。江上有长江大桥，江边有千户人家。楼里雕梁画栋，虽是新建的，看着也很悦目。有一处挂着明朝几位皇帝的画像，还有一幅字，落款吴郡仇英，我仔细看了内容，是一个女子写的《浣溪沙》，词里全是离愁别恨，与眼前的江水风物很般配：满目江山忆旧游，汀洲花草弄春柔。长亭舣住木兰舟。好梦易随流水去，芳心空逐晓云愁。行人莫上望京楼。

栖霞区的燕子矶也是登高看江的一处所在。曾经是渡口，因山石直立江上，三面临空，形状如飞起的燕子而得名。这里还是旧社会时一处寻死的好去处，所以竖了一块石碑，上面是陶行知先生的劝诫：想一想死不得。

长江流域在南京地段长达九十五公里，江中有几个洲渚，同学曹寇那时就生活在其中一个名叫八卦洲的岛上。我们上学时他从未上过早晨的课，因为从八卦洲摆渡过江，再乘车到鼓楼，是一程漫长的路途。他有一次请我们去岛上吃饭，我记得餐桌上有活珠子和当地盛产的芦蒿。饭罢带大家去江边玩，其实也没什么好玩的，就一人拿了一瓶啤酒喝着聊天。几个男生又堆了些枯草，点了把火，看火是如何把草烧净的。后来我们在坡地上留了一张合影，照片中没有人看镜头，有的抱膝而坐，有的抱头半躺，江边黯黄的暮色里，每个人都神态恬静，脸上看不到过去和未来的影子，只是此时此地一群自由的没名没姓的人。

那些年，每次从家里去南京，或从南京回家，长江大桥是我心理上一个清晰的分界点。江南与江北，代表了自己两种完全迥异的人生，由此一到长江大桥，看江上落日红圆，帆船点点，心中就开始激荡。长江长度固然够长，但此时我却嫌它宽度太窄，火车从桥上驰过，只来得及惊鸿一瞥。

说起我对南京的好感与向往，应该早在童年时期，就在心里生发了，那时是因为听了一首歌曲：

莫愁湖边走，春光满枝头。花儿含羞笑，碧水也温柔。莫愁女前留个影，江山秀美人风流。莫愁，莫愁。劝君莫忧愁。

莫愁湖畔走，秋夜月当头。欢歌伴短笛，笑语满湖流。自古人生多风浪，何须愁白少年头。莫愁，莫愁。劝君莫忧愁。

这首朱明瑛唱的歌，调子轻快，歌词古雅，曾经流行一时。五年级暑假，父亲带我去南京姑姑家玩。为了这首《莫愁啊，莫愁》，为了歌中那句莫愁女前留个影，江山秀美人风流，我一心要去莫愁湖看莫愁女，父亲满足了我的心愿。十岁的我留着男孩一样的短发，南京的夏天向来称为火炉，皮肤被晒得极黑。而汉白玉雕像的莫愁女，鬓发盛美，裙带飘逸，我站在她的旁边真是羞惭，旁边有给游客拍照的摊子，父亲花钱让我留了个影。他又在园子里的商店给我买了个金粉色的小皮包，我的南京之行就再无所求了。

那时，莫愁女对我来说仅是一座雕像，多年后与同学旧地重游时，我仍然不清楚她的真实来历。关于她的传说太多，如河中之水向东流，洛阳女儿名莫愁；又如西园公子名无忌，南国佳人号莫愁；再如石城湖上美人居，桃花片片涌莫愁。每个版本的差异都很大，让我无心再去考证她的籍贯生平。只要知道有这么个园子，园子里曾住过一个叫莫愁的女子，并且，她不可能不美，不可能不冰雪聪明，不可能没有荡气回肠的爱情，已经够了。

天气那般的好，湖边柳丝细美，湖水里装满了古往今来的一唱三叹。在莫愁女之后若干年的明朝，朱元璋将这园子赐给了功臣徐达，历代多少文人在此赋诗拟联。今日，徐达莫愁俱往矣，我在园子里走一走，亦只是一个微不足道的过客。

园内有一座忘忧桥，桥下莲叶青青，桥上石碑上刻诗：不信人间烦恼甚，愁来但向莫愁来。忘忧桥上乐逍遥，忘却我为失意客。又写道：穿过忘忧桥，多少愁肠，多少苦辣都化为繁花烟雨。一生平安，一世莫愁。

我与同学一起穿过了忘忧桥，互相祝愿一生平安，一世莫愁。

南京，这座长江龙盘，钟山虎踞的帝王州，好似一幅典雅的大画，被繁华与落寞皴染了千载年。我身在其中的时候，满心要领略遍那六朝烟雨，明代残梦，民国旧迹。我还一一寻访了南唐二陵、明故宫、朝天宫、雨花台、天生桥、栖霞山、珍珠泉、甘家大院、总统府、梅园新村、中华门的瓮城，还有江南贡院、太平天国历史博物馆、侵华日军南京大屠杀遇难同胞纪念馆，以及陆游诗中寂寞七百年的石头城。大多是到此一游，浮光掠影。唯有南京博物院，文物丰盛精美，观之不足，可以一去再去，但数算一下，那些年去的次数最多还是鸡鸣寺。

一个小小的古刹，香火旺盛，位置在市中心，离学校很近。寺庙是东晋时始建，被誉为南朝四百八十寺之首。梁武帝曾几次在此舍身，设会讲经，盛极一时。后来不断被毁又重修，上世纪五十年代改作尼众道场。南京大学设有佛学院，鸡鸣寺的一些女尼在那里进修，也会选修中文系的课程，和我们坐在一间教室里上课。她们神情淡定，面容清秀，很难看出真实年龄。

鸡鸣寺前有一条樱花大道，说是大道，长不过四五百米，路两边种满了樱花树。春服既成的四月，我和师妹卿舒同去游寺，看樱花在枝上如云似霞，边开边谢。走在树下，仿佛淋着一场花瓣雨，一地的落英缤纷。

门票一直是五元钱，入口处会给每人赠三支清香。香要到观音殿前的香台去烧，那里是游人聚集最多的地方。在大根的蜡烛上把香点燃，大家都持香恭敬地向四方躬身朝拜，人多时要提防不要相互碰到了头。

寺里有一座豁蒙楼，是两江总督张之洞为纪念门生杨锐而建。杨锐是戊戌六君子之一，当年曾在寺内与张之洞畅谈国事。后来豁蒙楼里开了百味斋素食馆，素斋品种繁多可口。我曾在一个漫天烟雨的夏日，独自在那吃了一碗素面。当天游人不多，我坐到了靠窗的位置，木头格子镶着玻璃的轩窗，看得到外面的玄武湖和明城墙。想起朱自清在文章里写道：去鸡鸣寺最好选一个微雨天或月夜，在朦胧里，才酝酿着那一缕幽幽的古味。推开窗子，不远处是台城，东晋和南朝诸代中央政府都设在此地，此时清风夹着雨丝扑过来，似乎能闻到朱先生说的那种古味。

观音殿正中供奉着海岛观音，手持净瓶，慈悲庄严。两边是观音的三十二应身彩塑，即三十二种不同身分的得度者。后面还有一尊泰国僧王赠送的圣观音铜像，形象异于汉地佛像。因为这观音是坐南向北的，所以两边柱子上的对联是：问大士为何倒坐，叹众生不肯回头。我在第一次看到这联时，只觉得有趣，再陪朋友来时，会特意指给他们看，后来越读越感觉情理高妙，再对照世事与自身，油然生出了悲心。

寺里的药师佛塔是要单独买票进入的，红黄相间的塔身，里面供奉着东方琉璃药师佛。佛周围有善男信女们点上的盏盏长明灯，流光溢彩，光含宝蕴，为的是祈求消灾吉祥。我曾和星妙同学一起点光明灯，又登上这七级浮屠，边登塔边听梵音阵阵，药师佛歌悦耳悦心。

“逛南京像逛古董铺子，到处都有些时代侵蚀的遗痕。”这话也是朱自清说的。我知道鸡鸣寺附近还有胭脂井的旧迹，但一回也没有找到过。隋兵入城时，陈后主与张丽华、孔贵嫔躲到枯井内，隋兵用箩筐将其拉出时，二女脸上的胭脂擦在了井上，胭脂井的得名原来是这样香艳又哀伤。

陈后主是个不错的诗人，奈何他的正业是皇帝，因此他的宫体诗《玉树后庭花》被讽为亡国之音，所以后来杜牧才会有“商女不知亡国恨，隔江犹唱后庭花”的诗句。这种无来由的幽怨还有韦庄的“无情最是台城柳，依旧烟笼十里堤”以及刘禹锡的“淮水东边旧时月，夜深还过女墙来”。这些诗人啊，心里也晓得，这原本不关柳事，不关月亮事，不关商女事。任你朝代兴废，王位更替，柳照绿，月亮照样升起，那秦淮河畔的歌女，还是会在华灯初上时，端坐在画舫中，轻拨琵琶，唱着她们熟悉的曲子。而那些六朝旧事，就像秦淮河的流水一样，无声无息，悄然走远。

居处

初到南京，先是住在南园里的一座土黄色的小楼里。小楼下面几层是学校的浴室，顶楼是后期搭建的一排集装箱样式的女生宿舍。南园里别的宿舍都有整齐的名称，比如东八舍或西四舍。再好听一点的还有陶园，里面住的是硕士生和博士生。我住进的这座宿舍，因在浴室上面，大家就只叫它浴室楼。

我曾多次从其他女生宿舍前经过，它们或者是新建筑，别致大方；或者是民国时留下的老楼，气韵古旧，大门上通常还会挂一副风雅的对联。记得有一座楼门前用黑底白字的木牌子写着：伊人尽蕙质，女史皆兰心。这典雅的句子像是高贵的标签，贴在每一个住在此处的女孩子身上，令那时的我十分艳羡。

学校里学生多，宿舍少，浴室楼虽简陋，能住上已经不易。夜里有时听到上铺女孩翻身时床板发出吱吱声响，似乎有灰尘扑簌簌地落下来。这床恐怕年月很长了吧，我朦胧地想着，再把脸埋进被子里继续入睡。

屋子冬凉夏暖，时而漏雨。上铺的女孩们用宽胶带把天花板糊了一层又一层，仍不太有用。每逢大雨，她们就在脚边放个盆准备接雨。这时睡下铺的就有些庆幸，可以放心听着雨声，沉沉睡去，或许还能有个甘之若饴的梦做一做。

我向来没有叠被子的习惯，对面床的女孩对此极不赞成，她告诉我，之前睡我这张床的也是一个作家班的女生，同我一样，也从不叠被子。她问：为什么你们作家班的人都不爱叠被子呢？

我并不以为然，但为了维护作家班学生的声誉，之后每天也不得不勉强把被子叠起来。

宿舍里最多时住过六个女孩子。两张公用的大木桌上，放着大家的电脑，碟片，充电器，水杯，口红，梳妆镜，书，药片，纸巾，蜂蜜，藕粉，零食，眼镜。逼仄的空间下，生活无法不同别人交集。谁动了谁的东西，或是争一点放行李的空位，或房间隔音差，晚上这边要睡觉，隔壁却谈兴正浓，这些都是极易发生龃龉的事件。江南女子吵起架来比起北方姑娘毫不逊色。逢着此时，几个宿管阿姨也会出来劝一劝，但她们平时生活也很无趣，其实是巴不得有一点热闹看看的。

我在宿舍很少说话，闲了就去洗衣服，洗完一件件地拿到平台上去晾晒，袖子卷得高高的，拧干水，在晾衣绳上铺开。风吹过，清香的衣服飘拂在南方温柔的天空下，看着让人快乐，能感觉到生活是崭新的，胸中有饱满的喜悦。不过衣服晾在外面也不安全，偷窃事件常有发生，众人都猜测是校外变态男子所为。此人武艺高强，多次得手，从未被捉，并且对女生衣物的偏爱极有规律，有一阵子丢的全是红色系列的内衣，过一阵子，又专偷白色外套。因此那段时间，凡颜色触目的衣服，大家都不敢拿到外面。

室友们个个都像叽叽喳喳的小麻雀，每天晚上围在桌前讲着一些热闹的话题，要么就聚在电脑前看韩剧。为了不影响她们，我早出晚归，回去后就坐在床上安静看书。有时我会伸出头去，掀开窗帘，看看外面的夜空，试图寻找几颗星星。她们偶尔回头看到我，都诧异一下，竟不知我是什么时候回来的。

一年后的一个黄昏，夕阳中有霞光万道，铺在浴室楼的楼顶上，为这排不起眼的宿舍平添了几分隽丽。我带着行李搬离了此地。

之后住进二条巷的南大教工宿舍，那是比较干净斯文的一个小区。南京的老房子都是没有阳台的，只在窗户外面焊接上一个铁架子，我晒衣服时要拿根竹竿挑着出去。低头就能看到一楼的老大爷在院子里莳花弄草，他也在一丛火红的月季中间抬头看看我，很和气地与我打招呼，问我：你啊吃过啦？

春天午后，日长人静。耳听得外面那个卖桂花酒酿的人又来了，他吆喝着：酒——酿——来——了，哎——，桂——花——酒——酿。他的"哎"字发音是三声，拖着长长的悠远的尾音。叫一遍，停上一会，再叫一遍，不慌不忙，仿佛并不急于兜售。听到的人心里也幽静闲远，不觉聒噪。我在屋子里看书，有时也看碟，黑泽明或伯格曼，并不专心，但又一无所想，一无所求。屋子的墙上有房东贴的乳白色墙纸，我有天调皮，拿了笔想在上面写字，写什么呢，想了想，写了“天人合一”四个字。

“五一”节，学校放假，天朗气清。小区里的枇杷树都结了黄澄澄的果子，粉丽丽的蔷薇也盛放了，蓬蓬松松叠搭在墙上，墙就好比是簪了花的女子，一下子就艳了。这样的好花好天，我穿了一件黑底碎花的衣裙，与同学约着去红山动物园游玩。在那里我第一次见到山魈，它的脸和毛发如涂抹的油画，宝蓝，血红，明黄，都堆给了它。一个并不美丽的动物，要那么多美丽的颜色，它自己也会觉得实在很多余吧。可造物真是神奇啊，我对它一见难忘。

二条巷的日子是舒缓的，欢愉的，其后房东要收回房子自用，我便搬到了马家街的一处居民楼里。楼道杂乱，房子没有阳光，环境差了许多，我在那里度过了一个冷煞人的冬天。唯一可夸赞的，是附近有一家小餐馆，老板娘身材小巧，待客热情，店里没有一样菜是不好吃的。我点得最多的是酸菜鱼，青椒干子肉丝，咸鱼茄子煲。一只大黄猫成日里蜷在一个装金陵干啤的纸箱上睡觉，醒了就在每张桌子下钻来钻去，给客人留下一裤脚的黄毛。我向来对黄色的猫觉得亲近，这家餐馆的名字叫“阒茜”，有些生僻拗口，我心里便以“猫咪家的饭店”取代。

我在南京有个姑姑，是父亲的堂姐，八十岁的老太太，性格天真活泼，爱说爱笑，待我很亲热。有一段时间她要去国外女儿家暂住，便让我搬进了她的房子，地址在许府巷附近，过去马路就到玄武湖了，湖对面则是壮丽的南京火车站。晚上我常去湖边散步，观看一群老年合唱团意气风发地歌唱，四周有一排排细直的杉树，像高个子哨兵。湖水被明城墙环抱着，城墙上挂着牌子：我已经六百岁高龄，请勿靠近我。口气像个高傲又可怜的老人，但密密匝匝的爬墙虎并不听话，只顾紧紧吸缀在墙面上。这种阴柔的植物，仿佛就是单为衬托建筑的那一抹古意而生。

玄武湖存在了一千五百年，六朝时曾是皇家园林。在南京站下车的外地人，出站就会先看到这明珠一样的湖，又如何能不爱上这座城市。

湖面阔大，湖水厚沉沉的。我总觉得，湖若有性别，莫愁湖毫无疑问是女性，玄武湖则显然是一个男湖。

我在许府巷住了半年多，姑姑的房子小巧明亮，一个人居住非常舒适。只是不知为何会有那么多蜘蛛，我在窗前看书时，总见有蜘蛛在窗台上爬动，我当然不会去害它，又怕夜里它会爬到我脸上，就拿个小袋子，轻轻将它罩住，再开窗放出去。无奈数量太多，我总也驱赶不净。

独居久了，我也曾试着学烧饭，但既没天赋，也不热爱，做出来自己也难以下咽。附近有个时代超市，旁边有大娘水饺，有时进去要二两三鲜馅和二两胡萝卜肉馅，再加一碗牛肉粉丝汤，吃起来却不如南大食堂里做的正宗。

时代超市里卖一种大红枣牛奶，有甜丝丝的枣子味道。我怀念以前在金润发超市买的一种面包片，美国国旗一样的包装纸，记不得名字叫曼什么了，又香又松软，口感极佳。我还怀念新街口沃尔玛里的红油翅根和蜂巢蛋糕。后来每当我忆起在南京的几年时光，这些食物的味道也一同伴着前尘往事和悲喜情怀，悠悠浮上我心。

姑姑回国后，我即搬到了华侨路上的豆菜桥小区。一套三居室，另外两间住的分别是一个女孩一对情侣。我喜欢豆菜桥这个名字的朴实可亲，不远处的广州路上还有一个小粉桥，一直觉得小粉桥里该住着一个叫小粉的女孩子，她该有娇嫩的皮肤，身上穿着颜色娇嫩的小衫，每日清晨挽着小坤包从小粉桥里袅袅走出。而豆菜桥听上去就是人间烟火，是属于小豆子和小青菜的地方。豆菜桥里的确是有一个菜市场的，卖茨菰，苋菜，菊花脑，豆腐，蒜头，盐水鸭，炸鸡，紫燕百味鸡，还有煎饼果子，珍珠奶茶，洗衣店，棋牌室，酸菜鱼。住在这里，下楼便能满足基本生活需求。

我住的单元里，楼梯昏暗无灯，即使是白天，也只前两层有光亮，再往上就要拿手电照着。三楼上的一户人家，从不关门，经过时总看到一个中年男人面目阴沉地坐在门里抽烟，有时会用难听的南京话骂孩子。

上到五楼时，我就有点气喘了，停在窗前歇息，这时就会看到对面的一座圆弧形高楼，楼顶嵌着几个字：太平洋建设。于是我嘴里念叨一遍：太平洋建设。再继续上到七楼，第一百零六级台阶上面，是我的住所，如果更上一层楼，就到了楼顶的平台。在进屋之前，我会上去呆一会儿，因为喜欢那种像刚从一个黑漆漆的烟囱里爬出来，视线为之一亮的感觉。夜晚时，上去眺望南京城的夜色，很容易生出一些去国怀乡、顾影自怜的感怀。眼前灯火璀璨晶莹，有无限的繁华，又有万户人家，屋暖饭香，度日安稳。然而，这里，到底是自己的异乡，别人的城市。

我住的小屋不到十平米，一张小床，一张窄桌。阳台在另一个女孩的房间，晒衣服要去敲她的门，那女孩人爽朗，不会嫌烦。除此之外，各自关上房门，互不干扰，与另一对情侣更是很少搭话。每天清晨伴着不远处拉萨路小学广播里洪亮的歌声醒来，一天忙碌，晚上归家。日子很快又到了圣诞节，晚上摸黑爬到七楼，开门时感觉门口有个小盒子样的东西，拿出手电照了照，蓦地看到一双小眼睛正与我无声无息默默对视，心里一惊。原来家里闹鼠，室友放了一个捕鼠笼，捉住后就放在了门口。我却以为是圣诞老人降临此地馈赠的礼物。

关于在南京住所的回忆，有暖心的美好，也有真切的孤独与漂泊感。有一回，又一次面临搬家，是在冬天的晚上，下着冷雨，走在广州路上，盘算着第二天要到哪里看房。身在他乡，最让一个人内心凄惶的，莫过于流离失所。这时，似乎是为了配合我的心情，路边忽然特意为我安排了一个拉二胡的盲人。忘记他当时拉的是哪首曲子了，反正只要二胡奏出来的，不管什么曲子，总是惨淡淡的。而我，也为了配合这冬天的冷雨，这烦乱的心绪，这路边的演奏者，怀着悲壮的情怀，在他面前的盆里放了钱。

在南京我住了四年，搬过数次家，仍然还是不辨方向，不记路线。大街小巷走过那么多，只对文字敏感的我，把它们的名字留在了印记里，却无法贯穿起来，串成正确的南京路线图。那些生动芳香的地名，我的步履曾涉足其中，至今想起仍觉温柔。苜蓿园，桃叶渡，花神庙，仙鹤门，莫愁路，来燕路，金银街，丹凤街，司背后，石头城，慈悲社，南东瓜市，北阴阳营。还有石婆婆巷，我知道是胡兰成住过的地方。南京好听的巷子很多，乌衣巷，小火瓦巷，灯笼巷，琵琶巷。我有一个表姐，经常请我去她家吃饭，她住在科巷。

我记得南京的道路上，公交车永远在疯狂疾驰，我无数次在上下班高峰期去新街口挤车，练出了矫健的好身手。在人群中勇猛地挤上去后，再谦卑地把自己缩小，只要一个小小的空隙，能固定住身子就好。车上的刷卡器不断地说：刷卡太快请重刷，刷卡太快请重刷。司机心里也不耐烦，狠狠地加油，狠狠地刹车，对斜刺里穿过来的行人狠狠地骂一句：呆X！我听了，也并不觉得粗鄙可厌，因为这就是我热爱的南京，我已习惯了这里的好与不好。车子经过集庆门的城墙，黄金色的灯光斜斜洒在灰沉沉的墙砖上，一边是前朝旧梦，一边是现代文明。历史对南京不曾厚待，几次毁城，几次屠杀，郑板桥曾感叹过：一国兴来一国亡，六朝兴亡太匆忙。然而务实爽直的南京人生活在这里，并不太去怀想那些沧桑久远的史事，只一心要把自己的小日子过好。遇到不如意的事，他们也不会太放在心上，把眉头一皱，摆一摆手，说一句：哎呀，烦不了。无论多大的事，也就用手摆走了。

南京于我，先像是一个相见欢的绮梦，我奢望能与之相处更长久些，缘分更殊胜些。李清照的《临江仙》里有“春归秣陵树，人老建康城”，秣陵与建康皆是南京的旧称，我是情愿就在建康城里老去的。然而时光如漏斗，把好日子一点点抛走。我对这城的情意深浓，缘分终究不足。南京于我，其实是生命里一处华美的客栈。

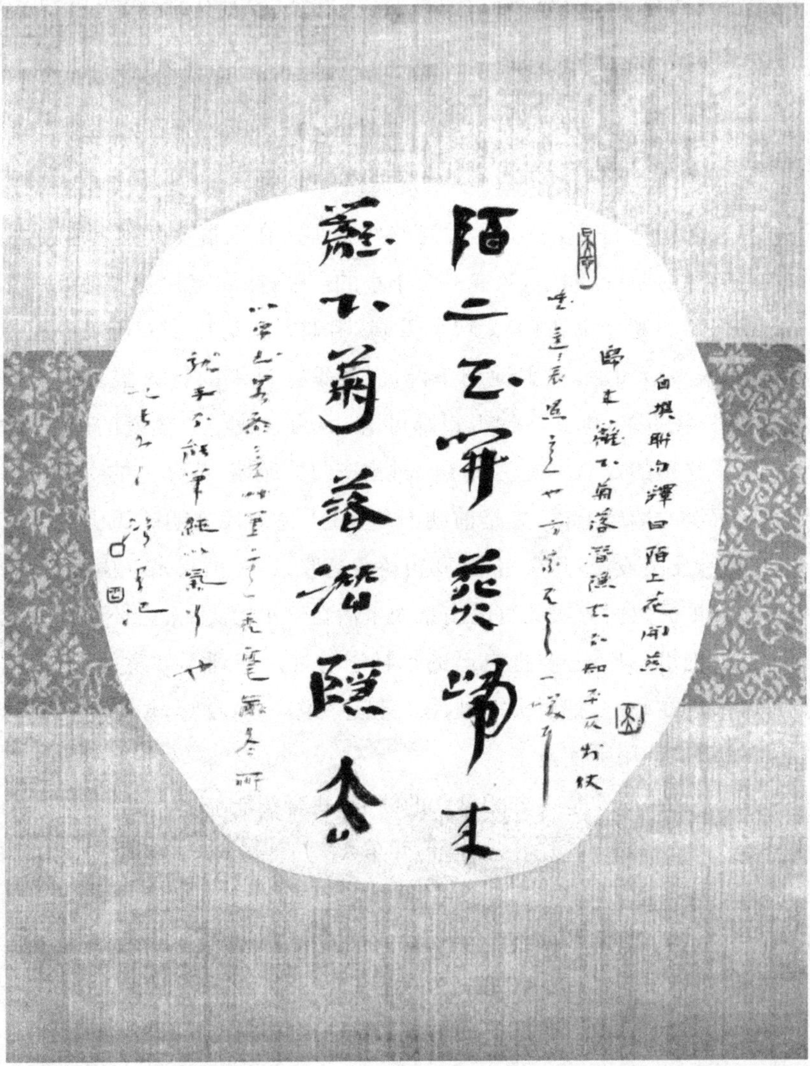

代后记：燕燕燕

一

燕燕燕，燕是我的姓，读阴平，燕燕是我的名，读去声。父亲中年得女，好似天上为他掉下来一颗夜明珠，不觉欣喜若狂。灵光闪现间，取了这样一个名字给我。燕燕本是很常见的女孩名字，假如是张燕燕，王燕燕，李燕燕，都称不上稀奇，然而我是燕燕燕。

在南京大学中文系读书时，有位教古代汉语的柳老先生，平日里不苟言笑，对待学生十分严格。柳先生第一天为我们上课时，先讲了他上课是必点名的，如果有人缺席三次，就要取消其考试资格。随后便开始念名册，但那天就偏有几个人没到，柳先生脸色越来越阴沉。直到念到我的名字时，他突然就发笑了，大声说："啊，这个名字有意思，三个燕。"我在下面应了一声。他看着我说："我懂这个名字，别人一定都是叫你燕燕燕（三个去声），但我知道你应该是叫燕燕燕(阴平,去声,去声)。”我笑着点点头。柳先生愈发开心起来,抛下点名册,先对其他同学讲了我的名字为什么要这么读,后来又举了几个其他有趣的名字。记得他当时在黑板上写了三个乐字,说他见过有个人叫乐乐乐,而这个名字的读音就像燕燕燕一样,都不是一般人会读的。

此后柳先生上课每逢点到我的名字必会笑上几声,惹得同学们也在底下大笑,这大概就是汉语言文字带给他的巨大乐趣。直到我毕业许久后,遇到一位师妹,她告诉我,柳先生在给新学生上课时,经常还会提起以前有个学生名字叫燕燕燕,别人肯定都叫她燕燕燕,但是,他知道她应该叫燕燕燕……我想我与柳先生应该彼此很难忘记对方了。

可惜我遇到的人里像柳先生这样懂的并不多,所以,从小到大,我不得不无数次地向别人解释我的名字。

通常,对陌生人报上名后,首先要面对极大的质疑,燕姓本来就少见,又是三个燕在一起,人家一下子就糊涂了:“这是什么名字啊?真的是你的真名字?”

“是的,这就是我身份证上的真名实姓,就姓这个姓,就叫这个名。”

等到对方好不容易相信了,会接着再问:“那这个名字怎么读呢?”

正如柳先生所说,许多人都不知道“燕”在作姓的时候应该读一声,而都会把三个燕全读成四声,没有起伏,极不动听。我便开口给他们示范:“燕——燕——燕,舌尖略抬,慢慢送气,由轻及重,重复三次,燕——燕——燕。”

在他们相信之后,还是不肯彻底相信,犹自念叨:“怎么会有人叫这么奇怪的名字呢?哎,这样的名字我还是第一次看到,肯定没有人会和你重名吧?”

有时还会联想到自己身上,不由幽默起来,姓钱的朋友会说以后要改名叫钱钱钱,姓王的也说那我干脆改名叫王王王。

然后再问："谁给你取的这个名字呢？"

"我父亲。"

"你父亲一定是个很有学问的人。"

"是的，我父亲，他是一位老师。"

有时我也会对这种无休止的解释心生厌倦，我不是喜欢哗众取宠的性格，但每逢结识新朋友，每逢到一个新学校和新单位，或是去需要用到名字的公众场合，总不免要多浪费些唇舌，多招惹些眼光。比如去医院就诊，大家的名字都会排在电子屏幕上，等待时人都无聊，自然就都会盯着屏幕看。一次我看到有个名字叫李换弟，顿时觉得这个女孩真可怜，她的降生是多么不蒙喜悦啊，虽然她父母没有灰心，仍然决定继续努力，但她一生都要顶着这样一个荒唐的名字活着。又看见有个叫周双成的，心想这个名字倒是不错，因为记起《长恨歌》里面有一句"转教小玉报双成"，不过这个人的名字未必是从这其中而来。后来我还看到过有人叫曹雪芹，有人叫王昭君。这世上引人注目的名字其实很多，但我那三个字重重叠叠摆在那里，却尤其显得突兀，让人疑心是不是打错了字。我耳中不断听到周围人的议论，但他们还不知道燕燕燕究竟是谁，直到叫到我时，智能呼叫器当然更不懂如何正确发音，三个字读出来格外机械刺耳——此时我一起身，最是惹人注目。

为着名字给我带来的这些小烦恼和小麻烦，我也时而去向父亲撒娇，怪他不该这样别出心裁，但是正如张爱玲在一篇文章里所说："为人取名字是一种轻便的、小规模的创造。"我的名字，就是父亲灵感迸发时的伟大创造，所以他怎么会在意别人对他的作品反响热烈呢，他反而十分高兴。

其实我也是高兴的，高兴自己有这个名字，高兴今生能有我父亲这样的父亲。我与他之间的情意，思量起来就教人悲欣交集，热泪滚滚。父亲一生读过很多书，教过很多学生，他内心是有大才情和大理想的，无奈生不逢时，始终郁郁不得志。不过，被时代主宰命运，这原是很多人共同的悲剧。他年轻时非常好看，身量修长，相貌英俊，对人温文有礼，又机智幽默，口才极好，是个不迂腐的书生。后来年老孱弱，身体多病，消瘦如一棵枯树，我时常担心他会骤然倒下，为此我几乎患上焦虑症。他生命中的最后几个月，缠绵病榻，受尽疾病的煎熬。我与母亲日夜陪伴服侍，亲眼看着他的生命似风中之烛，一点点燃尽熄灭。这个我此生最爱的人，他赐我以命，又赐我以名。我带着这命和这名来世上走一遭，尽管要承担无数磨难，苦多于乐，但因为是他给的，我就没有什么可怨可叹。

燕姓在《百家姓》里的行文是“边扈燕冀”，父亲每当看到有姓其他三个姓者，都会像见到自家邻居一样，总不忘对我提一句：“这个姓和我们的姓是挨在一起的啊。”如果见到同姓的宗族，他更是觉得亲近，一定要和人家叙一番亲。有次他讲到旧年曾经识得一位军队里的团长，也姓燕，那位燕团长和他聊天时，对他说过一个字谜：“二十一个红卫兵，一起串联到北京，队长喊口令，‘一、二、三、四！’”父亲说到这里让我来猜，我立刻就猜到了，谜底正是燕。这谜语不算精彩，但好在通俗自然，不牵强，还带着鲜明的时代印记，所以我一直记忆清晰，想到时就能忆起父亲当时对我讲话的样子和语气。

我幼时先会唱的歌谣，是祖母教我的那首《小燕子》。“小燕子，穿花衣，年年春天来这里，我问燕子你为啥来？燕子说，这里的春天最美丽。”现在想来，这真是一首美妙的歌曲。燕子的命运就是迁徙，它一生注定要在北方和南方之间漂泊。小孩子见了，不懂得，就会问它：“你不是去年飞走了么，怎么今年又回来了呢？你如果怕冷，为什么不就在南方住下呢？”那燕子回答得也巧，它习惯了自己的命运，对自己上万里旅程的辛苦丝毫不抱怨，只是告诉那孩子：“因为你们这里的春天最美啊。”这样简洁果断的理由，看不出一点不妥，让一个孩子听起来最是相宜。

我小时候却没有想这么多，只是咿咿呀呀地唱唱罢了。那时我家有一个很小的小院，屋檐下栽着几丛竹子，几枝梅花。祖母穿着斜襟的旧式上衣，父亲则是一身干净的中山装，母亲还很年轻，编着两只麻花辫子。过年时贴春联，父亲喜欢写“忠厚传家远，诗书继世长”，或者“春风大雅能容物，秋水文章不染尘”。我童年时的日子也像这春联上写的句子一样，素朴明朗，岁月悠长。那时祖母唤我，总是一声声地叫着小燕子，小燕子，小燕子。父亲和母亲都是叫我燕燕，但父亲在心情特别愉快的时候会拖着长长的声音唤我小——燕——子，或是在我淘气任性的时候，也会咬着牙狠狠地说：“小燕子，你怎么这么不听话呢？小燕子！”

后来，很久之后的后来，他的弥留之际，意识模糊，一次高烧过后，我见他微微睁开眼睛，便上前握着他的手，轻轻问他：“你可知道我是谁？”他眼里泛出些笑意，看着我的脸，忽然开口唱了起来：“小燕子，穿花衣，年年春天来这里，我问燕子你为啥来？燕子说，这里的春天最美丽.”他那时已很久不进食，全凭营养液维持，却能用力唱完了这首歌。他是要用这歌来回答我的问题，我知道他是在对我说，他怎能不认识我？怎会不认识我？而这首歌，听起来这么痛，这么悲，从此以后，它将是我心中最悲的悲歌，每一句都会让我泪流满面，揪心扯肝。此生此世，此情此景，永难忘怀。

二

燕燕燕，有人曾抱怨这个名字读起来有点费力，像患了口吃。有一回遇到一位普通话很糟糕的南方女医生，在我告诉了她名字后，她再回头叫我时，我眼见她的手不由自主做了一个上下起伏的手势，像唱歌寻找节奏那样，一边打着拍子一边才生硬地叫出来，真是难为了她。由此我总是怀着一点内疚之情，请别人不要叫我的全名，千万只叫燕燕二字就好。我喜欢听人叫燕燕，这两个字在一起发音有点糯，听起来悦耳。

沪剧《罗汉钱》里有一段燕燕说媒，说的是有个叫燕燕的姑娘，自己还没结婚，就去给朋友说媒。到了人家家里，对老太太唱道："燕燕也许太鲁莽，有话对你婶婶讲。我来做个媒，包你称心肠。人才相配门户相当，问婶婶呀我做媒人可像样？问婶婶啊我做媒人可稳当？"那老太太接着唱："燕燕侬是个小姑娘，侬做媒人不像样。"待听她讲了一番道理后，又夸道："不要看轻这个小姑娘，倒讲得有条有理好主张。"沪语里发燕燕的音时嘴巴要更收一些，听起来有些像"一一"。这个戏里的燕燕伶牙俐齿，勇敢有主见，是天下燕燕们的榜样。

燕燕两字应是出自《诗经·邶风·燕燕》，这也是最早写燕子的诗。"燕燕于飞，差池其羽；燕燕于飞，颉之颃之。"只这短短几个字，一幅春来燕飞图就摆在了眼前，后人再写都不如这个简洁明快。只是整首诗的意思太悲了，我没有多去读它。

早年时读花间词，里面有一首牛峤的《忆江南》，是印象里较深的：

衔泥燕，飞到画堂前。占得杏梁安稳处，体轻唯有主人怜，堪羡好姻缘。

这主人一定是个女主人，看到堂前翩翩飞来的燕子，怜它们筑巢辛苦，又羡慕它们成双成对的恩爱，不由就想到了自己的大事上来。想来正是待嫁的年纪，有着一腔没有着落的心事，空有春光满目，情怀却无人可寄。

杜甫在许多诗里都写到过燕子，绝句有"泥融飞燕子，沙暖睡鸳鸯"，《秋兴八首》里有"信宿渔人还泛泛，清秋燕子故飞飞"。前者是春景，后者是秋意。我更喜欢后面的，有清明宁静之感。他还写过"轻燕受风斜"、"微风燕子斜"，都是在说它的娇小，这娇小不代表无力。

史达祖的词里有"飘然快拂花梢，翠尾分开红影"两句，把燕子飞翔时的轻快迅疾之感写得十分曼妙。姜白石思念一位歌女时，形容她的体态与声音是"燕燕轻盈，莺莺娇软"。

而把燕子当作知心老友，与其谈心对话者，至今也只有陶渊明一个。“翩翩新来燕，双双入我庐。先巢故尚在，相将还旧居。自从分别来，门庭日荒芜。我心固匪石，君情定何如？”世间之人不懂他的心，倒不如燕子解语可人。诗里有诗人的寂寞心与凄凉意，但诗的本质却仍是恬静的，安详的。

我家里有一幅小画，画面是鹅黄与淡绿的底子，远处隐约可见有小小亭台，前景是一片吹拂起来的长长柳树枝条，观之能觉春风扑面，就在这春风春柳间，并排飞着三只小燕子，羽毛乌黑光洁。画上题着画家自拟的两句诗：春风燕燕燕，帘上正花开。

画好，诗更让我欢喜。燕燕燕，是我的名，同时也指画上的三只燕子，与春风连接起来，明里写景，暗中喻人；后句的帘上，可以是门帘，也是女子的妆奁，花开一帘，自成情境，祥瑞可喜。这是朋友请一位沪上的文人画家为我所画，是令我欢喜珍贵的礼物。

北宋陈尧佐写过一首《踏莎行》，在所有写燕子的诗词中，难得它的整篇的笔法词句我都觉得好。布置房子时，一位书家朋友用朱砂蘸笔，以小楷写了相赠，黄绢红字，又艳又雅。我将其挂在客厅，日日相见。词曰：

二社良辰，千秋庭院。翩翩又见新来燕。凤凰巢稳许为邻，潇湘烟暝来何晚。乱入红楼，低飞绿岸。画梁时拂歌尘散。为谁归去为谁来，主人恩重珠帘卷。

据说这是作者的自喻词，其中的意义是感激在仕途上提携了自己的恩人。有人评价它格调不高，我却喜欢这里面明媚喜悦的感觉。不要“燕子归来愁不语，旧巢无觅处”；不要“满地芦花和我老，旧家燕子傍谁飞”。要的是，年年从南方不辞万里飞回时，看到我筑的巢还在，主人也还是那个主人，他看到我也觉得似曾相识，慌忙卷起珠帘，让我能自在地飞进飞出。人与燕子都是如此重情重义的，所以，理应珍惜这良辰，这人间的好时光，这长长久久的世上好人家。

说来也曾有燕子来我家筑过巢。还在旧屋居住时，有一年来了两只燕子，预备在房檐下衔泥做窝，每日忙碌，来回穿梭。我眼看它们十分辛苦，却也插不上手帮忙。燕子虽然选择居于人类家中，但并不表示人就可以亲近它，你可以尽情欣赏它穿花拂柳，翅如流星，却永远只可远观不可亵玩。你们每日住在一起，但要互相秋毫无犯。燕子就是这般矜持自重，充满灵性，你若敬它爱它，它记得你的好，来年自会再来寻旧巢和旧主。

鸟儿们都是天生的建筑师，没多久，一个稳妥的三角形泥巢就镶嵌在了我家檐下。又过了一段时日，五只小燕子出生了，一个个从窝里伸出小脑袋，张开嫩黄的小嘴，嚷着要食吃。两只老燕子更忙了，只因“青虫不易捕，黄口无饱期”，只见它们一会飞出去，回来时把嘴里衔着的食物，精准地塞进那嫩黄的小嘴里，再急忙飞走觅食。正是“须臾十来往，犹恐巢中饥”。每天目睹这样的情景，不由人慨叹生命是多么伟大又辛酸。这么小的小生灵，每年南北两地奔波，还知道要造房子，要养育后代，要把它们喂大，再放出去，一代一代，就这样尽自己的本分，做着一只燕子该做的事情。它们比人类快乐，因为它们不懂得去想为什么。

我登过南京的燕子矶，也去了徐州的燕子楼。我见过立在湖面船头的燕子，见过古塔上空盘旋的燕子，也见过黄昏时流连于田间的燕子，我还见过著名的乌衣巷里的燕子，它们至今仍在王谢故居院子里飞来飞去。不管是寻常阡陌，还是画梁雕栋，我所看到的燕子们都一样的自在安然。无论经历什么，它们都总是还要飞翔，兀自用翅膀划过苍茫的时光。而在外地生活的那几年，春去冬归，往来于南北两地，一位师兄在一篇写燕子的散文里就把我比喻成一只燕子。他在文中写道：漂泊中充满着未知的变数，我为她和燕子的平安都怀有虔诚的祈福之心。好友刘蕴慧曾写过一首名为《候鸟》的诗赠我：你却展开翅膀/决绝抑或犹疑/最后/只能/飞翔。另一位诗人朋友也写了一首《燕子》,是多么活泼的想象力,又是多么悲悯这小小的鸟类,才会想出这样的句子:它身上带着剪刀/剪着身后的路/剪着虚空中留下的脚印/这一路的幸福/一路尾随的疼……

三

但凡是一个有情怀的人,对待自己的姓氏总是很珍重的,父亲正是如此,我受他的感染,也十分看重宗族之缘。说起来历史上的燕姓名人并不太多,有一位燕伋,是孔子的弟子;一位北宋画家叫燕文贵,擅画山水,人称"燕家景致"。"水浒"里倒有两位宗亲,一位是都熟悉的小乙哥浪子燕青,金圣叹称他为水浒里的"中上人物"。书中形容他遍体花绣,善用弩箭,精通相扑,武艺高强,而且多才多艺,吹弹唱舞、各路乡谈、诸行百艺,无有不精。他又最能洞察世事,梁山好汉中数他心思明白,功成后便及早抽身,隐居去了。另一位绰号叫锦毛虎的燕顺不太出名,他在书中也没有多少出彩之处,而且好像还吃过人肉,我就不太喜欢他。另外"聊斋"里有义士燕赤霞,武侠小说里有大侠燕南天,名字都取得光明磊落,人物亦是。

如果追本求源起来,燕姓起源于燕国,而燕国本是姬姓。周武王灭商后,对天下实行分封制,宗室大臣姬奭曾在伐纣时立过战功,武王将他封在蓟地,即现在的北京一带。姬奭在巡视封地时,因见境内燕山气象万千,险峻秀美,遂把国家命名为燕,国人以燕子为图腾。

燕国共传位四十三代,其中燕昭王在位期间是燕国的全盛时期。他拜郭隗为师,并在易水旁修筑黄金台,作为招贤纳士的所在。一时各国贤人纷纷前来投奔,燕国得以强大。据燕姓家谱所记,燕姓的堂号也正是招贤堂,应是从此段史事而来。

在燕国八百年的历史中,太子丹应该是一位永远不能被遗忘的人物。他曾在秦国做人质，受到轻慢。逃回燕国后，又眼见秦王夺取了燕国许多土地，为报仇，他决心筹划刺秦。最终大业虽未能如愿，他为国家的一片精诚之心，英雄之气，却足以在世间传颂。他与荆柯之间，一个是我把我能给的都给你，一个是既如此我便是为你死了也情愿。也正是他们这样的豪侠之风，造就了慷慨悲歌的燕国风貌。

太子丹的下场十分惨烈。刺秦不成，反而促使秦始皇加快了对燕国征讨的步伐。燕王喜在走投无路之下，只好杀掉太子丹，将他的人头献给秦始皇，以此希望向秦国求和，但终究是徒劳。

公元前二二二年，燕国被秦灭。此后，一众燕国遗民便以国为姓。这一举动无比悲壮，足见国人恸恨之情。自己的国亡了，从此以后，要成为别国的顺民，在别国的口音统治下生活，那么我们就抛弃自己原先的小姓，全以国姓为己姓，让这国家的根脉仍世世相承，让后人们，后人的后人们，永远怀念我们那美丽的，有着一座燕山山脉的燕国。

以后的岁月中，可以想象到的是，燕国的后人们辗转迁徙，散落在天下各地。不知哪一世哪一代，我的先祖，或者同几个兄弟，或者跟随着大队的移民们，去到了江苏沛县的朱寨镇，在那里留下，耕读劳作，繁衍生息。至今那里还有几个燕姓聚集的村落，我的先祖生活的村子名叫燕桥西。

在我八岁时，曾经随父母回过一次老家。那时眼中只见一个普通平常的小村子，路上黄土飞扬，毫无景致可言。水是咸的，难以下咽。父亲带我找到一处房屋，或许是我人太小，只觉得那房子的围墙怎么那样高和长。站在墙外，父亲对我说："这里是我们以前的家。"但当时的我蒙昧无知，根本未曾细看，更不曾去细想。

再一次回去时，已是二〇〇九年。这一回是为着给曾祖父立碑的一件大事。我的高祖父名燕训路，字义圃，因家中贫穷，未能读书，成为他一生之憾事。后来家业兴隆一些，便让几个子女都去读私塾。曾祖父燕振声，字季隆，是清末的秀才，废除科举后游学江北师范，毕业后在家乡创办了沛县千秋高等学堂，后来任沛县督学，又创办了沛县第一所女子小学。沛县千秋高等学堂后来改为张柳庄小学，在民国十九年九月九日，也就是学校创办十周年之际，乡人及校友为颂扬曾祖父对改造地方教育之功劳，特请贤人撰文书丹，选石镌刻，为他立了一座功德碑。

战乱时期，此碑被一户人家重金购买，埋于家中地下，得以保存，时局稳定后，又自愿捐出。之后，为曾祖父重新立起此碑便成了父亲和家族其他长辈一桩长达几十年的心愿。时代更迭，张柳庄小学早已改为现在的朱寨镇中心小学。终于在二〇〇九年六月，沛县政府在学校院内重新立起了曾祖父的功德碑，与此同时立起的，还有高祖父的墓志铭碑。

举行立碑仪式当天，家族中人纷纷从全国各地赶来，八十多岁的姑奶奶代表家族发言，激动不已。在揭开碑上红布的刹那，我千真万确感觉到一种庄重，一种肃穆。荣耀宗祖，重振家声，这原是每一个中国人根深蒂固的情结。

但我其实还是没有完全脱离蒙昧，直到二〇一四年十二月一日，父亲去世。父亲原名燕守斌，后来自己改名为燕云峰，在世七十七年。他身体还好时，我一直活在自我幻觉中，不肯与现实打照面。只把自己当作他身后的小女孩，以为日子永远可以这样过下去。然而，到头这一身，难逃那一日。当他停止呼吸，身边监护仪上数字都归为零，原先曲折起伏的线条都成为平静的直线时，我方意识到，这才是最真实的人生。在他的灵堂前，悬挂了我赠他的四副挽联，亲友们无不触目伤心。白纸大字，字字皆泪：

其一：老燕离巢，魂归何处，问苍天几许垂怜意

孤燕失哺，无枝可依，恨人间难逃生死别

其二：三十七年骨肉相守父赠女百种恩情百般爱

今朝分别悲不能禁女还父千夜心碎千行泪

其三：侍病床前，恨不能剖心煎药

泪湿枕后，恨不能割肝救父

其四：六道轮回，历尽劫难此生成父女

十方世界，因缘具足后世再相逢

父亲走后，我这个人也像是丢了半条性命。常悔恨不已，责怪自己从来没有去贴心贴肺地关爱过他。我的一切都是他给的，我又何曾给过他什么？我虽爱他至深，又何曾真正去理解过他内心的苦闷与孤独？何曾很好地安慰过他晚年时疾病缠身时的痛苦与恐惧？我用这样的念头自我谴责，自我折磨，反反复复，心不能静，气不能平。也有人来劝，说我侍疾那么久，衣不解带，目不交睫，已尽了做女儿的心，又劝我说父亲年纪大了，又有了治不好的病，去了是解脱，并不是早亡，不必再悲痛了，因为树犹如此。道理都正确，然我仍至今无法释怀，与他的桩桩往事想起一次恸哭一场。这大概就是所谓的情之所钟，正在我辈。

我整理他的旧照，他的手稿，他在每本书中留下的只言片语，我去见一些与他一起长大的长辈，从他们的回忆中重新认识我的父亲。我还带着母亲又一次回到故乡沛县，也带着父亲——是他的一帧小像。我选了他年轻时的样子，白衬衫，乌黑的头发，容貌清秀，正是风华之年。我把他用一个小小的红木相框装起来，他活着时我没能带他去许多地方游玩，如今我只要出远门，都会带上他。所幸现在的他身轻如燕，便于携带，随便跟我到哪里都可以，我再也不用担忧他体力不支，不用怕他心颤头昏。并且我坚信，他对此一定能有知有觉，因为这是在他临终前对我讲遗言时我们约定好的。

我在沛县寻到一位家族中的二爷爷，他带我们去了燕桥西村，找到我家祖屋的所在之处。那里有一座很大的院落，被两扇生锈的铁门紧锁着，从门缝隙处看进去，里面是几排废旧的厂房，其他并无什么。门上挂着一块不知何年何月的牌子，上写着某某粮油公司某某收储库点南库区。不远处有一座白石小桥，两边槐树郁郁，槐花清芬。二爷爷对我讲述着，我的高祖父以熬梨膏糖为业，后来的家业便是全靠那糖一点点熬出来的。他是那个时代少有的开明人，让子女念书求学，又出钱资助曾祖父办学校。到了祖父那一代，日子过得更殷实些了，祖父和祖母结婚后一起去上海大厦大学读书。二爷爷那时还是个小孩子，见我祖父从上海回来时，身上穿着的是西装和绸缎马甲，又带了好多衣料分给家人。那真是轻裘肥马的一段时光。

我记得那日我站在那铁门外，听着，想着，生着兴亡之叹，恍然中如同置身在几十年前。我看见这里是高墙围楼，几进大院，两扇黑油油的大门，门前停了两辆四个轮子的木头车，那车至少要四匹马才能拉得动，门外种了几十棵大杨树，树干粗壮，两个人都抱不过来。我看见家中有油坊和酒坊，家人在忙着磨油蒸酒，院子里种着竹子桃花，养着马牛驴骡。我看见我的祖母和我的四姑奶奶在家中办了小学堂，教附近的孩子读书认字，我这位二爷爷就在学堂里跟着祖母上学。我看见家族里有一位老奶奶，最是慈悲心软，时常在门前架几口大锅，烧得热腾腾的，为村里的穷人施粥。我看见我的祖父是一个热血胆大脾气暴烈的人，他和邻近的几十个青年人组成了抗日民团，一次被日本人堵在了邻村，除了他跳墙逃脱，其余人全都遇难。而我亲爱的父亲，我更看见了他那时的样子，他还是个不识愁的俊美少年，性格有点内向，然而还是快乐的。他在县城里读书，放假回家，家里人带他去认识自家的田地，一些附近的孩子正在地里拾麦子，见他去了，都拿眼看他。家人让我的父亲快把这些小偷赶走，看他们在偷我们地里的麦子呢。父亲不知道该怎么说，有些不自在，犹豫了一会儿，才对他们问出一句："你们在这里干什么啊？"那些野孩子们听了哄一声都笑了，纷纷说道："你听，他问我们在干什么啊，我们倒要问问你，你在干什么啊？"我那羞涩的父亲，脸皮那么薄，实在应对不了他们这样的闹腾，急忙转身跑回家了……

这些对我来说无比珍贵的故事，大多都是以前父亲对我讲的。那些逝去的先人，那些早已在岁月中被无数人遗忘了的旧事，在这一时间，经由我记忆的翻找与呼喊，全都化作清晰的场景一一呈现。

彼时，亦真亦幻，百感交集。我不由退后几步，在那铁门前跪下，向着我的祖先们端正地磕了三个头。历史与命运都已成定局，当年家败人散，祖母带着父亲从这里离开，几个姑奶奶远嫁他乡，堂姑堂叔们也都出去读书做工。在之后的岁月中，大家的命运各不相同，但幸得个个知书达理。平常人的一生，虽称不上传奇，却也是百转千回，遭际波澜无数。我与祖父从未谋面，更遑论曾祖和高祖。然而，万物本乎天，人本乎祖。此刻，我在这里，向他们的和父亲的亡魂致上我的追思。愿他们能知，我将永记这世上有过他们，也愿我未见过面的祖先们能知，这世上又有个我，燕燕燕。